LA SOMBRA

DE LA EXISTENCIA

MACOCO G. M.

LA SOMBRA DE LA EXISTENCIA

www.publicalibro.com

PUBLICALIBRO

Si desea contactar con el autor, envíe un mail a
mgmedina77@gmail.com.

Este libro está disponible en soporte digital e impreso en las principales plataformas. Para más información visite:
www.lasombradelaexistencia.es

ISBN: 84-616-9937-8
ISBN-13: 978-84-616-9937-7
Nº de registro de la propiedad intelectual: 201399900204280

Maquetado por Publicalibro
www.publicalibro.com

PUBLICALIBRO

Para Mª Ángeles.

Para Arturo.

ÍNDICE

AGRADECIMIENTOS

Este libro no hubiera sido posible sin la estrecha colaboración de muchas personas que en mayor o menor medida me han acompañado en mis vastos días y dilatadas noches de trabajo, personas brillantes que aguantaban mis desvelos con tortuosas imágenes y pensamientos, como el señor Ernest Hemingway o el distinguido William Faulkner, con quienes redacté parte de estos escritos en la mesa de una taberna costera, bebiendo whisky y cerveza mientras proferíamos estruendosos gritos al lado de nuestro buen amigo y mejor bebedor Jerome Salinger.

Especial involucración han tenido Franz Kafka, encargado de llevar a cabo todo el proceso de revisión allá en su castillo, y Marcel Proust, el cual me dio su energético apoyo buscando en su tiempo perdido huecos para venir a mi casa a auxiliarme en los duros momentos de parálisis creativa, momentos que aprovechó para activar mi memoria involuntaria y transmitirme la plasticidad del tiempo sentido, tiempo que puede ser vivido más de una vez, tal y como profesaba, espada en mano, mi genial vecino Mishima.

Claude Monet me impresionó al entrar una tarde a mi salón con un par de bocetos en los que se vislumbraban de una forma muy liviana escenas de mis desvelos, de mis tormentos, de mis angustias, haciéndose arte a la luz de su pincel, que como si de un soplete luminoso se tratara insuflaba destellos de vida a cada tela que rozaba, en cada trazo, en cada punto, y se encontró allí con Hermann Hesse que recién había llegado de la India y estaba contándome sus anécdotas y vivencias personales. Mientras, veíamos a Mishima en el jardín con su kimono intentar convencer a Aldous Huxley y al divertido Stanisław Lem que el futuro por ellos adorado no vale más que su katana. Lem me miraba de reojo y reía señalando con el dedo al mar sin saber si ese mar tenía más voluntad que todos nosotros.

Mi genial amigo Nietzsche con sus apasionados consejos me dio el valor y la voluntad de poder escribir cada día, además del inestimable consejo de viajar a París, donde visité a Albert Camus y a Jean-Paul Sartre, de quienes recogí paseando por los Campos Elíseos la absurda idea de la existencia.

Recuerdo con especial cariño un día en el que pensé en abandonarlo todo. Esa tarde le conté mis cuitas al joven Goethe, que junto al equilibrado Fiódor Dostoyevski revolvieron entre mis demonios y mi subsuelo para sacar de mí la ilusión por seguir escribiendo.

A todos ellos, gracias por su incondicional apoyo y por creer en mí.

PRÓLOGO

-Mami, mami, huele mal, mami, huele a fósforo, mami, no me gusta, mami.

-Cállate y deja de decir idioteces.

"Si puedo oler algo que tú no hueles, ¿por qué no puedo sentir algo que tú no ves?"

Pensamiento de Grigoriy Smyrnov a los 8 años de edad, abriendo los ojos de forma intensa tras recibir una bofetada de su madre.

PRIMERA PARTE
EL HORROR

¡Fueron momentos duros!, sí muy duros. Pobre Grisha, pobre alma contemporánea, alma seca, muy seca.

Capítulo 1:
La vida pasada

Grigoriy, «bueno, me podéis llamar Grisha, como prefiráis», se encontraba en una situación muy decadente, atrofiada y disminuida, aunque para las personas que lo juzgaran desde el exterior bajo una perspectiva convencional su vida fuera idílica, placentera, fuera una vida social. «Sí, mi vida era muy común, muy agradable y ordenada, una vida en la que el vacío provocado por la comodidad de tenerlo todo bajo control me provocaba una gran angustia que me inducía hacia rabiosos remordimientos, feroces culpas de afiladas uñas». Buen trabajo, una bonita novia y una familia con mucho dinero, «bueno, mi familia, mis padres, de ellos germinó un niño maldito, un hijo que solo les agradece que me educaran trastornado, yo me trastorné invirtiendo sus maneras, su conducta, para al final ser como soy», sí, en definitiva, como iba diciendo, dinero, trabajo y amor que avalaban una existencia que se suponía debía de llenarle por completo, debía de colmar todas sus expectativas, «expectativas que posteriormente despedacé y pisoteé danzando alegremente sobre ellas; ¿bailas?».

Y como si de una balsa surcando un sereno río se tratara, dejándose llevar por una ligera corriente «una pringosa, pegajosa y desesperante corriente como me di cuenta después», Grigoriy tan solo debía mantener un rumbo adecuado ya marcado por tantos y tantos años de continuo cambio generacional, por tantas vidas que como cada gota de agua fueron buscando la forma más cómoda de llegar a su fin, a su mar, sorteando obstáculos y abriendo el sendero para que otras personas se encontraran el camino ya recorrido. Años pasados durante los cuales había quedado bien trazado el cauce a seguir para vegetar sin contratiempos, sin ningún tipo de tormenta o rápido traicionero. Todo sencillo, todo fácil, todo muy razonable.

Era barquero de una vida bien tallada construida con madera de buenísima calidad que jamás le llevaría a hacer aguas; tenía entre sus suaves manos un rígido timón, firme y resistente, válido para mantener el rumbo indicado en el mapa, rumbo que tan solo variaría ante las pequeñas rocas que en algún tramo encontrara. Grisha vagaba en un continuo bajar-hacia-lo-ya-esperado. «Sí, y me aburría mucho, de eso me daba cuenta, pero no llegaba a masticarlo, no sentía de veras el absoluto tedio y asco redentor que luego me acometerían. En realidad creo que me dejaba llevar por indolencia, por apatía, o quizás por miedo a dejar de avanzar, sí, avanzar, todos debíamos de ir hacia delante sin parar, nunca detenerse, eso sería abandonar». Ya le habían ilustrado lo suficiente sobre los caminos a escoger en caso de que el río se bifurcara, adiestrándolo además en todas las técnicas para posibles contratiempos. «Pues claro, todo bajo control, calabozo de cristal sin adversidades, ya en esos momentos me sentía apresado dentro de una inmensa red muy limitada aunque siempre segura, siempre rodeado de gente como yo, todos igual de sanos, mucho, muy sanos, deambulando por un escenario aséptico, higiénico, muy sano». Poseía nuestro personaje las herramientas, el conocimiento y los medios suficientes como para ser feliz, ser feliz plenamente, ser afortunado y hacer que los demás disfrutaran de su dicha. Sé feliz, la dictadura de la felicidad es tu mejor arma, tu mejor aliada.

«No puedes estar siempre tan triste. No tienes derecho a quejarte», pensaba Grisha. «La vida te sonríe. Tienes dinero, tienes amigos, tienes una preciosa novia que te cuida y un trabajo por el que la gente mataría. No tienes derecho, no, ¿o sí? Comienza a hacer menos calor, tengo que sacar las chaquetas del armario, odio esas camisas y esas corbatas, qué pereza, no tengo espíritu para levantarme, Gog sí que sabe, él nunca usa traje. Debería darte vergüenza sentir ese vacío, esa desgana por vivir una vida que a muchos otros les gustaría disfrutar. Ahí está mi madre, acaba de llegar, se lamenta por algo, su voz penetra en mi ánimo y lo contrae, lo arruga, lo infecta. Sí, realmente es verdad, no debo de quejarme, ¿o sí? No tienes derecho a estar triste, tienes todo para ser feliz. Sí, sí que lo tengo, aunque me crea desgraciado, aunque sienta esa opresión en el pecho, y aunque a veces el aburrimiento circule por todo mi ser agarrándose como cal por todas mis venas, tengo todo lo que la gente necesita para considerarse realizada. Me pica la barba, me voy a afeitar, y mi estómago ruge, pero no tengo hambre. Debo de luchar contra este hastío, esta desgana que casi siempre domina mi pecho. ¿Cuándo me dejarán los dos tranquilo?, ahí están otra vez peleando, qué golpes da papá en la mesa, la va a reventar, seguro que estará demás echando espumarajos por la boca, recuerdo de niño cuando mi madre me ponía entre los dos a modo de parapeto en sus peleas, se empujaban y yo lloraba. Soy una mala persona sin duda, en vez de dar gracias por todo lo que tengo, tan solo me dedico a soñar y divagar, a buscar en no sé dónde muy bien el no sé aun el qué, sin valorar el presente, sin valorar las facilidades que la vida me ha brindado. Voy a echar la persiana, entra demasiado sol. Levántate y sé fuerte, mira a tu alrededor y deja de preocupar a tus personas queridas con fatuos pensamientos impuros, y deja de juzgar a tus padres, te quieren a su manera. Sí, pero lo que pienso no se corresponde a lo que siento. Me lo digo y me lo creo, realmente lo creo, creo que tengo que ser feliz, que si no soy yo quién lo será. Demasiada responsabilidad esta de ser feliz, recae sobre mí una carga muy pesada que no me deja opción a sentirme mal, y sin embargo este mismo compromiso con la felicidad es el que creo que no me deja serlo. ¡Basta!, ya comienzo otra vez a divagar, ya comienza mi cerebro a expresar sensaciones extrañas. Otro portazo, un día se cae la casa abajo, más chillidos, siempre por los mismos motivos, qué animales, ¡qué asco me dan, cuánta infamia contenida en esas cabezas! Sí, pero quizás esas sensaciones son las que de verdad importan, es como si yo fuera dos, como si dentro de mí existiera otro ser, otra entidad antagónica, inversa como cuando me miro al espejo y me veo, soy yo, pero al contrario. Tengo que hacer el informe a Mr. Cubo, si no cuando llegue a la oficina me matará, aunque ojalá me echaran del trabajo. Ser feliz, qué gran idea, qué gran tarea. Ojalá no tuviera que serlo, ojalá pudiera ser simplemente yo y mi melancolía. Ahora llora desconsoladamente mamá, cómo se puede llorar tan alto, hasta para llorar grita, pero espera que vuelve a la carga, más golpes en la mesa. ¡Pero soy yo!, no ves que hablas contigo mismo, no ves que eres tú el que razona, el que se enreda en una maraña de estupideces. Sí, deben de serlo, deben de ser rarezas de un carácter que debo de esconder e intentar modificar. Bueno no el carácter, ya que todos dicen que soy abierto y agradable, no sé qué es, pero algo debo de modificar, intentar contener estos efluvios, estas emanaciones en forma de raras ideas que parece que erupcionan desde dentro de mí y acaban dando vueltas por mi cabeza. Es fácil pararlos, es fácil no hacerles caso y ser racional. Venga, deja ya todo esto, respira profundamente y llama a P».

Había pasado por malos momentos, por traicioneras aguas turbulentas que le habían hecho madurar y ser más fuerte, pero ahora se encontraba en un calmado y amplio río de tranquilas pero viscosas aguas, lentas, muy lentas, densas y pegajosas, muy pegajosas, que lejos de darle la satisfacción esperada, le originaban una continua tristeza unida a una gran aflicción. «Sí, de hecho ahí ya empezaba a no darme miedo hablar conmigo mismo, dejé de pensar que estaba loco y dejaba fluir esas conversaciones; qué curioso es pensar que hablar solo es considerado locura, no te dejan conocerte y si lo intentas eres un hereje, un desequilibrado. Bendita locura».

Grisha no quería ser barquero de semejante vida, no deseaba tan solo contemplar el paisaje y múltiples remordimientos le atacaban en forma de continuas jaurías como lobos enfurecidos, que sin escrúpulos y sabiendo que su presa está rendida y agotada, le mordisqueaban una y otra vez su conciencia, desgarrándola y haciéndola sangrar hasta dejarla prácticamente moribunda. Hastiado, atormentado y lleno de dolor, Grisha no encontraba otra forma de sentirse algo mejor que mirando hacia atrás, viendo cómo otras personas que bajaban otros ríos más tormentosos con barcuchas débiles o sin ningún tipo de embarcación debían de echar pie a tierra y avanzar entre dificultades de todo tipo. Pero la felicidad no se consigue por comparación ni por descarte, no, no, ni siquiera se consigue, solo se decide un día ser feliz. «Claro, ahora es fácil, lo veo con claridad, con ojos en el pecho, pero antes, desde el agujero, es imposible ver lo que hay fuera, los ojos llenos de fango no te dejan observar nada que no sean tus manos y tus pies». Él iba tranquilo y debía de sentirse bien, debía de sentirse al menos mejor que los pobres desgraciados que luchaban en una vida llena de obstáculos; iba sin remar apenas, contemplando cómo otros sudaban, se hundían, se ahogaban o incluso se daban la vuelta e iban contracorriente, y sin embargo dentro, muy dentro de su mirada, un sentimiento de envidia, celos y morboso deseo brillaba en sus negras pupilas, abrasando por dentro todos sus pensamientos, que extrañados y confusos no daban crédito a ese ilógico deseo de ser desgraciado, de querer sufrir y pasar necesidades, de sentir desgracias y penurias, sentir privaciones y calamidades, sentir perjuicios y lesiones; de sentir al fin y al cabo, de sentir fuego en su interior, de percibir palpitaciones ya olvidadas, sentir sorpresas incomodas o sinsabores, sentir que estaba vivo, libre de algo que le hacía estar en un continuo fluido mantecoso. «Todo es genial, todo está bien, todo cuadra, todo se repite y se adapta a mis necesidades, se repite porque es lo que necesito para ser feliz, para estar a gusto». Y sentía miedo cuando algo cambiaba, como si la vida se pudiera controlar hasta ese extremo, como si la vida tanto interior como exterior no fuera cambiante. Experimentaba Grisha esa opresión de la felicidad fatal, de una felicidad basada en subyugar el entorno haciéndolo como tú quieres que sea, hecho que le llevaba por un lado a experimentar un constante agobio y por otro un continuo vacío. Es como si dos fuerzas chocaran, el espíritu interior de Grigoriy y el mundo exterior (que aún no era "su" mundo exterior), y ambas fuerzas, en vez de aprovecharse una de la otra, llegaban a una especie de pacto implícito en el que la disminución de poder era el eje central del acuerdo. Porque si no ves la evolución del entorno, si no ves lo bueno que hay fuera de ti, de tus pensamientos, ideas y principios, si no dejas que ese mundo exterior explote dentro de ti y te reviente las entrañas, tú mismo no serás nada, no serás más que lo que los demás quieran que seas, y podrás ser feliz, muy feliz, pero estarás muy poco vivo. «Estoy de acuerdo, y es que la vida tan solo se saborea, tan solo la saboreé, cuando fui consciente de que no era un estatus inerte, de que no era algo inmóvil y estático, de que hay no-vida, entonces es cuando se activaron mis papilas gustativas animales al darse cuenta de que ese sabor puede durar poco, de que esa sensación puede acabar ahora, la sensación de la vida, es decir, la sensación de que podemos morir». Claro, es entonces (desde la visión inmaculada de la debilidad, la exposición al peligro, el miedo o la soledad) cuando verdaderamente activamos todos nuestros sentidos, y como si de un manjar extremadamente caro se tratara, disfrutamos de la vida, nos preparamos para saborearla y ponemos todo nuestro empeño en que nos sepa bien. «Sí, fíjate que no hay más que pensar en un condenado a muerte, su tiempo se estira como el chicle, sus últimos días se hacen semanas, sus últimos minutos los siente como si fueran años, y sus últimos instantes los vive como pequeñas eternidades, siendo su último segundo antes de morir un tiempo inmóvil, una infinita perpetuidad en la que siente más vida que nunca, ocurriendo en ese último momento el abrazo a la muerte, momento en el que el inicio y el fin, la vida en toda su intensidad y la muerte se dan la mano, como paso previo a una oscura y eterna inexistencia. Por tanto ahí, en ese hueco intervalo, dos eternidades se saludan y se enlazan, el eterno segundo vivido final, y el eterno desparecer para siempre».

Todo esto hacía mella en su temperamento, que sin ser exactamente sombrío, sí daba a entender para aquel que le mirara de cerca, le mirara más allá de su dialéctica y su forma de actuar, que Grisha era un árbol marchito, era solo fachada, era una pobre construcción de pilares y aristas que agrupaban dentro de sí un enorme volumen, pero solo de aire, no conteniendo nada en su interior, templo vacío muy bien decorado hacia fuera en cuyo seno las mohosas paredes se desquebrajaban a un ritmo muy acelerado.

Capítulo 2:
El primer amor

Su tóxica relación con P. era lo único que le salvaba de un hastío total, de un completo aburrimiento vital. Ella, fresca y exuberante, le daba los motivos de turbación que sin darse cuenta necesitaba, agarrándose a ellos como únicos elementos vivificantes que hacían latir más intensamente a su indolente corazón. «Me hacía ver el miedo, era incontrolable, era tortura y padecimiento, era suplicio y desazón, y realmente necesitaba ese sentimiento de tormento para tener sensaciones nuevas; hasta ese punto fue perverso mi estado que me llevaba a buscar el mal desesperadamente dentro del paraíso». Era la proveedora de edulcoradas emociones que al menos hacían florecer parte del instinto olvidado de nuestro protagonista. «Soy yo ese protagonista ¿verdad?, ¿bailamos?». Siendo ella extremadamente frívola y superficial, insensible e incapaz de sentir empatía alguna con los demás, la inconsciencia asociada a este tipo de caracteres, unida a ese punto de rebeldía irreflexiva y torpe seguridad en sí misma, proporcionaba a Grisha la ración de dulces desasosiegos y amorosas zozobras que inyectaban de vitalidad a su cansado y tedioso cuerpo. «Y es que era de las pocas cosas no seguras que yo tenía, era lo menos controlable, lo más confuso, lo menos certero, el contraste de mi monótona vida». Siempre vivaz, siempre activa, a su alrededor se generaban multitud de planes, obstáculos, incertidumbres, prisas, contrariedades, resquemores, enfados, emociones, que no dejaban a nuestro protagonista un segundo de reflexión, circunstancia ésta buscada con enfermiza ansiedad y anhelo por la mayoría de las personas, que mientras estéis ocupados (en buenos o malos acontecimientos, eso qué más da) no tenéis por qué mirar hacia dentro, ya que vuestra vista está enfocada en el exterior; sentís terror al dulce aburrimiento que lleva a distinguir tu propio ser, sentís miedo a la delicada indiferencia y desinterés que os haría retrotraer vuestra percepción y asomaros al abismo de vuestro interior, precipicio abrupto que implica un vértigo insoportable, lo que os hace desear continuos padecimientos y alegrías externas que os narcoticen alejándoos de vosotros mismos. Pero todas estas emociones que Grisha sufría gracias a P. eran tan solo pequeños arañazos, zarpazos de un pequeño gatito que no profundizaban lo necesario como para hacer sangrar a Grigoriy, que necesitaba algo que le hiciera brotar sangre de verdad, un auténtico tigre que le desgarrara por dentro y le hiciera sentir vivo. Pero para eso antes debía de morir.

Al comienzo de la relación ella se volcó en cuidados y cariños, mimos destinados a conquistar el frío corazón de Grigoriy, cuya vida aún no había comenzado. «Bueno, de hecho ese aún no era mi corazón, era el corazón de otros, de todos y de nadie, en realidad no había corazón, era tan solo una triste prolongación de mi racional cerebro». Y es que dicho órgano había estado durante veintinueve largos años imperturbable e impasible, sumido en una sombría indiferencia construida sobre una sólida armadura racional formada años atrás en su más tierna infancia, infancia pasada bajo continuas decepciones, bajo continuados periodos de hambruna sentimental en los que la carencia de afecto a veces y las grandes decepciones provocadas por un entorno que él no entendía («menos mal que nunca lo quise entender, provocándome esta decisión angustia y culpa»), le hicieron retrotraer su corazón, fatigado de demandar un afecto que nunca llegaba a sentir. Cansado de latir con fuerza sin ser oído, desencantado por no percibir a su alrededor ese embeleso, esa melosa y profunda inspiración de sentirse querido, despechado tras varios intentos de sentir el amor («no varios, sino un intento continuado porque mis padres me mostrasen afecto»); ese al principio pequeño y vivaracho corazón se fue endureciendo cada vez más, temeroso de latir por algo tras lo cual tan solo iba a sentir después dolor, desprecio y frustración. Latir sin ser escuchado, palpitar sin ser advertido, solo escuchar el eco sordo de unas punzadas cada vez más cortas.

Y es que muchas veces había sufrido Grisha el dolor y la vergüenza provocada por unos padres desquiciados, soportes imprescindibles en el desarrollo emocional de todo niño, que en su caso, veía desmoronarse día a día, sumido en continuos enfrentamientos, peleas y arrebatos de ira, y lo que más aun le hacía empequeñecer su maltrecho corazón, continuas mentiras y desprecios llevados a cabo por dos personas que, no sabiendo manejar sus propios sentimientos, eran incapaces de hacer crecer en ningún ser la confianza necesaria que es preludio del amor, de adecuar a nadie en el arte de las emociones, de la confidencia, del lúcido cariño ciego. Y es que fueron muchas las ocasiones en las que Grigoriy se sintió traicionado y engañado de forma emocional, experimentando el peor de los engaños, aquel que viene de la mano de la desidia, de la pereza e indolencia de dos padres incapaces de cultivar nada, ni siquiera criarse a ellos mismos, cuyas dolorosas vidas eran producto de una falta total de inteligencia corporal, de esa inteligencia que te lleva a saber escuchar y comprender a tu cuerpo, esa inteligencia que va más allá de las emociones y que funciona distribuyendo tu cerebro en todo tu organismo, cuyas reacciones no son ya solo entendidas, sino que forman parte del raciocinio general y de la toma final de decisiones. Sin esa inteligencia, tus reacciones, las reacciones de los padres de Grisha, eran incontrolables, al estar el cuerpo en continua lucha por ser escuchado y atendido. Ellos no sabían escucharse a sí mismos y por supuesto eran incapaces de escuchar al pequeño ser que los miraba con virginales ojos, siendo ellos su único mundo conocido. Único mundo que sin entender muy bien por qué, no llegaba a soportar, sintiéndose extraño y continuamente atacado en su orgullo. Mirada con ojos limpios que cada día eran manchados con comportamientos erráticos y poco estructurados. Pero la vida es curiosa, y de un lúgubre ambiente puede surgir a veces un alma grande, un alma con aspiraciones, un alma con alas, que en esos momentos está atrapada bajo una enorme losa de incomprensión.

En esas condiciones encontró P. a Grisha, y este fue su reto, derrumbar ansiosamente la muralla exterior que había construido ese asustadizo corazón, que cobarde y huidizo, miraba pasar la vida sin inmutarse, sin apostar, dejando el control a un cerebro que racionalizaba y conceptualizaba todo a la perfección, a sabiendas que su otro sangriento compañero no le ayudaría a entender este mundo en el que vivían. Y solo en esa empresa, el cerebro se llenó de razones y argumentos, éticas y normas, prácticas de comportamiento que le aseguraban una forma muy maquinal y aséptica de vida, vida que como vería años más adelante, no era vida sino muerte, no era una vida sentida sino una vida aprendida, ajena, ajada. Y por ese motivo, por ser aprendida, era la mejor forma de no equivocarse ya que seguía la senda apropiada que le haría alinearse con las necesidades sociales del momento, con lo que los demás necesitaban de él. Sería un perfecto hombre contemporáneo. La practicidad como comportamiento vital, lo práctico como religión que te salvará del peligroso mundo de lo ajeno, lo desconocido. Sé práctico, no te compliques y siente lo ya sentido, lo ya probado. Sé práctico y escucha a los demás, escucha que ellos ya han pasado por lo que tú pasarás y por tanto te dirán el mejor de los caminos a escoger. Y si te equivocas, tienes el colchón de que todos lo harán contigo. Ten orejas hacia fuera, orejas que no atienden sonidos que provienen de dentro de ti porque la reverberancia exterior no los deja percibir. Pero lo práctico oxida, lo práctico corroe, carcome, lo práctico seca las almas.

Y en esas condiciones, como íbamos diciendo, apareció en su vida P. Llena de vitalidad se propuso sin ella saberlo despertar a ese ruinoso corazón tanto tiempo agazapado, corazón con forma y textura de cerebro que poco a poco fue asomándose, aun escondido y desconfiado tras una esquina ya que era seguro que tras ese afecto vendría luego una fuerte dosis de decepción. Pero no fue así, o al menos no lo fue en los primeros momentos de la relación. Metódica y constante, P. fue acariciando lentamente el enclenque órgano, que como si de un perrillo maltratado se tratara, se agachaba y escondía, volviendo a sacar de nuevo la cabeza para recibir otra dosis de ternura. Poco a poco, caricia a caricia, Grisha se dejó llevar por la senda del amor. Amor seguro y complaciente, amor fresco y puro que se fue rociando por todo su ser, ramificándose desde su pecho hasta todas las partes de su cuerpo. Descubrió lo que era estar enamorado, lo que significaba ese mágico estado en el que tu materia se llena de energía, gobernado por un latir constante de sangre que le hacía estar siempre de buen humor, siempre feliz.

Pero era una situación ficticia, un paso intermedio, algo muy pasajero y endeble. Era un estado especial que por primera vez superaba las herramientas con las que contaba su sabio y práctico cerebro, que un poco aturdido perdía algo el control de las riendas con las que tiranizaba agarrando firmemente al corazón. Aún Grigoriy debía de romper esas riendas, aún habría de darse cuenta que un estado superior estaba por llegar.

Capítulo 3:
El despertar emocional se hace pesadilla

Caricias, caricias, cada vez más forzadas, cada vez menos caricias; caricias, caricias frías, que arañan, caricias que duelen, caricias que secan; caricias que son buscadas, caricias que no vienen solas, caricias que se piden con la mirada y que al final se rechazan con el orgullo.

Tengo intacto ese recuerdo, la dejé sin valor, sin fuerzas para afrontar esa dura tarea, pero totalmente convencido de que era lo único que podía hacer para volver a conquistarla o para alejarla definitivamente de mi corazón. Afligido, abandonado dentro de mi ser, mortificado en un mar de angustias, desesperado en un vasto desierto de desasosiegos y martirios, creí necesario afrontar la casi imposible tarea de perder todo contacto con ella; contacto físico, claro, porque en mi corazón estaba más viva que nunca y en mis ojos aparecía a cada instante; ojos que dibujaban su silueta en cada rostro, nariz que generaba su olor en cada ráfaga de aire, piel que sentía su tacto suave y delicado en cada roce. Y es que al carecer la realidad quizás por completo de sentido, al ser algo tan tremendamente intrínseco y personal, al no tener tal vez ningún carácter general al que uno se pueda agarrar, esa realidad no te permite, por estar precisamente y de forma única dentro de ti, hacer de ella lo que te plazca. Y aunque carente de toda lógica parezca esta afirmación (y de eso precisamente se trata), el hecho de poseer la realidad dentro muy escondida y agazapada, asustada incluso, esa subjetividad que provoca probablemente no entiende de razones universales o caprichos a la carta, por lo que mi intento de olvidarla tan solo me generó una mayor vivencia de su persona, la cual recordaba cada día a cada instante. Recuerdo como aparecía su rostro en cada alma que a lo lejos surgía tras cualquier rincón, aparición mariana que me despertaba un frustrante rechazo, provocada esa frustración por la batalla que a partir de ese instante se produciría en mi cuerpo: la contienda entre mi deseo consciente, heredado, mecánico, burócrata, y mi deseo emocional, propio, animal, salvaje. Uno deseaba salir para siempre de la influencia de P., otro atraparla y encerrarla dentro de mi corazón. Uno, con ese grado de cobardía necesario para ser llamado "razonable" miraba por mi futuro, por mi estado de salud, por mi estabilidad emocional, borrando recuerdos con una leve capa de odio formada por falsos y crueles hechos pasados; otro sin embargo, con ese grado de valentía del que es llamado "temerario", martilleaba mi corazón cada instante que no pasaba con ella, miraba por el presente más cercano arrojándome imágenes y agradables sabores que me hacían sentir desesperado, totalmente frustrado y hasta idiota al no ir corriendo tras ella.

Y sin embargo aposté por mi lado más cobarde, razonable y aséptico. Decidí, como iba diciendo, cesar todo contacto con ella, aunque creo que era consciente de que su recuerdo iba a estar siempre presente. Cada día sin llamarla era un nuevo pequeño triunfo para mí y cada hora sin evocarla lo consideraba como un éxito más para mi causa. El problema era que el darme cuenta de que llevaba algunas horas sin pensar en ella suponía que la había traído a mi recuerdo, dando pábulo entonces a todos los demonios de mi corazón, que como si de una lapidación se tratara, arrojaban a mi alma piedras en forma de buenos recuerdos pasados a su lado, caricias y abrazos compartidos e intensos sentimientos, y una gran losa de pena me sepultaba ya por muchas horas. No me equivoco al afirmar que era una vaca, rumiando y regurgitando recuerdos podridos con los que tan solo podría sentir el placer de mascar, pero que no contenían ya ningún alimento.

Y de forma muy firme y decidida recuerdo cómo me lancé a avanzar por un estéril desierto sin mirar hacia atrás, esquivando cada día innumerables tormentas de arena que arrastraban quizás recuerdos y complicidades pasadas que me hacían dudar de mi empresa. Desierto seco y solitario, desierto oscuro, muy oscuro, pardo cobrizo o más bien sepia, desdibujado debido al resplandor que el recuerdo de P. provocaba en mi visión. Con los ojos entornados y en un pesado vagabundear avanzaba muy lentamente hacia la nada dando círculos que me desesperaban. Y es que en el camino encontraba objetos suyos tirados por la arena, una y otra vez veía los mismos, lo que me hacía pensar que ya había pasado por allí antes. Me acuerdo que mientras deambulaba por ese páramo, caían sobre mí gigantes zapatos o enormes bolsos que a punto estaban de aplastarme y que hacían mover el suelo con un enorme estruendo. Otras veces de la superficie emergían largos cabellos negros enlazados en una coleta que me atrapaban, se enredaban entre mis extremidades no dejándome avanzar mientras volaban a mi alrededor avispas que al picarme me inoculaban un gran deseo de verla, de estar con ella. El firme era inestable y la arena se amontonaba en enormes montículos que al ser encumbrados se desmoronaban haciéndome caer al vacío. Vagabundo en tierra inhóspita aunque familiar por las formas que en ella iba encontrando, recuerdo cómo me desesperaba al no vislumbrar ningún indicio de salida, ningún asomo de entrada en un nuevo escenario. En ocasiones, tal vez desesperado y sediento, utilizaba los objetos que me iba encontrando, hecho este que me reconfortaba enormemente. Consumía una copa de la bebida favorita de P. que allí aparecía o bailaba al son de música que de repente comenzaba a sonar, música que siempre escuchaba con ella. Pero aprendí pronto que el diablo había colocado esos artilugios solo para hacerme daño y que si seguía usándolos como bálsamo tan solo conseguiría mejorar temporalmente una situación que yo quería abandonar, un desierto del que no conseguiría nunca salir.

Cada noche una nueva victoria y cada comienzo de jornada un nuevo suplicio. Allá, en la inmensidad del desierto que aún me quedaba por recorrer, la escasez de cariño como al peregrino la falta de agua me hacía enloquecer mientras se secaba lentamente mi corazón, que al carecer de su ración diaria de afecto no ayudaba a aguantar la carga de conseguir alcanzar un propósito de esa envergadura. Antes de conocer el amor no requería ese alimento, ahora, una vez conocido, enloquecía si no lo tenía; y contaba los días que pasaban desesperándome por no ver el final del camino, ese deseado oasis en el que pudiera estar finalmente a salvo. Eso sí, tenía la certeza que no, no deseaba simplemente beber nuevo maná, no, no quería rellenar de dulce ternura el hueco dejado por P., sabía que sería un error, estaba convencido de ello, quería alcanzar el final del desierto por mí mismo, sin ayuda, deseaba no volver a pasar por ello nunca más, pero sobre todo no quería sustituir un amor por otro. No, no iba a suplir nada, debía de recuperarme primero para enamorarme después, sí, así debía de ser y tenía fe en ello, tenía fe no en las fuerzas que en ese momento poseía que no eran muchas, sino en las que estaba seguro que poco a poco me surgiría. Tenía fe en mí en el futuro sin ella.

Pero aún no conocía, no podía ni tan siquiera llegar a imaginar lo duro que iba a ser este camino (camino que nunca, aunque ahí todavía no lo sabía, volvería a recorrer), aun no me daba cuenta de que ese aguantar las ganas de contactar con P. no servía para nada, no, ese no era el lenguaje adecuado para convencer a mi testarudo corazón, no, no lo era, sin duda no lo era. Porque en esos instantes yo no era sincero conmigo mismo, no era sincero ni con mi amor pasado ni con el amor que aun sentía en ese cruel presente; no tenía el valor de serlo ya que aunque no quisiera, aunque lo intentara evitar, P. seguía muy viva dentro, muy dentro de mí, jugando a ser la misma chica que cuatro meses atrás me había abandonado (yo la dejé después de que me hubiera olvidado hacía tiempo); y me regodeaba con la idea de especular que cada día que pasaba pensaría por qué no la llamaba, por qué no contactaba y le decía cuánto la quería, pobre diablo, pobre infame muchacho que fantaseaba imaginando que nunca conocería a alguien como yo arrepintiéndose de todo cuando nada tuviera remedio, o que secretamente yo le iría dejando dinero a lo largo de su vida, dándose cuenta en el lecho de muerte de todo lo que había hecho por ella. Pobre loco de atar. Ese deseo que a priori puede parecer muy caritativo y desprendido es, como la caridad cristiana, enormemente ruin y sádico al buscar en último término el dolor final, el juicio final del ser amado al percatarse de la pérdida de toda una vida sin estar junto a mí, sin el verdadero ser que la amaba de forma más pura. Cuando ya no le quedara más tiempo repararía en ello, y yo, en el presente me relamía al fantasear con su sufrimiento y desesperación de una vida pasada que ella consideraría equivocada y perdida. Pobre diablo, pobre infame muchacho.

Aún hacía algo más tenebroso, más indecente y sórdido; sí, practicaba un juego de máscaras y engaños en el que mi mente enredaba con la sádica ocupación de juntar dos corazones perdidos en el tiempo intentando fundirlos en un amor cuyos días habían finalizado. Y ese cruel y mortificante pasatiempo lo llevaba a cabo reuniendo de nuevo en mi corazón a la P. del inicio de la relación, allá hacía dos años, fresca y pura, flor de primavera húmeda por el rocío de una noche estrellada, con mi yo actual, seco, árido, necesitado de ternura, más necesitado que nunca. Y claro, la unión de la P. más tierna y dulce del pasado con mi yo más amargo de ese desdichado presente formaban una pareja perfecta, platónica, en la que la demanda de afecto era ampliamente rebosada por un torrente continuo de amor. Juego sucio el de mi mente, juego sucio y fuera de los límites de la naturaleza, de las leyes temporales, juego al fin y al cabo imposible que me llevaba al más absoluto desvarío. Hubo momentos de mucha desesperación, mucha, y en esa desesperación, en esos momentos más bajos y frustrantes, mi única defensa era recomponer esos recuerdos de P., combatir contra mis sentimientos exponiéndoles una imagen totalmente distinta de ella. Entonces sacaba de dentro de mí situaciones desagradables, malos momentos o días en los que P. estaba más desfavorecida y los exhibía mediante empujones emocionales delante de mi corazón como si de una galería de presos se tratara, intentando de este modo hacerle recapacitar, hacerle ver que ella no era la que él me estaba haciendo sentir (aunque sabía también que tampoco era la que yo estaba exponiendo). Fijaba mi atención en su imagen y de forma artificial luchaba por cambiar cada parte de su cuerpo, y como si de un puzle o un muñeco articulado se trataba, iba montando una nueva imagen deteriorada, llevando a cabo el mismo proceso con su personalidad, la cual intentaba hacerla agria a través de los recuerdos de esos días (no muy lejanos) al final de la relación, cuando se mostraba fría y huraña conmigo. Y mediante este juego de engaños, este enfrentamiento de extremas falsedades pasaba los días, febril y tenso, angustiado y hastiado.

Imágenes de ella en mi habitación. Fotos que no sabía que aún poseía. Fotos que ella también tendría seguramente colgadas en su cuarto aunque ya no estuvieran allí, pero sí estaban, en mi mente su cuarto seguía igual, con mis fotos expuestas, en su mesilla, en sus paredes, en su alma. Fotos que recuerdo cómo manché de lágrimas mientras al romperlas una a una iba a la vez rompiendo las que ella tenía de mí en su habitación. Cada vez que rajaba una se producía un doble seccionamiento en su dormitorio y en el mío. Dos habitaciones unidas por fotos comunes cuyos puentes rompía destruyendo cada imagen, puntos de apoyo innecesarios ahora que debían de caer para hacer desplomar la estructura que habíamos creado durante nuestra relación.

Sin embargo lo que yo me imaginaba de ella era simple fantasía, ya que su vida, como más adelante me enteré, iba ya por otros derroteros, derroteros muy distintos a los que mi alma había tomado, derroteros de los que supe de forma casi accidental y que constituyeron al mismo tiempo, sí, eso es seguro, la noticia más dolorosa y sanadora que me han dado en toda mi vida. Hundirte para levantarte al fin, sufrir para dejar de sufrir.

Capítulo 4:
El desgarro sanador

Y de repente sucedió.

Llegó ese aciago, feliz, funesto y bienaventurado día en el que recibí la terrible y sanadora, atroz y provechosa noticia. Lo recuerdo, recuerdo vagamente que yo estaba en mi cuarto en medio del polvoriento desierto intentando alicatar mi corazón con los aspectos más sombríos de nuestra relación, me acuerdo de una visita, no importa quien, dejé de verla en cuanto vi sus ojos, dejé de oírla en cuanto escuché su voz, me viene a la memoria su media sonrisa, su vacía conversación que nada le importaba ni a ella ni a mí, evoco de nuevo sus ojos, cómo esos ojos poco a poco se alejaban de los míos, rehuyendo, agazapándose, cómo se acercaban y casi rozaban el suelo conforme ella se arrimaba a su auténtico propósito; prolegómenos, preludios edulcorados, y de repente, de repente entre todas esas huecas palabras, de repente un nombre, P., un trueno, una explosión; P. llevaba ya varios meses manteniendo una seria relación con una persona que yo conocía. Violento vuelco interior, vacío, mareo y vértigo en el estómago, todo mi pasado y todo mi futuro se plegaron y se hicieron miseria en ese instante. Mi corazón, que yo creí en parte muy recuperado después de todo el tiempo que había pasado tras la ruptura, se liberó de toda la anestesia que con ahínco le había inyectado, intentaba narcotizarle y adormecerle para que olvidara el pasado. Un torrente de ira y desesperación le hizo latir con más fuerza que nunca; los latidos eran un grito desesperado de amor por P., arrugándose como una pasa en cada contracción, contracciones en las que se sentía engañado, débil y miserable, inflándose como un gran globo en cada dilatación, en las que toda su fiereza y delirio exigían una vuelta al pasado, un abrazo al ser amado. Me viene a la memoria cómo las paredes de mi habitación se volvieron entonces inestables a modo de hojas de papel movidas por el viento, se ahuecaban, vibraban y se deformaban, y mis manos dejaron de pertenecerme, mis dos extremidades renunciaban a ser parte de mí, sentían tal pena que se avergonzaran de pertenecerme, vergüenza extendida a todo mi ser. Febril e iracundo, aturdido y desquiciado, el mundo se desfiguraba a mi alrededor haciéndose un vacío incoloro, una sórdida nada, soledad, soledad en la que solo existíamos P. y yo, separados, muy separados, muy lejos el uno del otro, muy solos. Todo se hizo oscuridad, ya nada me importaba, ya a nada le daba valor; todos los objetos, personas, apoyos e ilusiones pasadas y presentes tomaron para mí un ridículo interés, tomaron una oscuridad cuya negrura se veía reforzada por el resplandor que ahora formaba la imagen de P. y su nuevo querido novio.

«Venga Grisha, tranquilo, no dejes que la ira te domine, no dejes que ella vuelva a manejar tu vida, tus noches, tus pensamientos; llevas mucho sin ella, era solo cuestión de tiempo que esto sucediera, tú también has estado con otras chicas, y sabes que no te conviene, lo sabes, lo sabes, venga, dilo, lo sabes». Los pensamientos de Grisha se amontonaban y mezclaban en su mente, eran pura algarabía, confusión y enredo mientras su respiración se hacía cada vez más irregular, más ahogada y convulsa. «Sí, lo sé, lo sé, sé que ella no me quería, sé que la pasión de los primeros meses no dio paso al amor y que perdida dentro de la relación, esa pasión dio lugar a soberbia y frialdad en lugar de a cariño y comprensión, y sé que ese saber-lo-que-ha-sucedido no me ha servido de nada; pero aquí te ves Grisha, aquí te ves de pie en tu habitación, hablando solo y golpeando y mordiendo el colchón de la cama, abatido, vacío y desesperado por una mujer a la cual no tendrías ya que amar y a la que deberías de haber olvidado; pero no puedo, no puedo, no puedo; no puedo olvidarla, nunca lo podré hacer, desespero y muero, está muy dentro de mí, la necesito, la amo, y sin embargo ella está con otro, otro hombre de la mano, ¡no puede, no debe de estar con otro!, sí, claro que puede, no es tuya, nunca lo ha sido. Entonces, ¿habrá quitado ya mis fotos de su habitación? Sí Grisha, claro que las habrá quitado, tú las quitaste el primer día, qué si no iba a hacer ella; pero es que, yo, ella, es que me pertenece, la pertenezco, la quiero solo para mí, me lo prometía, sí, lo prometía cada día, me decía que me quería y que era mía, sí, eso decía, pero la gente cambia de opinión, cambia de parecer, no, pero eso no es posible, no puede jugar así conmigo, no, no puede quitar mis fotos, no las puede simplemente quitar, quitar y ya está. Pero si no te conviene, ¿no llevas ya unos meses pensando que la relación era insana?, entonces a qué viene ahora esto, ¡a qué viene este dolor!, bueno, si quita las fotos seguro que me mira, las mira y me recuerda, seguro que las guarda en un cajón y yo seguiré estando allí con ella, en su cuarto». Galimatías, caos, desconcierto.

Recuerdo perfectamente ese turbulento pensamiento de las fotos, ahora sonrío rememorando cómo me había atormentado todos esos meses cuando me imaginaba, como si de una película en cámara lenta se tratara, el momento exacto en que ella resolviera a llevarse de encima de su mesilla de noche mis fotos, momento trágico que debería tener la solemnidad que se merece, y que ella, bueno, ella lo habría llevado a cabo sin prolegómenos, sin los faustos necesarios. Evocaba el momento en el que las quitaría del marco, con cara sombría y un pequeño temblor en sus dedos, las miraría y me recordaría. Eso pensaba yo, esa era mi realidad, lejos, muy lejos de lo que seguramente haría. En ese momento, en ese instante en que ella repasara las imágenes, invocaría tiempos pasados y al llevar a su mente experiencias vividas junto a mí, estaría de nuevo a su lado. Mi corazón se aceleraba al imaginarme cómo a ella también se le agitaría el suyo, y juntos a un mismo compás, nuestros corazones se comunicarían a través de paredes y calles, puertas y jardines, haciendo que, como si de barcos a la deriva pidiendo auxilio a través de código morse se tratase, nos rescatáramos mutuamente. Y como fabricamos nuestra realidad desde la forma en que procesamos nuestras experiencias, es decir, mediante nuestras emociones, mi dolor era insoportable, porque realmente yo estaba allí, yo estaba con la nueva pareja cuando se hacían caricias o cuando P. le besaba en los labios; y los veía ahí, delante de mí agarrados de la mano, sin que mi orgullo me permitiera intentar separarles. Y es que ni siquiera en mi imaginación podría yo implorarle que volviera a amarme ya que sentí desde el primer instante, en lo más profundo de mi ser, que humillarme no me llevaría más que a despertar dentro de ella un sentimiento de pena hacia mí, que al sentirlo yo en ella, se transformaba en pena de mí mismo y rabia porque ella no estuviera ya enamorada. Espectro moribundo, duende enfermo que acompañaba a P. a cada paso, fantasma presente en cada nuevo gesto de amor con su nueva pareja. Y es que esa realidad creada en mi mente me hacía estar allí, era real, estaba junto a ella, sombra que mira sin poder actuar, que ve como labios que antes eran suyos besan a otra persona que no es él y que lanza la mano cubriéndose la cara con la otra en un vano intento de evitar el fatal desenlace que le hace retorcerse de dolor. Pero incluso habiendo podido actuar, si mis fantasías se hubieran hecho presencia, no lo hubiera hecho, no, allí delante de ellos simplemente me hubiera girado, me hubiera ido roto de dolor sin mostrar mi tormento en una muestra de arrogancia y afectación malsana. Ahí los tenía, ella junto a otra persona y yo solo, aunque solo es como quería estar. Y es que en este caso el cuerpo era el que se equivocaba y me llevaba con su instinto irracional, con el que años más tarde supe empatizar, hacia un deseo de posesión y pertenencia insano.

Y es que esa noche mi cuerpo terminó por revelarse, exigía de forma contundente estar cerca de P., lo exigía, lo reclamaba, lo reivindicaba a través de ansiedad y sudores fríos, insomnio y lágrimas, angustia y desasosiego, esos eran sus gritos, esos eran sus desgarros. En ese instante no me di cuenta, pero justo ahí comenzó mi lenta pero ya irrevocable recuperación; en ese momento saqué de dentro de mi ser toda la rabia y dolor que de forma sangrienta iban arrancando de mi corazón, conforme eran expulsadas en violentas dentelladas, el amor que sentía hacia ella. Al conocer que compartía su vida con otra persona, al sentir dentro de mí su cuerpo gozando con otro distinto al mío, al fantasear sobre paseos de la nueva pareja de la mano, sobre sus cenas y confidencias, enfados y discusiones que antes eran cosa mía y ahora las viviría junto a otra persona, entonces sentí pena de mí mismo; esa pena que sentimos al vernos impotentes, hundidos, sepultados en un lodazal abajo en un foso desde donde no se ve luz ninguna, pero desde donde se puede distinguir a lo lejos cómo el resto de personas gozan de una gran felicidad; esa pena que surge precisamente de esa comparación, de ese anularte como persona y pensar que todo tú eres miseria y que los demás al verte sentirán una enorme misericordia, siendo la misericordia que más duele la que te puedes imaginar que sentiría por ti el ser amado si te viera en ese estado, cuyo rostro al mirarte adoptaría una expresión lastimera, de profunda empatía; esa pena lamentable, ruin, pena que siente pena de sí misma, esa pena que me imaginaba que P. sentiría por mí al verme era convertida en condena de mí mismo y en rabia hacia ella.

P. seguía existiendo dentro de mí, era un ente separado de la propia persona igual que el recuerdo de los muertos que siguen vivos en ti, pero los ángeles deben de ayudarnos, no deben de hacernos daño.

Capítulo 5:
La noche de la gran hoguera

Silencio, negrura espesa, sórdida soledad, una noche más iba a la cama y una noche más dormiría pensando en ella. No era una noche cualquiera, no, no lo era, eso aún no lo sabía pero latía en mi interior, era algo que se podía intuir, que tendría que pasar después de todo, después de quedarme solo, después de esa visita, sí, con esas frías y afiladas palabras metidas dentro de una conversación banal. En mi habitación, allí con la mirada perdida; esa emisaria que llegó sin mostrar importancia a lo que me iba a decir, sin ser consciente que marcaría mi tiempo, fijaría en mí una muesca atemporal. O quizás ella lo sabía, puede que supiera que dejaba dentro de mí una semilla que jamás antes había sido injertada, sí, era sin duda su propósito mientras cogía mi mano y se lamentaba por mi estado, mientras escupía veneno en forma de recomendaciones y apoyos, mientras desviaba su mirada para no cruzarla con la mía. Y esa semilla, ya en la soledad de mi habitación, ya condenado a afrontar un terrible descanso mientras miraba aterrorizado la cama, iba a provocar el crepúsculo más sombrío de mi vida, aunque tal vez lo que esas palabras soltadas de forma inconsciente pero premeditada no habían calculado es que la oscuridad, intensa, sin sombras, daría paso con su dolor a un nuevo mañana, a un nuevo ser prólogo de apasionantes acontecimientos cuyas raíces comienzan a formarse en esta noche de agonía y desolación, de angustia y lucha contra un sentimiento, contra unas sábanas, un colchón y una almohada.

Tendido en la cama, inerte, brazos pegados al cuerpo, piernas rectas, el techo se curvababa ante mi nariz.

Y la semilla comenzó a germinar.

Dulces lágrimas saladas caían sobre mis mejillas, no entendía nada, solo sabía que nunca había sentido algo igual, ese desgarro, esa sequedad. Mis labios formaban en silencio palabras venidas de mi mente que mi cuerpo no aceptaba, se revelaba ante ellas y rugía. Todos mis músculos se tensionaron al unísono luchando entre sí y un gran vacío entre mis pulmones me invadía. Me retorcía lentamente en la cama tapándome con la sábana, repitiendo una y otra vez desatinos que no me llevaban a ninguna parte y que solo hacían aumentar el sudor que ya recorría por todo mi cuerpo. Ruido de la calle, eco en mi cuarto, paredes que lanzaban hacia mis oídos el griterío de la gente que caminaba a esas horas de la madrugada. Abría los ojos y veía la oscuridad más profunda, más intensa, ya que todas las ventanas estaban selladas; todo mi cuerpo era hermético, necesitaba sufrir como el que suda para que se pase la fiebre. «No veo nada, ni nada quiero ver. Pablo. No hay luz sin ella, nada hay allí fuera de mi interés. Ella es única, sí lo es. La ventana cerrada, la puerta cerrada, sí, todo cerrado, necesito soledad y oscuridad. Mi pecho, mi pecho se estruja hacia dentro. Tengo sed, mucha sed y debo de dormir ya. Voy a beber, tengo mucho calor, mucho calor. La puerta cerrada. Es hora de quedarme dormido pero así no, así no puedo. Pablo. No, no puedo soportar esta angustia que me viene a latigazos como este que me está entrando ahora. Pablo, Pablo. Voy a escribir todo esto. Que nervioso estoy, que tenso. Voy a abrir un poco la ventana para que entre aire. No, mejor no, mejor la dejo cerrada aunque tenga calor. Así mejor, cerrada. La zozobra me comprime aún más el pecho, me seca por dentro, me hace desesperar. Venga piensa en otra cosa, piensa en lo malo de la relación, en todos los momentos que te hizo sufrir con sus celos desmedidos, con sus desdenes y desaires. Esta almohada, ya no sé cómo ponerme. Boca abajo me angustio, boca arriba me ahogo, necesito algo de aire, pero si abro la ventana entrará luz y más ruido. Ya no había química, no la había, pero sigue siendo mía, es mía aunque esté con otro, mía, mía. Voy a encender un momento la luz. Mía. Que calor Dios, a ver si con la luz encendida me quedo dormido».

Venían a mi mente una y otra vez pensamientos e imágenes, algunas reales, otras recreadas por mí, mientras mi desesperación aumentaba cada vez que intentaba no pensar en aquello. Me volvía a destapar y utilizaba mi sabana como abanico para secar el sudor que chorreaba por mi espalda. Sin embargo, a pesar del calor necesitaba estar agarrado a un cojín y necesitaba cubrirme. Toda mi vida había estado controlada, todo lo que no quería hacer lo apartaba y me quedaba con lo menos peligroso, lo más rápido, lo más instantáneo.

Apagué la luz para poder dormir, así con luz no lograba conciliar el sueño, imposible. Nunca había luchado por nada y nunca nada me había importado. Me creía una persona con suficientes amigos que no se preocupaba de recibir cariño. Entonces llegó ella, me atrapó en su red de posesión, droga dura que te hace sentir querido, droga dura que da lo que todos tenemos de sadomasoquistas, el masoquismo de que te controlen y el sadismo de controlar, droga dura que te hace sentir reconfortado y que como cualquier engaño te hace ver que con ella estás bien, pero sin ella solo puedes pasar un tiempo hasta que vuelves a por más. Nuevo giro en la cama, la almohada encima de la cara y mis dientes la agarraban con fuerza. Lo único que me aliviaba un poco era apretarme el cojín en el pecho, fuerte muy fuerte. Mi mundo había cambiado con ella y conforme iba transformándose no me daba cuenta que iba reblandeciendo mi corazón mientras sentía experiencias nunca antes vividas, nunca antes concebidas. Estas dos circunstancias se enlazaban en una espiral de dicotomía circular, por un lado positiva, al sentir sensaciones nunca experimentadas, por otro lado negativa, al enajenarme del mundo que me rodea. Giraba y giraba la espiral, cada vez más rápido. Ya no había líneas enlazadas, sino una sola mezcolanza que me embriagaba y me hacía sentir de manera distinta, de una forma muy extrema y nunca vivida. Mi camisa estaba empapada de sudor, humedad fría que me calaba los huesos, la noche avanzaba y la negrura de mi habitación no cesaba. Poco a poco todo el universo se ensombrecía ante mí, no aportándome la anchura de corazón que antes me daba, experimentando cada sensación como algo aburrido, algo anodino. Conforme mi corazón sentía, mi mundo se hacía cada vez más reducido. Es curioso cómo dejando de ver el todo y centrando la mirada en tan solo un objeto, tu cuerpo puede experimentar placer tan extremo. Pero así sucedió. El brillo de la persona amada hizo oscurecer el resto de mi mundo, tendiendo un manto negro sobre todo lo que antes aportaba placer en mi vida. «No veo nada, no encuentro quien nada vea en mí, siento vacío y desesperanza. Encenderé la luz, necesito quitarme esta camisa empapada. Pablo, quien fuera Pablo. Sin ella, sin su cariño, pero qué cariño, ya no me daba amor, ya no me respetaba, no veía nada bueno en mí porque tampoco yo podía mostrárselo, estaba demasiado ocupado en complacerla, en intentar que no se me escapara, y dejé de ser yo mismo. Ahora tengo frío, el sudor se seca y me resfriaré, pero la camiseta está mojada, no me la puedo poner. Se oye menos ruido, debe de ser tardísimo, quiero dormir. No me respetaba pero por mi culpa, por no ser lo suficientemente fuerte como para superar ese bache, como para emerger mi yo, mi yo que perdí buscándola. No, no, no ha sido culpa mía, es ella la que no me respetaba».

Mi pecho se cerraba cada vez más y una insoportable levedad interior se apoderó de él. Era algo físico, sé que lo era, pero el ahogo interior hacía que mi cabeza se nublara y se volviera terca. Mezcla a partes iguales vacío del alma con presión pectoral, unas dosis de ahogo y una sensación febril desconcertante, y ahí tienes el cóctel mágico que te lleva a que tu mente desespere. Ella, mi mente, siempre racional, busca explicaciones, busca ideas que puedan aplacar el infierno corporal pero no las encuentra. No es tan fácil convencer a la bestia, porque a la bestia no le sirven las razones dadas a la ligera y sigue aturdiéndome porfiadamente, sigue estremeciendo mis músculos, impulsando impetuosamente mi sangre y subiendo mi temperatura hasta hacerme desesperar. La bestia, mi cuerpo, necesitaba hechos contrastados, hechos que ratificaran que no la tendría más, que nunca volvería a ser mía, hechos que fueran irrefutables. ¡Ahí tienes a Pablo! ¡Nunca des esperanza a la bestia, porque la desesperanza es lo único que te puede salvar! Cuando de verdad sienta y no solo piense que no será nunca mía, entonces y solo entonces el cuerpo se aplacará, no tendrá ya motivo para la lucha. Y en eso estaba esa noche, en aplacar al corazón, al sentimiento, a la bestia, en hacerle ver de una vez por todas que ya no había marcha atrás. Un húmedo frío me recorrió el cuerpo ya que las sabanas andaban mojadas del sudor. «Pablo, se llama Pablo». Ese nombre machacaba mi cabeza desde que se lo oí mencionar esa misma tarde cuando me dijeron que P. estaba con otro. Retumbaba como una bola llena de pinchos dentro de mi cerebro, rebotando hacia mi pecho, haciéndome transpirar con mucha intensidad. Pablo, Pablo, Pablo, Pablo. «No puedo ni tragar, ni siquiera mi garganta me responde; me duele la cabeza de estar despierto y de estar tan nervioso, y tengo frío, estoy sudando y tengo frío, cuándo pasará todo esto, cuándo podré ser libre de nuevo. Qué silencio, solo se escucha algún coche pasar a lo lejos. Pablo y P. juntos, riendo, haciendo el amor, contándose confidencias. No, deja de pensar en eso, ya basta, cambia esas sábanas mojadas de sudor, sí, me pondré otras, ella no me quería, solo quería lo que yo representaba, mi sombra, mi yo externo, social, pero nunca se preocupó en conocerme de verdad, de hecho si alguna vez me vio, sintió miedo de lo que yo tenía dentro. Solo tengo una de manga corta, y con los brazos al aire pasaré frío, seguro que lo pasaré. Pablo, mis fotos, mis fotos en su cuarto, mi cara o la de Pablo». Me volví a acostar y al segundo me destapé dando golpes en el colchón, tirando el cojín al suelo. «No duermo, no duermo, no duermo nada y ya se escuchan los pájaros, ya se siente el día que comienza. Debe de estar amaneciendo, menos mal que tengo la persiana echada. Necesito salir, darme cuenta de que es absurdo que mi mundo sea una persona, que mi felicidad dependa de solo un ser. ¡Hay mucho ahí fuera, mucho, mucho, mucho! Entonces, ¡por qué no lo veo! Si me lo estoy diciendo yo mismo, maldita sea que me lo digo y no lo entiendo, estoy atrapado en un zulo del que tengo las llaves y no abro la puerta. Creo que ya no voy a dormir, ya es de día seguro, ya mi cuerpo no me pide descansar, he pasado la noche en vela. ¡Date cuenta al fin mala bestia! Ahora mi cabeza tiene la razón, hazme caso y deja de intentar tener algo que no volverá jamás».

En este estado necesitaba levantar la cabeza, mirar hacia arriba, y darme cuenta de que lo que me rodeaba es más de lo que había perdido. Es fácil entenderlo con la cabeza, pero el corazón va a su ritmo, la bestia necesitaba tiempo, necesitaba salir, necesitaba dejar de recordarla, necesitaba sentir de otra manera.

Años después, al recordar todo lo que había sentido, ya sin ese desasosiego interno, pude ver con claridad cómo el alma se me había cubierto de tinieblas, cómo dejé de vivir y de sentir el mundo exterior, y cómo me dejé arrastrar por pasiones enfocadas hacia una única persona. Con la perspectiva de los años pude darme cuenta, ya desde arriba, de cómo había sido esa ciénaga profunda, esa oquedad viscosa donde había quedado atrapado, desde la que solo experimentaba vacío y soledad, asco y repugnancia por todo lo que me rodeaba. Pero esa ciénaga iba a ser mi gran baza, mi gran inicio. Allí hablé por primera vez de forma directa con mi corazón, allí entre fango asomó levemente el hombre armadillo, aprendí que más allá de la razón había un mundo por descubrir, y enlacé ese mundo con el desasosiego en el que mi vida se había convertido. Ahora tenía un canal abierto y lo iba a aprovechar.

Capítulo 6:
El renacer

Respiración profunda, muy profunda y sosegada, ligero espasmo, leve oscilación del cuello sobre la almohada, suavidad, «qué a gusto», despreocupación, roce de la cara con el colchón, piernas en movimiento, dedos de los pies que se cruzan, placidez, brazos que cambian de posición, tos y nueva respiración, quietud, armonía, picor en la espalda, conciencia de estar despierto, tranquilidad, conciencia de haber dormido, indiferencia, manos que frotan la cara y revuelven el pelo, ligeros pensamientos enlazados al último sueño que transmiten una sensación de sosiego, paz y calma, enorme suspiro, giro en la cama de todo el cuerpo, cojín entre los brazos muy apretado en el pecho, reposo, conciencia de ser yo, conciencia de estar en mi cama, lejanía de los sueños nocturnos, activación del pensamiento consciente, bostezo... P., P., P., P., ojos abiertos, escalofrío, P., luz, angustia, habitación, convulsión, escritorio iluminado por pequeños rayos de una persiana vieja, P., Pablo, P., ansiedad, respiración entrecortada, sacudida, conciencia de la realidad y olvido total del agradable sueño que se difumina, se disuelve de forma efervescente y desaparece, antes era mi realidad, y ahora no es nada, inquietud, malestar, crispación. «Ahora soy yo, aunque antes, relajado y en paz, calmado, dentro de la protección que me daba mi estado onírico, también lo era, era yo protegido de las circunstancias que me rodean, aislado en mi mundo interior, aislado en un dulce inconsciente que me genera bienestar». Garganta obstruida, atascada, saliva que difícilmente circula por ella, aunque el gesto de tragar aparece sin que exista necesidad de tragar nada. Antes en paz y ahora de nuevo convulso y trémulo, dos antagonías en un mismo lugar, una misma persona y una diferencia temporal de segundos, milésimas de segundos que me llevan de un extremo a otro. Dos realidades muy reales, dos mundos muy conectados, una única realidad, la realidad que experimento en cada momento.

«Me siento muy mal, he despertado bien, sin acordarme de nada y ahora sigo enfangado, qué mala noche he pasado aunque al final he debido de dormir algo. Me duelen los músculos, estoy agarrotado. Huelo a sudor. Estaría bien encontrarme hoy con Gog, tengo ganas de verle, necesito hablar con él. ¿Por qué no puedo vivir siempre en el estado en el que me he desvelado? Estaba muy sereno, muy despreocupado. ¿Lloverá hoy? No recuerdo qué había soñado, no, no lo recuerdo. Tengo ganas de tomarme un yogurt. ¿Que sería, qué increíble fábula estaría experimentado que me llevó a ese estado de bienestar? Más bien creo que lo que pasaba es que se fue de mi mente el recuerdo de P., dormía sin pensar en ella, viví la ensoñación sin ella y fui muy feliz. Tengo que terminar el informe para Mr. Cubo, aún me quedan unas gráficas por acabar. Estaba muy calmado mientras dormía y ese yo onírico ha estado despierto unos segundos, unos leves y placenteros segundos en los que mi sueño se ha mezclado deliciosamente con la realidad. Tengo sueño, me duele la cabeza, mi habitación está sucia. El estómago me arde, me sube por la garganta y su ácido me hace rabiar. ¿No podría hacer eso mismo de forma consciente, de forma deliberada hacer que P. no existiera? Pero cómo lo voy a hacer de forma deliberada, si hago eso estoy pensando en P. para no pensar en ella. Tengo telarañas en esa esquina. Debo de ir al mercado aunque no tengo nada de hambre, P., P., P., debo de comprar pan y algo de aceite. ¿No podría controlar entonces mis sueños, o hacerlos resurgir, o vestir la realidad con ellos? Qué dolor de espalda al incorporarme de la cama. Si en sueños he dejado de pensar en ella, ¿por qué no lo voy a hacer ahora? Porque soy el mismo que dormía, e incluso despierto en el remanente del sueño, en la espuma final de la ola en la que iba feliz, despierto ya pero conectado aún al inconsciente, vivía en una realidad mejor, ¿por qué no usarla? Me duelen las piernas al andar, la espalda me cruje, qué mala cara tengo, aun las sabanas están pegadas a mi cara como el sueño se pegó a mi ser al despertar desvaneciéndose poco a poco como se desvanecerán estas marcas. Qué fría está el agua, pero me sienta bien, seguro que P. al verme me diría que..., no, basta, no más recreaciones, he de luchar contra las embestidas. Bajo a por pan».

Ya pasó.

A partir de esa noche en los abismos la recuperación se produjo lenta pero inexorablemente, ya no había marcha atrás, ya el corazón se había dado por enterado, la bestia había recibido por fin la noticia y al parecer comenzó a someterse a los hechos. Sin darme cuenta, pero siendo consciente de que para llevar a cabo mi curación debía de ser tremendamente humilde y paciente, comencé el proceso de aceptación, proceso que se inicia cuando perdemos el miedo a sufrir, cuando somos lo suficientemente valientes como para no rechazar el dolor. Es en ese instante cuando dicho dolor se va liberando, y como si de un torrente de agua a presión se tratara, va soltando con él la desesperación y el rencor, permitiendo que el pasado amor que sentía por P. fluyera también hacia fuera, dejando tan solo pequeñas trazas dentro de mí, trazas de amistad y cariño infinito. Deje de contar los meses desde que lo había dejado, quitándome de ese modo el yugo del tiempo y me propuse tardar todo lo que fuera necesario. Dejé también de enfadarme cada vez que me acordaba de ella, recuerdo que llegaba a mi cabeza en continuas oleadas. El tiempo no volvería a desesperarme, los meses en los que me encontraba mal no los volvería a rechazar y cada día debía de experimentar ese dolor sin enfrentarme a él, sin avergonzarme de él. Dolor que no era sino amor desprendido, amor que, acumulado en lo más profundo de mi corazón, debía de ser poco a poco expulsado en torrentes de desesperación y pasión, y cuyos restos finales aun no podía imaginarme que se convertirían en cariño años después. Paciente, humilde, calmado, convirtiendo el dolor en melancolía, fueron pasando los días, las semanas, los meses.

Y de repente, en ese transcurso del tiempo, tiempo que quizás no pasa sino que nosotros pasamos a través de él, en ese transcurrir llegó a destiempo la felicidad tan ansiada antes, ese deseo tantas veces soñado por mí de ser de nuevo correspondido por P., de recibir noticias suyas. Y entonces esa felicidad ya no fue tal. Ese tan rumiado anhelo, tan deseado meses atrás, de que P. volviera a mí, volviera a querer estar conmigo, sucedió, me llamó porque me echaba de menos, pero dejó de tener sentido al habérsele pasado su momento en el tiempo. Tiempo pasado en el que yo deseaba ese hecho como nada más en mi vida, y vida que transcurrió en un tiempo que hizo cambiar mis deseos. Tiempo, deseos y personas nunca llegaron a estar por siempre jamás en un mismo plano, en una misma realidad. Y cuando por fin el tiempo pone a tu disposición algo antes tan añorado, fantaseas sobre cómo tu yo pasado hubiera reaccionado y piensas con tristeza y gran pesar cómo es posible que dos personas puedan estar separadas por un mar de tiempo, mar que como de algo físico y espacial se tratara distancia a dos seres cuyo sentimiento quiso estar unido, sin ser ese sentimiento bendecido por la gracia del tiempo. Dos personas que se miran a través de un periodo pasado que nunca volverá y que lanzan su mano a través de dicho intervalo, queriendo mi yo pasado lo mismo que desea el yo presente de P. Dos sentimientos que se complementan de dos personas que se han querido, pero cuyo tiempo, como si de un espacio kilométrico se tratara, no les deja estar cerca, nos les deja ser felices. Y es que existen dos personas que quieren estar unidas, P. y yo, pero ambas estarán en tiempos diferentes aunque casi siempre hayan compartido un mismo espacio físico.

Si el tiempo fuera distancia, fuera materia, fuera suelo firme, si los años se hicieran pasar por kilómetros y los minutos se convirtieran en baldosas, si mis pies apoyaran sobre segundos y el recorrerlos hacia atrás no fuera un problema, entonces comenzaría mi marcha, giraría mi andar hacia atrás y comenzaría a cruzar los últimos tramos de nuestra relación, los últimos momentos vividos con ella, difícil cruzada llena de enormes cuestas y grandes acantilados con desfiladeros que durarían meses, y pequeñas baldosas de segundos inestables, ficticias y muy resbaladizas que me llevarían tras un gigantesco esfuerzo, tras un fastidioso caminar entre zarzas y endrinos que desgarrarían mi piel, a alcanzar los floridos llanos de nuestro comienzo, esa pradera inicial fácil de recorrer que disfrutaría caminándola, recorriendo sus templados y dulces bosques de azucenas que me embriagarían con su olor. La vería al fondo, en el inicio de todo, sonriente, ilusionada, en la baldosa inicial de nuestra relación, con los brazos muy abiertos y la mirada brillante. La vería e iría despacio hacia ella, muy despacio, muy lentamente, cada vez más pausado, cada vez más inmóvil, cada vez más cerca del comienzo. Quizás me quedaría en la última baldosa antes de llegar, primer segundo de nuestro junto caminar, y desde allí la miraría, sí, la miraría y, muy quieto, muy en silencio me giraría, dejaría de verla y volvería hacia atrás, hacia delante en el tiempo. Porque yo ya no soy esa persona de ese tiempo, a mí no me correspondería ya estar allí.

***

Lo que Grisha aún no sabía era que para amar, para tener un amor duradero, un amor sólido y maduro, todavía le quedaba mucho camino por recorrer, aún le restaba una larga senda en la que debía de desprenderse de todas las imágenes idealizadas que de este sentimiento albergaba en su interior «qué sabrás tú, necio narrador, muy redicho te veo para contar sobre lo que no has vivido». E incluso así su vida iría por otros derroteros, pero de eso él aún no era consciente. Y es que el amor al principio bebe mucho de ensoñaciones y mágicos mitos, se alimenta engullendo ilusiones y perfecciones que poco a poco lo convierten en un pesado y agotador deseo inalcanzable. Solo el paso del tiempo nos hace vomitar poco a poco ese apetito de alcanzar el ideal soñado, dejando de exigir al amor como si de un Dios se tratase, para, poco a poco, ir aterrizándolo a un plano más terrenal «vomito yo al escucharte hablar sobre mí». Solo cuando lo práctico, lo cotidiano o lo confortable se acercan al amor podemos asegurarnos su entero placer, ya que estos elementos lo domestican, nos lo hacen más cercano. Porque los ideales no son más que piezas muy pesadas y voluminosas encajadas en nuestro cerebro, ajenas a nosotros y a la realidad que en cuanto son descubiertas pierden toda su solidez pasando a un estado de vaporosa fragilidad, disolviéndose rápidamente entre nuestros verdaderos pensamientos. Y es eso lo que le sucede al primer amor, o a los primeros, que se basan en el concepto platónico del deseo, un ideal inalcanzable que nos termina superando «tus letras me provocan alergia, aun no sé por qué debes de estar aquí». Y es que los ideales inalcanzables se alejan de lo humano, nos crean superestructuras mentales, conceptos perfectos, dioses, amor puro al que supuestamente debemos intentar alcanzar, pero sabiendo que nunca lo conseguiremos al no ser nosotros perfectos. Es cierto que pierde su carácter divino, pero no somos dioses, y en el amor deben de intervenir aspectos muy humanos y cotidianos que al inicio, al tenerlo idealizado, nos parecerían una obscenidad tan siquiera acercarlos a él, y que luego nos damos cuenta de que son estrictamente necesarios, son de hecho la esencia de ese verdadero amor «no es forma de contar una historia, no, no la es ¿O es que crees que con pomposas frases podrás contar lo que me sucedió?».

Y Grisha aún se encontraba en ese bello aunque desesperante primer estadío, fase virginal en el que aun el himen de la ilusión por alcanzar el ideal soñado por todos y no alcanzado por nadie aún no se ha fracturado. Al desvanecerse esa ilusión, al dejar de correr en tierra árida alzando el brazo tras el ideal soñado, al pararte y darte cuenta del sinsentido de esforzarte por lo inalcanzable, zanahoria nunca comida por un caballo cada vez más escuálido, entonces te llega la dulce y sosegada decepción, tras la cual, como si de una cortina de teatro se tratara, aparece en escena la auténtica realidad, la verdad menos absoluta de todas, el amor más sincero y verdadero, el amor real, o mejor dicho no-real, ya que emana de tu realidad, de las circunstancias, de tu propio yo interior « ¡deja de sentenciar, deja de lanzar axiomas carentes de sentido!, me asquea».

Pero Grisha, como hemos dicho no iba por ese camino, digamos que no eran para él esas formas de amar. Por mucho tiempo siguió atormentándose al no ver su vida reflejada en la de los demás, ese sentimiento de desamparo al que te enfrentas cuando ves que tu existencia es diferente, enorme vértigo del solitario, enorme inseguridad del diferente.

Capítulo 7:
El futuro te habla a ti

«¡Silencio!, ¡cállate, calla de una vez!, déjame a mí estúpido narrador, deja de inmiscuirte entre él y yo, no te mezcles más, no lo vuelvas a hacer; estemos solos tú, tú y yo, lector que coges estas páginas y protagonista que por fin cuenta de verdad sus memorias, no permitamos que nos moleste más este infame que nada sabe, que solo especula, solo inventa y solo relata de forma grandilocuente una historia realmente sencilla. Tú y yo, sí, tú, crea conmigo un canal, viaja al futuro que yo retrocederé para que nos encontremos rodeados de estas palabras, deja que estas letras te envuelvan, mira cómo cálidos brazos formados por párrafos te rodean, siente el calor de mis frases, la ternura de mis descripciones, el roce de mis pensamientos, el aroma de la tinta.

Y es que, ahora que este necio ha comenzado a contar mi historia me abruma esa no-vida que llevaba a cuestas, esa no-existencia, sin valentía, sin vitalidad, sin nada, en esa nada más absoluta que te da la compañía de los otros, que te da esa vida contemporánea rodeada de coetáneos orgullosos de sus logros, esa vida pegajosamente moral que vive vanidosa disfrutando de su tiempo, esa vida que has estado leyendo en capítulos anteriores y que veía cómo me devoraba. Ahora miro al pasado desde mi nueva realidad, desde mi más absoluta destrucción de la vida que me ha llevado a vivirla con la mayor de las pasiones. Aún no sabes cómo he venido hasta aquí, no lo sabes, no conoces cómo llegué a esta ensangrentada habitación llena de sombras que mueren ante la mía, aquí a gusto, plácido, junto a Rosalbina y junto a ese cuchillo que gotea roja esperanza. No sabes por qué mi piel emite luz, no sabes ni quizás lo sabrás. Sentado en mi sillón, con ella a mi lado, pronto vendrán los demás y discutirán sobre lo que ha podido suceder, y quizás en ese momento puedas aprovechar para entender algo de lo que aconteció. Pero tranquilo, camina con gracia entre estas páginas y lo descubrirás, o no.

Rodeado de basura, pared encalada llena de humedades, viejos muebles de madera, una cómoda, un espejo, apartado de todos para no molestar a nadie, solo Gog, sólo él me entendía, solo él era lo suficientemente sensato como para poder hacerlo. Fue una evolución sin rumbo, sin sentido y sin final en la que me vi inmerso. Caída al abismo, ese cálido y pasional abismo dionisiaco en el que el sufrimiento es el germen de la felicidad, y en el que tras la destrucción activa de toda mi no-vida conseguí alzarme por encima de ella, viviendo ahora la vida que no sabía que quería vivir, que ninguno de vosotros sabe que quiere vivir; que tú, sí, tú no sabes que quieres experimentar. Me comunico ahora, momentos antes de mi muerte, con velocidad y agilidad, con fuerza y mucha templanza, y me dirijo a ti desde un lugar mucho mejor, mucho más apropiado; una habitación inmunda, una ropa llena de babas y excrementos. Te hablo desde mi muerte más vital, desde mi agujero más amplio, desde mi reposo más activo, desde el lugar donde te complace sentir el calor de los demás; sin necesidad, sin dependencia, aceptándolo todo, sometido a mi propio designio.

Coge aire y déjate llevar, deja que los largos tentáculos de la siguiente frase te atrapen cálidamente: mírate, mira tu borrosa nariz, siente cómo tus ojos están encajados en una oquedad, mira tus dedos cómo me agarran, tienen uñas, mira tus manos, tienen dedos, mira cómo pasan estas páginas, cómo agarran la pantalla y cómo tus brazos lo sostienen todo, como esos brazos son sujetos por hombros que se mueven ligeramente con cada respiración, con cada inflamación pulmonar, que respira aire antes respirado por otros, aire compartido por cualquiera, aire de personas que no son tú, que no soy yo, mismo aire para distintas vidas, mismas vidas enlazadas en un entramado extraño, rencoroso, huraño y avinagrado de normas, conductas y deseos marcados por otros, por gente extraña y lejana que ha respirado el aire que tienes aún en los pulmones, pero que no comparten nada contigo excepto la vida (¿me sigues?, ¿bailas?, ¡respira!); pero no tu forma de usar esa vida, de jugar si es que te atreves a divertirte y recrearte por ella y con ella, con la vida que ahora quizás no vivas, ya que quizás vivas la de otros que antes respiraron lo que tú, pero no como tú, con tu cadencia, esa cadencia, esa métrica vital que no terminas de dominar, ese loco compás disuelto quizás en el orden y la proporción de la musicalidad universal, tenebrosa y áspera, rencorosa y resentida, militar, muy marcial, (¡vamos sigue, sigue!) que busca reclutas con ansia, que necesita movilizar a cuantos más mejor, para de ese modo reafirmarse, sentirse la Única, la Universalidad Ecuménica, la Absoluta Verdad sin dudas, sin discusiones, sin opciones a pensar en nada más allá (y ahora comienza de nuevo). Sé dueño de tu respiración, sé el director de la orquesta de tu vida.

Nada veo más allá... ¿o sí?, nada escucho más allá... ¿o sí?, nada siento más allá ¿o sí?, nada, nada, ¿o todo? ¿Tienes miedo? Ya no estás leyendo lo que escribió él, el narrador, ahora estás conmigo, pero intentaré no volver a molestar, intentaré estar en un segundo plano.

Y ahora volvamos al pasado, deseo que veáis cómo llegué a mi trono de barro y estiércol, deseo que descubráis por qué tengo a mi lado a mi princesa Rosalbina y por qué ahora, en esta para otros mustia y decadente habitación yo tengo a mi alcance la vida en su totalidad.

Le cedo la palabra a este necio cronista».

SEGUNDA PARTE
LA SIMIENTE

Entra dentro de ti para verme, para verte, para descubrir que lo que más te asusta es lo que más te pertenece.

Venga...adelante.

Capítulo 8:
Espíritu de halcón

Libros, libros, libros. En la soledad de una lúgubre habitación. Libros.

"Vi las mejores mentes de mi generación destruidas por la locura, hambrientas histéricas desnudas"...

«Pero no, yo no las he visto, rodeado de seguridad y buenos consejos yo he vivido en la ambigüedad de un próspero bienestar, en la laxitud, abandono de una vacía y amarga opulencia. Yo escribiría otro *aullido*, escribiría otro sordo grito.

Y es que creo que he visto a las mejores mentes de mi generación destruidas por lo cotidiano, desnutridas calmadas elegantes,

caminando por las calles de los afortunados en busca de una colérica aprobación,

hombres contemporáneos rectos con cabezas de ángel ardiendo por conectar con la estrellada maquinaria de la placidez, de lo ordinario, de lo habitual

que ricos y elegantes y excitados pasaron el día trabajando bajo la luz artificial de oficinas frías, cargando sobre sus hombros hipotecas del bienestar, que vagaron por ahí y por ahí entre papeles que no les interesaban preguntándose a dónde ir, y se iban de sus oficinas sin dejar corazones rotos,

sin sueños, sin dificultades, con pesadillas que despiertan, familias y bromas y seguridad sin fin

que fueron aplastados por sus sueños de seguridad, deshidratados en sus esperanzas y que buscan en la mentira vías de escape a su absurda opulencia.

«Claro, así sería ahora nuestro *aullido*, ese sería el grito de desesperanza. Qué distinto y qué trágico. Pero qué me sucede, qué ocurre a mi alrededor, pensamientos locos, pensamientos de gelatina, pastosos, ácidos, que se repiten; las cosas no son como solían ser, tengo una sensación rara, no sé cómo llamarla, es una especie de resaca, sí, como un mareo, estoy muy mareado, es como si la realidad me doliera, me da miedo, ha salido toda cruda y se muestra hostil. Y no sé por qué hablo conmigo mismo, ni sé si siempre fue así, si soy yo el que he cambiado, o si ahora es diferente, si es la realidad la que se ha transformado. El caso es que atrás solo veo una orgía desenfrenada por vivir experiencias, por segregar adrenalina, por ser mejor que los demás, máscaras y sombras que aburren; me irrita pensar que nada era como parecía ser, me da miedo, todo me da mucho miedo».

En la calidez del desamparo lejos de la casa de sus padres, aislado, sin pareja, sin familia, sin ducharse.

Y es que Grisha poseía en los momentos en los que no estaba enmarañado entre los recuerdos de P. una forma de percibir el mundo extraña, ajena, diferente y apasionada, ardiente, entusiasta e inflamada que hasta ese momento nunca había sentido. Se había quedado solo y deseaba levantar su corazón por encima de ese yugo moral que formaba la sociedad en la que vivía, que te seca, que te comprime, que te cuida. Eso sí, presentía que vivir alejado de los compromisos sociales, vivir fuera de lo que los demás presuponen que es tu felicidad, sería una tarea muy dura. Lo mirarían con asco, con desprecio, lo mirarían con rencor y en última instancia con una envidia escondida bajo varias capas de inquietud y lástima por una vida perdida, la suya, que lejos del abrazo de los demás palidecería. No se lo iban a permitir, que va, no le dejarían ir a su aire, porque ofende, ofende mucho pensar que alguien como él se pueda creer tan listo como para desmarcarse, eso agrede, incomoda, eso hace sembrar la duda en los demás. Y el que te hagan especular agravia, es un verdadero ultraje, un insulto que nadie ponga en duda tu forma de vida, vida estructurada sobre unos pilares inamovibles, unos pilares construidos por todos y no pensados por nadie. Si todos somos iguales entonces nadie se equivoca, ni tú ni yo; por tanto mantengamos el statu quo, de otro modo te podrían llevar a creer que a lo mejor estás, si tú que lees esto podrías estarlo, equivocado. «Necio, necio, necio, no opines necio narrador, limítate a contar, a relatar, pero deja tus comentarios al margen, estás manchando mi historia, mi vida. Y deja al lector, no te dirijas a él, eso es cosa mía, y si lo consigo tan siquiera un segundo en todo este libro, entonces habré y él habrá conectado con su verdadero ser».

Además, en la lúgubre soledad de esa habitación de motel, húmeda y gris, le disgustó mucho pensar que ese estado mental, mucho más sensible y moralmente desgarrador que ahora poseía, se producía porque estaba experimentando el duelo por la persona amada, es decir, ese vacío interior surgido de la ruptura era el que le estaba dando esta lucidez inusitada. Lo que Grigoriy no entendía «¿tú sí lo entiendes?, por favor...» era que ahora el dolor daba paso a una luminosidad extraña, no ajena porque era su luz, pero sí misteriosa, exótica, desconocida. Siempre se había sentido diferente a todo el mundo y ahora se daba cuenta que intentaba esconder dicho sentimiento actuando como el resto de las personas, viviendo hacia fuera, llevando una vida que todos envidiaban, que a todos gustaba....a todos menos a él. Su felicidad dependía de lo que los demás pensaran, de lo que los demás le dijeran, y necesitaba continuamente ese reforzamiento exterior, ese "dime lo bien que vivo para que yo piense que es cierto, que soy feliz". Y ahora, en el dolor de su aislamiento, desde la dentera provocada por una árida melancolía, un seco y polvoriento caminar entre extraños (él era el gran extraño) en el que las encías se le desquebrajaban y los dientes mascaban arena, iba entendiendo que debía buscar la felicidad dentro, muy dentro, porque ahí sí había humedad, sí había frescor y rocío, ternura y suavidad, y que buscar el éxito, es decir, la admiración de los demás, solo le llevaría a la ruina más absoluta, a la dependencia más aterradora, ya que solo sería feliz en ojos ajenos, nunca en los propios.

Pero él lo comenzaba a ver, veía allá a lo lejos que la individualidad estaba por encima de cualquier condicionante o norma moral y que desde luego, encorsetarse en un mundo, en una vida hecha para todos, diseñada para que todos vivan en paz, no era posible. Y no es que lo viera con sus ojos, ni siquiera ese pensamiento se había arrimado a su corazón, pero era algo que circulaba entre sus arterias, algo que poco a poco iba cogiendo forma; no lo masticaba, pero digamos que el regusto se movía por debajo de su lengua. «No quiero paz, ni tranquilidad, ni vana tutela, quiero sentir abandono, desamparo, vivir la soledad, soy ruin, un despreciable mezquino; quiero impulsarme libre pero tengo miedo, no tiene sentido querer sufrir, ¿o sí? Me gusta mi trabajo, bueno, no me apasiona pero me pagan bien, sí, me pagan bastante más de lo suficiente para ser feliz y no tener preocupaciones. Así, sin inquietudes y con un buen trabajo podré realizarme y ser, ser como todos. ¿Es que acaso es malo pertenecer al mundo? No, no es malo, no; podría haber sido feliz con mi trabajo y mi novia, teniendo esos apoyos haberme realizado junto ellos. Pero no, cada vez me ahogaba más, y cada vez me siento más atrapado en un frío miedo, en una helada oquedad en la que cuesta respirar. Miro a los que no tienen empleo, esos sí están jodidos y no yo, no tengo derecho a la queja, bueno yo sí que estoy mal pero no sé por qué, no sé por qué, y me gustaría saberlo, me gustaría poder ser feliz al comprarme una camisa nueva, así de simple, así de fácil, pero no lo soy. Y esos que están peor que yo... ¿los envidio?, ¿envidio su libertad de poder quejarse?, ¡eso es ridículo! Me gusta la simplicidad de sentirte mejor al llevar un buen reloj o conducir un buen coche, vacía, efímera pero dulce felicidad. Pero a mí no me complace, no penetra ese dulzor en mis entrañas. ¿Por qué? Claro que me gustaría querer ser como todos, sí, no es malo, no lo es. ¿Por qué iba a serlo? Vivir cómodo conforme a las pautas instituidas, vegetando lo mejor posible, porque no creo que nadie allá afuera intente con unas normas absurdas hacernos a todos infelices. Me gustaría poder ser como todos, disfrutar de ser un hombre contemporáneo. No creo que un grupo de individuos ajenos, huraños, avariciosos y terriblemente malignos se hallan reunido para crear una serie de normas que van en contra del ser humano. Si tenemos este modelo de vida es porque será el más válido, el más empírico con la prueba y el error de generaciones tras nosotros. ¿O no?».

Grisha empezaba a entender que existían personas que habían nacido para dejarse llevar, viniéndoles esta vida como anillo al dedo, pero también creía en la absoluta desigualdad del ser humano y en la imposibilidad de que un mismo modelo de vida pueda ser válido para todo el mundo. Y es que poco a poco iría dejándose guiar por su luz interior, que como si de una inmensa antorcha se tratara, iría encendiendo una naturaleza ahí fuera por descubrir, una naturaleza que según la intensidad que cada uno obtenga de su interior se conformará de formas muy diferentes, con sombras más o menos alargadas y colores más o menos vivos. Una naturaleza siempre distinta para todos, ya que cada uno la alumbra según su energía interior, conformándola a su manera, vislumbrando unas zonas u otras que le llevarán a tener una u otra opinión aunque se observe un mismo lugar, una misma situación o circunstancia. Ese lienzo que es la vida se conformaba en los ojos de Grisha gracias a muchas capas de pintura chorreantes de realidad que iban dejándose caer una sobre otra, siendo esa pintura reflejo de un mundo exterior sin importancia, sin mayor consideración que el propio dibujo que se iba creando por la mezcla; dibujo propio y única verdad absoluta, única verdad tan universal como cada una de las miradas que observan al mundo irreal en el que vivimos, una verdad absoluta tan diversa y tan relativa como el pestañeo de cada persona, el giro ocular de cada individuo, una verdad tan absoluta como cada estado emocional de la persona que mira un limón y ve en él la vida, la naturaleza, el color amarillo, la acidez, el daño al ser lanzado o el aroma al ser acercado a su nariz. Al final, de un inmenso bostezo, de un grandioso tedio, abriría Grisha su boca y emanaría de ella la luz cegadora que todo lo alumbra, que todo lo deja ver, pero no nos adelantemos a los acontecimientos que ya vive, que ya siente, este dichoso y amante ser.

Esos momentos de reflexión eran utilizados como maná existencial, se agarraba a ellos como a sus libros, a los que consideraba su único refugio y de los que recibía la lealtad, la afección y hasta el cariño que necesitaba en ese momento. No es que fueran un sustitutivo del amor, pero mientras leía pensaba de forma elevada, se sentía superior a todo y a todos, experimentaba la pasión del que había escrito esas líneas, del que había conformado ese mundo y se sumergía en él dejándose llevar por las emociones que emanaban de su cuerpo, sintiendo esa ¿ficticia? realidad, que confundía con sus otras oníricas existencias.

Libros, libros, libros… y soledad.

Capítulo 9:
Las primeras visiones

Ver lo que sientes o ver lo que percibes, qué más da, al final solo queda la soledad del ser interior, esa cueva fría cálida acogedora.

Mirar cara a cara lo que sientes, qué miedo,

echándolo hacia afuera, ahí fuera, desnudo, despojado,

viendo ahí tus miedos, tus anhelos esperanzas quereres,

proyectar tu interior hacia fuera, un disparate,

viendo el mundo como tú quieres que sea, como tú quieres que sea,

jugando con él, desafiando a la realidad, pugnando porque sea solo tuyo,

Hacer tuya la vida, qué locura.

El día era oscuro, nubes grises cubrían de desesperanza el cielo y un cálido aire otoñal confirmaba el fin del verano y la llegada de la lluvia. Las ramas se movían, las hojas pugnaban por no caer. «Has descrito con muy poco sentido artístico un día cualquiera, ahora calla y escuchémonos a mí en ese día, cualquier día, del pasado, de cualquier pasado, qué más da. Qué más da que digas otoño, qué más da el cuándo, el cuándo no importa, no importa nada».

«Mi habitación estaba sucia y desordenada, las paredes llenas de grietas simbolizaban mi decadencia, mi declive, mi degeneración, mi aislamiento de la vida contemporánea. Las grietas se movían, las veía en ciertos momentos ensanchar para luego recobrar su aspecto original. Libros tirados por todas partes, algunos sin empezar, otros sin acabar. Libros que me abrazaban por las noches, que dormían junto a mí. Me había marchado de casa y ahora vivía en una vieja residencia; necesitaba sentirme más hundido, más y más, mucho más de lo que los demás decían que debía estar, sabiendo que tenía que seguir cayendo, tenía que seguir desmoronándome, necesitaba sentirme triste y desengañado. El sabor del desencanto me estimulaba, la sensación de soledad me rodeaba con sus brazos, fríos, mucho, pero suaves y delicados. Era un tiempo en el que mi organismo se llenaba de melancolía y una gran añoranza cubría todos mis actos, que se volvían pesados, agotadores, pegajosos. Era un tiempo en el que cada intento de hacer mover mi voluntad, cada tentativa de iniciar alguna actividad se chocaba con una gran angustia interior, un vacío que helaba mi pecho y engarrotaba mis músculos, un vacío provocado por una gran sensación de aislamiento, de soledad, de áspera y dolorosa soledad que llevaba a hacerme sentir inerte, frío, como el granito. Era un tiempo en el que ni siquiera había en mi habitación un baño, ya que era compartido por toda la planta y tan solo disponía de un lavabo con un diminuto espejo en el que no cabía toda mi cara. Y en ese tiempo, en esos momentos, en esos instantes mi cuerpo pedía cariño, roce, calor humano, mi ser estaba truncado al no tener a nadie que me proporcionara afecto, al no tener a nadie que me arropara contra su pecho y me transmitiera calor. Sólo los libros, ellos sí me lo daban. Esa sensación es la que siempre había experimentado durante toda mi vida, durante todo mi tiempo, pero tras el paréntesis con P., que me hizo ver que era posible no tener ese dolor y esa falta, ahora mi cuerpo me exigía una rápida solución a sus trastornos. El techo estaba muy alejado de mí, era terriblemente alto y esa gran cavidad me hacía sentir muy vulnerable, muy insignificante. Si les contase estos pensamientos a mis amigos o a mi familia se reirían mucho de mí.

Es curioso, pensaba, como en ocasiones, en otros tiempos, todo lo que te rodea te proporciona gozo y satisfacción, e inopinadamente, las mismas sensaciones que te llegan del exterior, provocan en ti (otros instantes pero en mismos lugares) un gran abatimiento, una inmensa desgana por vivir. Ante mismos estímulos, en un mismo lugar y en horas similares, mi cuerpo reaccionaba de forma diferente. Sufría una especie de trastorno bipolar con grandes diferencias en mi humor y mis ganas de afrontar la vida. Estaba claro que aún no había abierto los ojos, aún no me había dado cuenta que la felicidad no es una búsqueda, sino una aptitud, y que no está fuera de ti, sino dentro, muy dentro y que se refleja en cada minúscula partícula. Por tanto, en esos momentos no comprendía el enorme camino que aún me quedaba para alcanzar el "no control" de lo exterior, el acatamiento y la sumisión activa al entorno, la mirada ciega hacia el alma, la plasticidad derivada de la aceptación de los hechos que devienen y que no deben de ser catalogados, etiquetados ni inventariados, ya que dependiendo de quién y cómo se afronten, su resultado final es antitético.

Tirado en la cama sobre un incómodo colchón de muelles que sonaban en cada ligero movimiento, sentía el ruido del aire al chocar contra los muros del viejo y destartalado edificio, aire húmedo que hacía bailar a los árboles la danza de una lluvia próxima a aparecer. Un pequeño ser peludo estaba posado en una de las ramas que se movían violentamente, pero parecía que no tenía problemas. Se balanceaba encima de la rama sin inmutarse. Miraba hacia mi habitación mientras sus garras hacían sangran el tronco donde estaba posado. Volví a mirar y ya no estaba. Una de las ventanas al abrirla me mostraba un ojo patio interior en el que apenas entraba luz y sobre cuya pared escalaba una enorme hiedra que iba invadiendo todo a su paso, hiedra que tenía que podar regularmente para que no dominara mi habitación. Las hojas más cercanas tenían ventosas, me querían atrapar, me querían succionar.

Era curioso como mi pequeño apartamento cambiaba de tamaño frecuentemente y sus muebles no siempre envejecían, ni seguían el ritmo marcado por el devenir del tiempo. Hoy el piso se había reducido considerablemente, había empequeñecido. Al despertar sentí que esa noche las paredes se habían hecho más gruesas, más grises, se habían esponjado, y que una capa de moho había invadido parte de su superficie. Intenté proponerme limpiar un poco, pero un gran vacío interior me impedía acometer ninguna de las actividades que me proponía, ese vacío me paralizaba, tiraba de mis articulaciones hacia dentro. Los muebles seguían su proceso de envejecimiento prematuro sin que nada pudiera hacer para detenerlo y el aire se hacía cada vez más polvoriento, a veces hasta grasiento. Y era curioso como los objetos que antes usaba habían cambiado su valor, o era yo el que les daba un valor distinto. Mi cuerpo pesaba, mis músculos se reblandecían. Miré a la pared y vi salir de ella una enorme cara peluda, estaba llorando sangre que resbalaba entre los pelos de la mejilla. Moví la cabeza bruscamente, la cara se marchó.

En esos días, aún ciegos y tenebrosos de pérdida, de duelo ante el ser querido, los momentos de felicidad se reducían a meros instantes en los que mi cuerpo se relajaba y sentía por una milésima de segundo la libertad ante el dolor al que me sometía mi sentimiento de soledad. Esa milésima de segundo, esa sensación de libertad se diluía rápidamente, y como si de una montaña rusa se tratara, mi placidez sufría una rápida caída hacia un dolor que me comprimía las entrañas. Aún no había aprendido ni tan siquiera a canalizar mi sufrimiento, a no enfrentarme a él. Era un necio, un ignorante, un auténtico asno emocional incapaz de ver que peleando contra un sentimiento, rumiándolo, subiéndolo del corazón a la cabeza y de la cabeza al corazón, haciéndole que se enfrente con él «cómo me gustaría estar en estos momentos», solo conseguía que se enseñoreara, que creciera dentro de mí, musculándose a medida que intentaba desecharlo.

Llevaba dos semanas encerrado y el techo de aquella habitación cada vez se alejaba más de mi cabeza. Vivía solo en el centro de la ciudad desde hacía seis meses. Aún tirado en la cama, mirando hacia arriba, hacia el movedizo techo que de forma vertiginosa se separaba de mí, veía mi futuro, me preocupaba por cómo mis acciones de hoy repercutirían en el devenir de mi vida. Me quedé medio dormido. Me levanté y me dirigí hacia la salida de mi habitación buscando el final de un angosto y húmedo pasillo donde se encontraba el baño. Sentía unas ganas inmensas de orinar y notaba como mi vejiga se ensanchaba por momentos. Al abrir la puerta de mi habitación me encontré que el pasillo estaba lleno de gente, una gran cantidad de personas que ni siquiera me dejaban abrir con comodidad la puerta. Era todo muy extraño, ¿qué hacía toda esa gente en el pasillo de mi residencia formando una cola justo desde mi cuarto hacia el baño? ¿Y por qué los que había justo al lado de mi puerta era gente tan vieja? Las ganas de hacer pis crecían por momentos y comencé a apartar a empujones a los ancianos que allí se encontraban, que no se movían pero tampoco me facilitaban el ser apartados para dejarme paso. Todos intentaban agarrarme la cara y con suma parsimonia me iban soltando como el que suelta lentamente un objeto pesado que sabe que no va a poder contener y va resbalando sobre una superficie helada, pero que hasta el último segundo intenta retener, mientras escuchaba cómo me reprochaban cosas inteligibles. Ya no podía aguantar más, me estaba poniendo cada vez más nervioso, todos me sujetaban, me orinaba y mi cuello me dolía horrores al ser continuamente agarrado, mientras continuas reprimendas cada vez más intensas salían de la boca de estos viejos achacosos. De repente, ya cansado de intentar avanzar sin éxito entre matas de pelo blanco y dándome cuenta de lo absurdo de la situación, dejé de intentar caminar y me paré a ver quiénes eran todas esas personas que ya de forma abierta me acusaban de ser un irresponsable, de no mirar por ellos, de dejarles a su suerte, de ser un caprichoso egocéntrico y un egoísta. Al elevar la cabeza vi como la fila de gente era bastante más alargada que lo que recordaba podía ser el pasillo y que las primeras personas eran viejos de enormes barbas, cuya longitud decrecía conforme más se alejaban de mi vista. Sus caras arrugadas mostraban reproches y amonestación, y sus ojos, que a mí me parecían familiares, reflejaban una furia desmedida. No sentía miedo, ni siquiera extremada sorpresa por lo extraño de la situación y comencé a mirar hacia delante observando como a cada paso, a cada metro, las personas eran más jóvenes y con menos barba, muy similares todos entre ellos, los cercanos casi iguales, que seguían parando mi marcha, actuando como freno a mi avance pero sin llegar a detenerme del todo. Recorrí todas sus caras, que se hacían cada vez más finas, más estilizadas, siempre con la misma fiereza, mientras me decían que debía reflexionar, que debía pensar en ellos, que no fuera egoísta, que ellos me necesitaban y necesitaban que volviera a mi vida tal y como antes la tenía. «Vuelve a casa», me dijo el que ya apenas tenía canas, mientras mis ojos se abrían cada vez más. «Eso, vuelve, vuelve y se responsable, tienes unas obligaciones para con nosotros, para contigo. Trabaja y no pienses más en locuras de una juventud veleidosa y antojadiza». Seguí avanzando y mis ojos se abrían cada vez más, al mirar esos rostros y ver el mío en ellos cada vez más reflejado, cada vez más cercano, hasta que intentando avanzar levanté la vista todo lo que pude hacia el final del pasillo y me vi mil veces repetido ahí detrás, era yo, eran yo, eran mis "yos" de cada instante de mi futuro que me hablaban, me incordiaban, y ahí estaban haciendo una interminable cola. Llegué a la puerta del baño por fin, mirando sin decir nada a mi instante inmediato que estaba al lado de la puerta, que ya no me recriminaba y que solo me miraba con cara de angustia, pero no de miedo, sino angustia por un futuro incierto, echando la vista atrás alzando la mirada para ver a toda esa fila. Usando toda la fuerza que disponía conseguí abrir la puerta del baño y entré. Cuando salí ya no quedaba nadie y corrí a mi habitación a echarme de nuevo en la cama. Y desperté, con los ojos húmedos y la mandíbula apretada, los dientes doloridos; y me daba igual si durmiendo o en vela, si soñado o vivido, mi cuerpo estaba mojado y mis músculos entumecidos.

Me había orinado en la cama.

***

Decidí dejar de pensar y llevé a cabo un gran esfuerzo por asearme tras más de seis días sin pisar la ducha. Mientras me lavaba pensaba en aquellos tiempos, no hacía ni dos meses, en los que la habitación de casa de mis padres era luminosa y acogedora. Estaba siempre cavilando qué otra cosa podría comprar para hacerla aún más a mi gusto, mientras me dejaba llevar por un estado de ánimo espléndido. Ahora, la sola idea de salir a la calle me hacía sentir mal, me provocaba dolores en las paredes del estómago el hecho de exponerme a una sociedad con la que poco compartía, con la que poco quería compartir. Había intentado otras veces salir, pero la puerta al intentar abrirla comenzaba a distorsionarse, mientras era el suelo y no yo el que avanzaba, el que iba retrocediendo bajo mis pesados pies. Pero tenía que dejar ese piso, necesitaba aire fresco.

Limpio, aseado, dando pequeños pasos. El suelo pegajoso atrapaba mis pies, mientras la mano hacía por alcanzar un pomo cada vez más enorme.

Salí. La tristeza, lejos de alejarse, se agarró con fría firmeza a mi pecho haciéndome sentir muy expuesto a todo el fulgor que me rodeaba. Personas, piernas en movimiento, perros, aire, ruido. El sol caía y el hecho de pensar que pronto se haría de noche me hacía sentir aún más vulnerable. A pesar de experimentar una gran sensación de dolor me lancé a caminar sin rumbo, sin nada que hacer, sin nada que desear. Entonces me di cuenta que la gente no era como hacía unas semanas. Antes sentía con dicha que todos me miraban al pasar, sentía que me miraban con envidia, yo estaba por encima de ellos y sus vidas no valían nada. Era un pequeño déspota feliz que se reía de las existencias ajenas. Caminaba firme, erguido y mi sombra me acompañaba. Ahora camino torcido, me pesa el cuerpo, y mi sombra, mi sombra es más alargada que la del resto, más delgada y fina. Ahora cuando los veo siento temor y desesperanza e incluso deseo que alguien me muestre algún tipo de señal de cariño ajeno, aunque este deseo cuando lo pienso me provoca asco y pena de mí mismo. Es curioso cómo echo un vistazo alrededor y no veo nada que no me provoque congoja. Antes todo era diferente. Miro atrás y recuerdo un mundo mucho más luminoso, más salvaje, con gente muy diferente a la que ahora me encuentro. Quería abalanzarme sobre él, yacer en su seno y gozar con cada una de sus experiencias. Ahora todas esas opciones que el mundo me ofrece y que antes me apasionaban me provocan miedo y vacío. Dejó de brillar a mi alrededor y quedaron solo sombras y resplandores tenebrosos. Pero sé que no es por P., sé que algo ha cambiado, lo que aún no sé es si soy yo o son los demás los que me hacen sentir de esta manera.

Caminando maquinalmente sin rumbo mientras observaba el empedrado de las aceras veía cómo de entre sus grietas surgía un vapor rojizo con forma de pequeños demonios, y pensaba que mi estado de ánimo dependía de los acontecimientos ajenos, pero que en definitiva esa realidad, aunque externa a nosotros, al final es manipulada y mezclada con nuestros sentimientos, dando como resultado final una impresión (en el sentido estético del término) de colores y formas totalmente personal. «¿Por qué un mismo entorno, esta misma calle por la que he pasado cientos de veces, puede producir impresiones, dibujos, tan diferentes? Es raro, muy raro, realmente extraño. Estos árboles plantados en hileras a lo largo del paseo, algunos son solo troncos tronchados por el viento, este perro asqueroso, esta esquina maloliente. Sería más fácil vivir en un mundo objetivo, en una realidad común para todos. Me da asco esta esquina, pasaré rápido por ella sin mirarla, aunque ya la he mirado, está llena de orín, está negra y amarillenta. Este mismo callejón tras esta bocacalle me hace ver con claridad el hecho de que tras captar lo externo a mí, tras su paso por mis emociones, por mi interior, me surgen sentimientos antagónicos y veo realidades distintas. Charcos llenos de barro que intento evitar para no mancharme, hojas que revuelan sobre el suelo de forma caótica ¿o no?, verdes mezclados con grises y marrones, ropa blanca tendida que cruza el callejón y desprende aroma a limpio; menos mal que dejé atrás esa hedionda y nauseabunda esquina. Creo que al observar nuestro medio captamos la realidad sensorial, pero ésta no es la que llega tal cual al corazón, sino que antes es transformada por multitud de emociones, sí, por muchas de ellas, por toda una algarabía de sentimientos, que la alteran a su gusto, (como deben de haber alterado esa planta de glicina que sube entre la ropa al final del callejón) eliminado y rebajando multitud de elementos a la vez que realzan e incluso incorporan nuevas entidades. Entonces, ¿son mis emociones las que están cambiando este mundo exterior?, ¿tengo yo esa capacidad de crear otras realidades, de transformar el mundo de ahí afuera? Otro perro, qué asco me dan, ruido de ruedas sobre el empedrado, caballos trotando, un gran parque al final de esta avenida del que ya puedo sentir su humedad y su frescor, aunque allí habrá más perros. Sí, es por ello que la verdadera realidad, la auténtica, es la realidad sentida, sí, solo la sentida, último término perceptivo y subjetivo que cada ser humano tiene de ver el mundo a su alrededor.

Sí, es eso, vaya cosas pienso, debería de decírselas a alguien, pero para qué, mejor no, me costaría mucho esfuerzo que me entendieran, pero si lo hicieran no habría más enfrentamientos, no más peleas, ya que es absurdo pelear si no hay una verdad común por la cual litigar. Bueno, se lo diré a Gog, él si me entiende. Pájaros, multitud de pájaros grisáceos en los árboles verdes, espero que no me manchen al defecar, espero que me respeten, yo los respeto a ellos, sí, no lo hagáis, no. Entonces, según esto, interpreto la realidad según mi estado de ánimo, que además es provocado por la misma realidad que influye en mí; por tanto el exterior y el interior interaccionan de forma continua, enlazan sus energías que se retroalimentan, creando en su punto de intersección central un lugar llamado "mi verdad". Sí, esa es mi verdad, ¿o no?

Me encanta suspirar aquí en este parque, me encanta su frescor, aunque se escucha el murmullo del mercado de allí enfrente. Lo malo son los pájaros, no ellos, sino sus desechos, qué asco, no me gustan, no, y tampoco sus plumas. ¿Será esa la única verdad, la única para cada una de las personas que caminan al lado mío? Me encantaría sentarme en este banco, pero sé que al final estos malditos pájaros me mancharán el pelo, sí, caerá encima mía, están allá arriba en esas ramas. ¿Qué estará pensando esta señora gorda de mi derecha que camina quejosa con las bolsas de la compra? ¿Verá este estanque en el parque como yo, con sus colores y sus formas? Y ese señor del cigarro, con esa mirada de prepotencia y orgullo desmedido que sale ya hacia el mercado, su realidad no puede ser la misma que la mía, su mundo, el que está debajo de sus pies, no puede ser el mismo que yo estoy pisando. Que ridículo se ve con ese traje y esa corbata que le cuelga y que se retuerce por su cuello, que le aprieta y se enrosca, ahora se coloca erguida, me señala, me mira, me está observando, me recrimina algo, se mueve como una culebra, se balancea y vuelve a caer encima de su enorme barriga. ¿Qué se le pasará por la cabeza en estos momentos a ese señor, cuáles serán sus problemas? Qué me importa a mí la realidad de otros si solo vivo mi existencia que está marcada por mi realidad, única e indiscutible. Qué bonito el estanque con los patos, qué graciosos cómo se mueven, y cómo el agua refleja la luz del sol y las formas verdes de los árboles. Y aquellos ciegos que abogan por una realidad universal no saben dibujar la suya propia, no tienen el ingenio y el sentido artístico lo suficientemente elevado como para dibujar mediante sus pinceles emocionales su propio cuadro de la realidad. El agua debe de estar sucia y fría, debe de oler mal, y los patos con sus plumas mojadas me dan mucho repelús, no, no me gustan, me dan grima, seguro que tienen enfermedades y ayer vi a un hombre cogiendo uno para comérselo. Pobres los que se unen y discuten para bosquejar frescos y pinturas conjuntas, intentando encajar en un mismo lienzo brochazos con distintas técnicas, pobres, qué pena me dan todos los que se reúnen para crear una realidad común y universal para todos».

La calle que salía del parque estaba llena de gente, me sentía muy solo. Todos pasaban a mi lado hablando de sus manidas historias, mil veces repetidas, mil veces ya escuchadas. Conversaciones vacías que me provocaban un asco infernal. Una carnicería, el tendero con un largo cuchillo, el cuchillo incrustado en el cuello de una señora. Los ojos me traicionan, la señora sigue hablando con el cuello ensangrentado. No, es una enorme pata de jamón la que tiene clavada el cuchillo. Todos volvían una y otra vez sobre consejos ya sabidos, sentencias ya antes pronunciadas o discusiones mil veces debatidas. Conforme estas banales charlotadas iban siendo captadas por mis sentidos me fui poco a poco mareando, entrando mi mente en el mismo bucle circular que da vueltas una y otra vez sobre los mismos temas de conversación. Unas intensas ganas de vomitar invadieron todo mi cuerpo. Iba intentando fijar mi mirada en el suelo empedrado, acelerando el paso para salir lo antes posible de esa estrecha y sombría calle peatonal. Las sombras que la gente proyectaba se retorcían y alargaban al pasar cerca de mí, se alargaban si intentaran alcanzarme, pero al acercarse, como se si de muelles se tratan, se plegaban sobre sí mismas y volvían a adoptar su forma original a los pies de su dueño. El suelo comenzó a pasar por debajo de mis pies muy lentamente pero sin embargo yo avanzaba con rapidez. Llegué a un pequeño mercado medieval que cada año volvía sin remedio al mismo lugar, con sus tiendas y sus mismos productos. Una pesada niebla rojiza iba cubriendo todo el escenario. Pulseras, tapices, collares y anillos que podías encontrar en cualquier otro sitio quedaban allí expuestos al ansia de vida de la pobre gente que en ese rastro se hallaba. Me senté en un banco donde caí exhausto. Desde allí miraba el ir y venir de la multitud y poco a poco mi cabeza se fue recalentando.

Mientras un profundo frío escalaba por mis piernas y gotas de sudor emanaban de mi piel, comencé a ver cómo el mercado paulatinamente cambiaba. Algo dentro de mi pecho crecía como un tumor que se iba expandiendo, empujando con ímpetu mis costillas y haciendo que las bocanadas de aire que intentaba tomar se hicieran cada vez más cortas y pesadas, muy pesadas. Me agarré con fuerza la cabeza y la puse entre las piernas lo que me provocó un insoportable mareo que hizo que la tuviera que levantar de golpe. Al erguir mi cuerpo todo se iba distorsionando. Contemplé aterrorizado cómo los colores estaban desapareciendo y cómo los sujetos antes presentes se estaban transfigurando en anónimas voluntades rígidas e inconscientes. Todo ensombrecía, adoptando tonos rojos y grises. Los productos del mercado, antes de muchas variedades, se convertían en pequeñas bolitas de un rojo intensísimo y las personas de repente dejaban de tener cabeza, convirtiéndose éstas en vaporosas emanaciones que se fundían con la espesa niebla de más arriba. Cada pareja iba acercándose en riguroso orden a los puestecillos y al adquirir la esfera roja parte de ese color fluía por sus cuerpos, haciéndolos estremecer por un breve instante. Iban de la mano y esa unión era acumulación de color rojo.

Me asusté mucho y grité desgarradamente».

Capítulo 10:
La hormiga y la garrapata

«Lo tengo todo, lo tengo todo, todo, todo, soy un afortunado, no me falta de nada, lo tengo todo, todo, lo tengo todo, lo tengo todo, todo, lo tengo todo… no tengo nada…»

La hormiga reina

Me levanté muy nervioso del banco donde estaba sentado sin darle mayor importancia a la visión que había experimentado y me decidí reflexionar sobre qué podía hacer para mantener mi conciencia ocupada. Miré hacia abajo y vi que de mis pies surgían dos sombras. Pensé que podría ir a comer al pequeño restaurante donde servían esas empanadas tan sabrosas y me puse de camino inmediatamente. Las dos me seguían, hacían lo mismo que yo, una a cada lado. Se trataba de un pequeño bar familiar donde el dueño no solía hacer muchas preguntas, no hablaba demasiado. No me pregunté por qué tenía dos sombras, tan solo me pareció algo curioso, pero nada más. Solía ir a ese lugar al menos un par de veces a la semana, acompañado de algún libro que me sirviera de pasatiempo, mientras observaba de reojo el comportamiento de las personas que por ahí se encontraban, pero por norma general, cada vez que allí acudía, solo una sombra iba conmigo.

Me encantaba leer, sobre todo libros que no contaran historias, que no tuvieran final. Me atraían mucho las narraciones sobre hombres frustrados, perdidos en los mil caminos que la vida te ofrece, ahogados por una existencia que ni comprenden ni desean comprender. Siempre salía con un libro de casa, usualmente libros que Gog me recomendaba. Sus libros me hacían sentir más seguro de mí mismo, pensaba que leyendo mí tiempo no pasaba en balde, y además esta afición me daba una sensación de superioridad con respecto a los demás que me hacía sentir un delicioso desprecio hacia el resto de la masa. En esos momentos estaba leyendo un libro sobre los límites de las pasiones. Siempre andaba preocupado sobre ese tema y me gustaba mucho divagar alrededor de la frontera humana entre quedar atrapado por la razón y ser devorado por la pasión.

Y es que Grisha era un lector empedernido, devoraba libros, necesitaba estar leyendo algo que le llenara, si no se sentía vacío, nervioso, sin rumbo. Necesitaba saber que al irse a la cama, ya de noche, ya con la tranquilidad del negro silencio y la suave luz de la lamparilla, ya con su puerta y ventana cerradas, dentro de un cubículo impenetrable, ya nada podría molestarle, nada se interpondría entre su libro y él, él y su libro. Entonces el tiempo pasaba de forma diferente, se plegaba y retorcía dentro de esas cuatro paredes que empezaban a girar y a elevarse, desprendiéndose del edificio que les daba su forma, subiendo hacia el cielo mudo y estrellado, girando, mientras el resto de la humanidad hacía y deshacía, reía o padecía, bebía o se rascaba. Ahí arriba la habitación seguía herméticamente cerrada, en el vacío del aire, entre alguna nube que escondía el ir y venir de luces y tráfico. El tiempo era diferente en esa estancia, transcurría de otra forma, ni más rápido ni más despacio, simplemente era otro estilo de tiempo, sin dirección, sin ir hacia delante, sin expandirse, circular, solo había un libro, manos que pasaban las páginas y él. Eterno presente. Ahí tumbado, cada vez más relajado, aspirando el dulce aroma del papel manchado de tinta, sosteniendo el libro encima de su pecho, sintiendo, sintiendo ese peso en su pecho, dándole un ligero giro para que la luz reflejara las letras hacia su corazón, ahí en su fortín nada había más que él y la historia que iba leyendo. Y los demás seguían con su vida y con su tiempo, seguían yendo hacia sus futuros, mientras Grisha eternizaba y moldeaba el instante, eterno, fluido, maleable. Nada más, solo él, solo parajes y personajes, solo la imaginación desbordante del escritor y su ansia por entender algo más sobre el vivir, sobre el sufrir, sobre el creer. Letras que forman palabras, y palabras que forman vida y deseos de vivir. Frases que se agarran a un segundo perenne, que clavan sus uñas y se adentraban en su corazón, quedando allí de por vida. Párrafos que destruyen, que arrasan juicios, que queman valoraciones, que exterminan criterios. Tiempo que no se para, sino que simplemente se desborda, deja de ir hacia delante y fluye en otra dirección, quizás en otra dimensión, no hacia adelante, no hacia atrás; palabras, letras, tic, tac, espacios vacíos, tiempo que las atrapa y juntos se dirigen hacia una nueva dirección, ni pasado ni futuro, no van ni vienen, y tampoco permanecen, simplemente fluyen, girando, torciéndose, bailando. Palabras.

Y en estos momentos, ahí ya sentado en la mesa del bar, el respaldo de la silla apoyado en la pared, esperando su primer plato, como íbamos diciendo, disfrutaba leyendo, disfrutaba con un relato un tanto escabro... «¡espera, sí, no digas nada!», un tanto... «¡espera, recuerdo ese libro!, ¡lo recuerdo!, sí, era corto, era un relato de no más de unas cuarenta páginas, ja ja, era muy intenso, realmente me impresionó». Bueno, tranquilo, no es relevante para la historia, deja que siga contando, déjame que explique cómo... «¡No me vuelvas a decir jamás qué es o no importante! No oses nunca más tan siquiera insinuar qué es relevante en mi vida, en mi historia, en mi relato. Estas palabras, estas letras, estas hojas son mías, esta tinta es mía, estas páginas hablan sobre mí, son yo. Jamás se te ocurra si quiera pensar que puedes estar encima de mí. ¡Jamás! Antes me has interrumpido, mi pasado hablaba y has tenido que contar tu impresión sobre mis vivencias, me parece bien, son casi correctas, el tiempo y yo éramos diferentes, únicos, buena explicación, pero jamás olvides que eres secundario, eres contingente, ten siempre presente tu lugar. Y sí, lo recuerdo, era una novela corta escrita por un amigo, Gog, sí fue Gog quien la escribió, desde su tedio, desde su asco vital, aún puedo contar de qué iba su libro, lo de la abeja reina. Sí, Gog, qué gran persona, qué ganas de vomitar dan cuando lo ves. Aquí lo tengo ahora, a mi lado, está cumpliendo su plan y se está autodestruyendo. Él era feliz sintiéndose desgraciado, él era feliz pensando ser un despojo. Le costaba serlo, pero poco a poco lo iba consiguiendo. Gog, sí, Gog, sociópata, desgraciado, ruin, genio. Vivía solo hacia dentro, acumulando solo desperdicios. Su interior era basura, aunque de mejor calidad de la que hay allí fuera. Nunca cultivó un jardín, nunca aprovechó su rechazo hacia todo para construir, solo se destruía, sí, destruirse es bueno, pero solo si tu objetivo es resurgir de tus cenizas, destruir para luego crecer, no aniquilarse como único objetivo final.

Gog, me gustaba como escribía, me llegaba, aunque sabía que su forma de vida, aún superior a la mía, no la quería, aún mejor que la que todos llevábamos, no era para mí. Sí, recuerdo su libro, recuerdo a la mujer de unos cincuenta años que había llevado al extremo su ansia por sentir placer, por no hacer nada que no le llevase al fin último y verdadero de su vida. Tenía un trabajo de funcionaria, creo, o profesora, sí, de profesora de música en un colegio de primaria, y en el mucho tiempo que le sobraba al día solía quedar con hombres con los que comía copiosamente y luego se iba a la cama en orgías que noche tras noche se hacían más numerosas. Llegó un momento en el que su existencia dejó de ser compatible con su trabajo y decidió abandonarlo, encontrando en el placer el único objeto de valor posible. No se explicaba bien el proceso, Gog solo quería llegar ahí, a la escena de la depravación. Me impresionó que escribiera sobre sexo ya que él poco conocía a las mujeres, descontrolaba, se volvía loco al acercase a alguna. Era incapaz de exponerse, su sentido del ridículo y su gran racionalidad le llevaban al bloqueo. Si te enamoras sacas tus miserias, sacas todo lo que llevas dentro y Gog era muy miserable, dentro de él había demasiado excremento. Sosegado en esa mesa, en calma, mis lecturas eran el momento de mayor placer, arropado en la oscuridad de la soledad, alejado de todos, yo y mi tiempo, y dentro de él Gog y su pequeña novela. Cada libro me dejaba un regusto final que saboreaba toda la vida; teatros imposibles, furiosos ruidos, mágicas montañas, pequeños príncipes y grandes idiotas, mares que hablan, castillos que te procesan, te ahogan, te asfixian. En cada paseo una mariposa amarilla, en cada ventanilla una memoria del subsuelo, en cada magdalena un viaje en el tiempo, en cada amor, cuitas asesinas. Y los sueños, y la vida, pues el vivir solo es soñar, y las mariposas solo saben volar, y vuelo, y me libero, y caigo y vuelvo a dormir, porque el volar no es un sueño, el volar es vivir. Y todo esto, todo lo conseguía cada noche y lo retenía dentro de mí, como bálsamo que iba soltando a medida que mi vida iba transcurriendo».

Pero como iba diciendo, es esos momentos estaba leyendo el libro de mi amigo Gog, el libro sobre una pequeña chica de pueblo, sí, recuerdo que cogió ese estereotipo, que se hizo profesora, que dejó su profesión para convertirse en una libertina hembra que poco a poco se iba acercando más y más a los límites de la pasión plena, y mientras cruzaba esa barrera se transformaba en un ser demoníaco. Arrastrada por los deseos de su cuerpo, sin escuchar a la razón, solo comía, Gog la hizo engordar de forma tan desproporcionada y grotesca que llegó un momento en el que no se pudo mover de su cama, donde yacía todo el día desnuda. Aun así, llamaba a sus amantes que acudían a alimentarla con toneladas de helado y dulces, mientras hacían cola para practicar sexo con ella. Algunos limpiaban los excrementos que iba soltando, mientras que otros ni siquiera le traían algo para comer y se limitaban a cumplir sus más pérfidos deseos. Una larga cola de individuos de toda la región bajaba por las escaleras hasta llegar a la entrada del edificio desde la cuarta planta, donde muchos peleaban por adelantar algunos puestos o intentaban demostrar sus derechos por ser amantes desde hacía tiempo. Como todo buen libro, este no tenía final, ya que la mujer siguió engordando y tuvo que ser desalojada del edificio y trasladada a un pabellón especial, donde los hombres tenían una sala de espera y todo estaba mejor acondicionado. Recuerdo que tuvo muchos hijos que iban siendo recogidos por otras mujeres, hijos que fueron posteriormente importantes personalidades en distintos campos de la sociedad. Me dijo Gog que quería escribir sobre sus hijos. Su abeja reina postrada en la cama lloraba, ya que ningún placer le complacía, ningún placer le hacía sentirse viva. Hizo lo que deseaba, hizo lo que más le gustaba a priori, comer y practicar sexo, ambas cosas que hacía de forma continua, pero esos deseos la convirtieron en un esperpento sin otra vida que saciar lo que ya no eran deseos, sino necesidades.

«Y ahora narrador, deja que mi pasado siga contando cómo no llegó al restaurante, cómo fue ese camino, no hables más por ahora, te crees omnipotente, crees que sabes todo sobre nosotros, otros libros quizás los hayas narrado libremente, pero esta historia no, no te vamos a dejar. Os habéis equivocado, ese día no llegué, no comí, algo me quitó el apetito, mirad si no».

La garrapata viene hacia mí

Es cierto, ahora recuerdo que me dirigía al restaurante, cuando de camino, mientras iba dándole vueltas a la cabeza, rumiando sin parar imágenes y posibles situaciones con P., elaborando escenas de reencuentros o de posibles desprecios, de camino digo, mientras la gente que pasaba cerca me provocaba continuos sofocos y un sucio perro intentaba olisquearme, comencé a notar una gran sequedad en el ambiente, era como si el aire hubiera perdido toda su frescura, toda su humedad, y un intenso olor a fósforo, a cerilla encendida, invadió el entorno. Llevaba las dos semanas que había estado encerrado en casa sin hablar con nadie y precisamente ELLA no era la mejor opción para ayudar a desentenderme de mi galopante sociopatía, no, ahora no era el momento, nunca lo era, de verla. Me aparté del camino del chucho con mucho asco y seguí caminando. Sí, olía a fósforo, olía mucho; no, no por favor, ELLA no. Intenté cambiar de dirección, no, de verdad que no quería verla, el olor se hizo aún más severo y la sequedad del aire parecía que se agarraba a mi piel intentando extraerle humedad. Entonces la vi, me la encontré de frente al cruzar una esquina, sentimiento de culpa, de odio, de pena, de vacío, de tristeza, de enfado, de hijo no comprendido, de mal hijo, de hijo sin madre, madre, sí creo que era mi madre, una mujer pequeña y encorvada, que me miraba elevando la cabeza con unos ojos que emanaban poca vida, madre, sí, ella tiene un hijo. Allí estaba enfrente mía, sí mi madre, y yo creo que su hijo, sí, puede ser, soy su hijo, enfrente de mí, cargada de bolsas, venía de la compra. Llevaba muchas bolsas y parecían muy pesadas. Estaba separada, y vivía sola en la antigua casa familiar. «Mírala, cargada, cómo me mira, ¡por qué llevará tantas bolsas, porqué irá tan cargada!».

-Hola mamá que tal, mi corazón comenzaba a atacarse y el enorme sentimiento de vacío empezaba a hacer que mi respiración fuera entrecortada. «Mira esa cara de pena, esa cara de no haber roto un plato. Y esas bolsas, cómo le deben de pesar, se va a hacer daño». Recelo, angustia, culpa.

-Hola hijito, mi vida, corazón que tal estás, necesitaba verte, tu padre, ya sabes, con sus cosas. «Papá, tampoco, no quiero que me cuentes nada de él». Qué guapo estás, un poco delgado, pero qué guapo, mi cielo. «Qué estará pensando, cómo es posible que sea tan cínica, ya está fastidiándome con papá. Me hiciste daño, mucho daño, de niño, de adolescente, ahora, y qué quieres que haga, qué quieres de mí». Cada piropo era una daga que penetraba en mi pecho, un puñal de culpabilidad que me desgarraba y contra el que además luchaba, removiéndolo con hechos pasados de desamor y falta de cariño, que solo conseguían hacerme sangrar aún más. Dolor, pesar, culpa.

-Mamá por favor suelta esas bolsas, déjalas en el suelo. ¿No ves que te vas a hacer daño? «Le encanta hacerme sentir culpable por todo, ¡deja ya las malditas bolsas en el suelo, déjalas ya!». ¿Es que no sabes que te pueden llevar la compra a casa? ¿Por qué cargas con todo? Ira, enfado, culpa.

-Hijo, mi amor, estoy tan sola que todo lo hago mal, perdona, perdona, la próxima vez haré eso, sí, perdóname. «¿Perdona, perdona?, ¡Cómo que perdona! Dios, no puedo con ella, me supera». Odio, pecado, culpa. «No me pediste perdón cuando me utilizabas contra papá, no me pedías perdón cuando en tus accesos de locura me hacías sufrir noches de insomnio, y ahora esto». Pobre, debes de estar aún afectado por la ruptura con P. Ven a casa y te preparo la comida que tanto te gusta. Eres un cielo, realmente lo eres y ella no te merece. Las palabras que salían de su boca iban a alimentar directamente al tumor que aun perduraba en mi pecho, que las recogía y vibraba con cada una de ellas, amasando carnaza que iba ramificando dentro de mi ser. Mientras me hablaba, mi ansiedad daba paso a unas ganas locas de huir, de dejar de hablar con esa persona. La miraba y dejaba de escuchar las dulces palabras que me decía, tan solo veía su rostro que se transformaba en el de una garrapata sedienta de amor, parásito que necesitaba enganchar sus afiladas patas en mi cuerpo para extraerme todo el cariño que pudiera obtener mientras que actuaba de vector de enfermedades transmitiéndome por la misma vía toda clase de frustraciones. Sabía que una vez se hubiera inflado de amor me dejaría y comenzaría a descargar sobre mí toda la loca malicia que vivía dentro de ella. Veía sus ocho patitas y su pico en forma de pinza como se acercaban, moviéndose nerviosamente, salivando momentos antes de cazar a su presa. Lo que ELLA no pensaba era que yo ya conocía cuál era su infame anhelo y que no se lo iba a permitir.

-Un día de estos me pasaré a visitarte, respondí de forma seca y evasiva, mientras miraba un par de palomas sucias y medio desplumadas que se acercaban a mi derecha, luchando por una miga de pan. Calumnia, tormento, culpa. «No iré, no, no, no iré. Bueno, al final tendré que ir. Sí, bueno quizás, pero no se lo merece, no se merece nada, pero es mi madre, madre, me cuesta hasta decirlo en pensamientos, madre, que palabra más extraña. Qué nervioso me pongo, qué mal me siento, qué mareo. Qué sabrás tú de P., ni la nombres, ¿por qué haces como si supieras algo de ella cuando no te la presenté en cuatro años?, me viste un par de veces correr o volverte la cara cuando me cruzaba contigo y estaba con ella. ¡Lo sabes, me viste, sé que lo sabes!, entonces por qué te haces la tonta. No puedo». ¿Estás bien mamá, va todo bien?

Era curioso como en cierta medida necesitaba afecto tras la ruptura, pero rechazaba de plano el de esa persona con la cual nunca había sentido nada más que temor e incomprensión. Incomprensión al no asimilar su carácter, siempre cambiante y siempre a la defensiva. Era una persona muy egoísta que no era consciente de sus limitaciones y por ello, siempre respondía ante los demás de manera ruin y mezquina. Sórdida y torpe, a veces sus reacciones eran totalmente predecibles, pero cuando intentabas ayudarla siempre respondía con rechazo, enroscándose sobre sí misma e implorando tu perdón. Era imposible hacerla cambiar y nadie la soportaba, pues nadie quería nada de ella.

-Sí hijo, hijo mío, estoy bien, aún recuerdo cuando te iba a recoger al colegio. ¿Lo recuerdas? Era aquí, aquí mismo. Hiciera frio o calor, un día incluso me desmayé porque tenía fiebre pero aun así vine a por ti. Culpa, culpa, culpa. «Sí, lo recuerdo, no hacía falta, no hacía falta ese histrionismo, yo podía ir solo a casa, yo podía y no tenías que venir con fiebre, lo hiciste adrede estoy seguro, que vergüenza pasé, lo hiciste queriendo. Ya me lo has repetido mil veces, mil veces, mil, y yo recuerdo mi vergüenza y cómo luego nos lo estuviste echando en cara a papá y a mí toda la vida. Cada vez que hacía algo recordabas que estuviste a punto de morir por mi culpa. También fue culpa mía que al nacer te salieran manchas en la cara, eso también te has encargado de decírmelo, de enseñármelas cada día, las manchas, mi culpa». Bueno, me gustaría verte más, y ya sabes que tengo este bulto en el pecho, pero que me dirán que es benigno, seguro, ayer me hice las pruebas, me lo dicen la semana que viene.

-Claro, seguro que no es nada. Culpa, culpa, culpa. No será nada ya verás. «Recuerdo cuando hacías creer a papá que estabas enferma, porque estoy seguro que mentías, solo para que él no saliera, o si salía para hacerle sentir mal y podérselo recriminar, lo recuerdo muy bien, los gritos que pegabas, los llantos histéricos, el sacarme en brazos a la calle en pijama buscando a papá» Ira, asco, culpa. La semana que viene te llamo y me cuentas.

-Como quieras cariño, cuídate vida mía. No pienses más en ella, no lo hagas, eres el mejor. Mírate que guapo. Su mano se alzó hacia mi cara y tuve que contener mi cuello para que no se inclinara hacia atrás, haciendo para ello un gran esfuerzo. Noté su fría mano. «Lo siento, lo siento, en verdad lo siento. Me gustaría poder sentir cariño tuyo, sí, si me gustaría, pero no puedo, te rechazo. Te rechazo y no soy capaz de hacer otra cosa. Qué triste es no sentir cariño por una madre, qué suerte los que lo sientan, que pena me doy» Tristeza, dolor, culpa. Cada muestra de ternura por su parte me provocaba más repugnancia, más repulsión y antipatía. Aunque en el fondo me daba algo de aflicción y lástima, ya que su vida transcurría soportando ese infierno interior decadente donde debían de bullir unas pasiones difíciles de controlar, unas pasiones que generaban ideas malsanas, provocándole siempre una sensación de inferioridad que le abrumaba y a la cual respondía sintiéndose atacada por todos los que le rodeábamos.

-Adiós.

Pero lo que en realidad más me afectaba, lo que no podía llegar a controlar, era esa sensación de culpabilidad que me generaba el hecho de tener todos estos sentimientos ante el ser que me dio la vida, ante la persona que al fin y al cabo dio parte de su existencia para que yo tuviera la mía. Bien o mal, crecí con ella, me educó, y recibí el afecto que ella sabía dar, que dentro de su tormento y torpeza podía transmitir. Me veía deudor ante ella, una deuda vital que hacía crecer una culpa en mi interior que luchaba denodadamente contra el rencor que le tenía, mezcolanza de sentimientos que no llegaban a disolverse, y que generaban en mi interior unas fricciones difíciles de describir. Intentaba por todos los medios rechazar esa culpa, hacerme ver que prevalecía el sufrimiento que me había trasmitido antes que la deuda contraída. Durante todos los años de mi niñez inoculó en mí frustraciones, miedos, desilusiones, decepciones y engaños, pero por más que lo intentaba, al final, en lo más profundo de mi inconsciente estaba ella, la madre, la vida.

Quedé en que acudiría a su casa la siguiente semana y seguí mi camino intentando soltar toda la bilis que había generado en su presencia. Pensaba en los malos momentos que me había hecho pasar y en las veces que la había mirado sin llegar a entender por qué soltaba toda su frustración en mí.

Y caminé, caminé, y seguí caminando.

Yo voy hacia la garrapata

«Qué cargada voy, a ver si este chico me ve y me abre la puerta del supermercado, qué caro está todo. Cuánto pesan estas bolsas, claro, nadie me ayuda, nadie quiere saber nada de mí. Malditos desgraciados los dos, lo pagarán caro, sí, muy caro. Dios hará que lo paguen, Dios se encargará de vengarme, sí, irán al infierno, por dejarme abandonada, por dejarme sola. Qué buen día hace, ojalá viera a alguno de los dos y se les callera la cara de vergüenza por verme así de cargada. Cómo pesan estas bolsas, ojalá me pasara algo malo, ojalá me cayera y me muriera, sí, entonces se arrepentirían, entonces los vería llorar por mí en mi entierro y recordarían con terror todos los desagravios que me han hecho. Tener un hijo para esto, para que te deje sola, para que te deje sin amor, y un marido que te abandona, que no sirve para nada, que no es hombre para mí, no, no lo es, pobre estúpido, qué poca inteligencia tiene, menos mal que el niño al menos ha salido listo, pero para qué, no le veo».

-Hola mamá que tal. «¡Anda mira qué casualidad, ahí está el desagradecido!, mírale que delgado está, parece que le ha afectado mucho lo de P., para que veas, no eres tan listo como piensas, al final a todos nos llega, todos sufrimos, te crees por encima del bien y del mal y mírate, se nota que estás muy mal»

-Hola hijito, mi vida, corazón que tal estás, necesitaba verte, tu padre, ya sabes, con sus cosas. «No te da nada verme cargada como una mula, ¡no te da nada!». Qué guapo estás, un poco delgado, pero qué guapo, mi cielo. «Seguro que a tu padre le llamas y vas a verle, a ese patán asqueroso, y a mí ni caso, tú te lo pierdes imbécil, tú sabrás lo que haces, pero alguna vez te pasará algo malo y vendrás a mí, y entonces no estaré, no, no estaré para cuidarte. O bueno, estaré pero te humillarás, vendrás a mí arrepentido, sí, arrepentido de lo que me estás haciendo, desagradecido».

-Mamá por favor suelta esas bolsas, déjalas en el suelo. ¿No ves que te vas a hacer daño? «Daño el que me haces con tus desprecios, a mí, a tu madre, yo que te di la vida, yo que sufría y hasta me salieron manchas en la cara cuando naciste, siempre pendiente de ti, sin tu padre al que ahora parece que adoras, él nunca estaba, él pasaba de ti» ¿Es que no sabes que te pueden llevar la compra a casa? ¿Por qué cargas con todo? «Porque me da la gana, porque me da la gana y quiero cargar con todo, ojalá me muriera ahora mismo por culpa de las bolsas, aquí delante tuya, o se me rompiera la cadera, sí, por tu culpa, por no ayudarme, por no quererme, ¡desgraciado!».

-Hijo, mi amor, estoy tan sola que todo lo hago mal, perdona, perdona, la próxima vez haré eso, sí, perdóname. «Te tengo que pedir yo a ti perdón, yo a ti, esto es el colmo. Eres tan listo ¿no?, que listo eres, que todo lo sabes, todo es muy fácil para ti, pues mira lo que te ha pasado con P.». Pobre, debes de estar aún afectado por la ruptura con P. «Sí, afectado, ¿no eres tan listo?, ¿y estás dolido?» Ven a casa y te preparo la comida que tanto te gusta. Eres un cielo, realmente lo eres y ella no te merece. «Pobre idiota, si es que es como su padre, un calzonazos»

-Un día de estos me pasaré a visitarte. ¿Estás bien mamá, va todo bien? «Qué si estoy bien, pues claro que lo estoy, idiota, claro que sí. No os necesito a ninguno de los dos, no, no os necesito para nada. Me valgo yo sola, como siempre, como toda mi vida he hecho, con estas dos manitas, yo sola puedo, claro que puedo»

-Si hijo hijo mío, estoy bien, aún recuerdo cuando te iba a recoger al colegio. ¿Lo recuerdas? «Lo recuerdas, ¿verdad que sí?, mientras tu padre se quedaba en casa viendo la televisión, el idiota, ahí tirado, fumando». Era aquí, aquí mismo. Hiciera frio o calor, un día incluso me desmayé porque tenía fiebre pero aun así vine a por ti. Bueno, me gustaría verte más, y ya sabes que tengo este bulto en el pecho, pero que me dirán que es benigno, seguro, ayer me hice las pruebas, me lo dicen la semana que viene. «Ya sé que no te importa nada de lo que me pase, lo sé, pero para que te enteres, para que lo sepas, ojalá sea malo y me muera, ojalá, y así verás lo que es no haber estado conmigo. Me reiré desde arriba, observando como lloráis, bueno en realidad sois los dos tan malos que puede que riais por mi muerte, puede que os alegréis, pero Dios os va a castigar, por malos, que sois terriblemente pérfidos».

-Claro, seguro que no es nada. No será nada, ya verás. La semana que viene te llamo y me cuentas. «Ojalá te cuente que me estoy muriendo, ya verás quién ríe el último aquí».

-Como quieras cariño, cuídate vida mía. No pienses más en ella, no lo hagas, eres el mejor. Mírate que guapo. «Delgado y harapiento, qué mal lo debes de estar pasando, y por una tonta, que era muy idiota esa chica. ¿Te crees que no te vi corriendo para que no la saludara?, pobre idiota, claro que te vi, y como me volvías otro día la cara, seguro que te daba hasta vergüenza presentármela de lo fea que era. Pues mira lo que te ha pasado, ¡por listo!».

-Adiós. «Sí, eso, adiós, irás al infierno junto a tu padre, os quemaréis juntos, porque cuando os arrepintáis por lo que me estáis haciendo será tarde, Él no os perdonará, no tiene perdón posible todo esto. ¿Ves cómo ahora sufro? Pues más me reiré cuando os vea arder en el infierno».

Y caminé, caminé, y seguí caminando.

Capítulo 11:
El sueño de una tarde de otoño

El encuentro casual con mi madre me hizo sentir aún más débil, más solo y abandonado. Me dio más razones, más justificaciones, más coartadas e ímpetu. Mientras seguía caminando para alejarme de ELLA mi piel se iba calentando lo que provocaba que un sudor frío me empapara las axilas y la parte baja de la espalda. Excitación, fiebre nerviosa, reacción de mi cuerpo que rechazaba, rechazaba fieramente y combatía contra los sentimientos que ella me infundía como si de un virus se tratasen, intentando expulsarlos mediante un acceso de destemplanza. Caminaba abatido, caminaba sudando rencor, eliminando ira.

«Tengo que hacer el informe de Mr. Cubo, se lo tengo que llevar el lunes. Vaya, el lunes, a las ocho de la mañana, me tengo que levantar, aunque no quiera, pero lo tengo que hacer. Tengo que ir a trabajar y tengo que mirar eso. Ojalá no hubiera visto a mi madre, ojalá no la viera nunca, pero entonces me sentiría mal por no verla, ¡esto es un sinsentido, pase lo que pase me siento mal! Todo lo que la rodea me hace sufrir, tanto si hago algo como si no».

Poco a poco me iba mareando y a medida que recordaba la conversación que acababa de mantener, viejos recuerdos resonaban en mi cabeza. Recuerdos de noches sin dormir escuchando sus llantos y gritos provocados por extrañas causas, golpes sin razones, razón golpeada. Mente desconcertada por afirmaciones suyas que luego, al contarlas en la escuela o ante familiares se tornaban en mentiras y en enormes humillaciones, humillación de hijo que no podía entender cómo su madre le había engañado. No entendía cómo en casa hablaba de esa forma sobre personas y familiares que luego delante mía los agasajaba, yo miraba hacia arriba sin entender nada, miraba a mi madre y no encontraba razones, escuchaba cómo tras las calumnias y el desprecio podía venir la estima, las sonrisas y los abrazos, cómo un hecho tantas veces sentenciado por ella como aberrante, bochornoso o estúpido, delante de la persona en cuestión era algo coherente y sobretodo algo de derecho, algo que esa persona estaba en todo su derecho llevar a cabo. Miraba con ojos de hijo a una madre supuestamente omnipotente, un ser que se me iba desmoronando a medida que crecía en mí a trompicones una conciencia que tuvo que luchar con unos pilares que no servían como sostén, y que tuvo que acometer el duro trabajo de desgarrarse a ella misma, fagocitarse para luego comenzar a crecer.

El parque de nuevo, pero esta vez no era yo el que avanzaba, era el parque el que se movía y me iba traspasando. Yo estaba quieto, tan solo iba moviendo mis piernas. Era mi alrededor el que se desplazaba lentamente, daba igual la intensidad que yo le pusiera a mis pasos. Un enorme niño comía con ansia un desproporcionado paquete de patatas, mientras las palomas lo miraban. Me di cuenta que podría caer al suelo debido a sus continuas carreras y esto provocó un aumento aun mayor de mi nerviosismo. De la bolsa caían patatas mientras correteaba, la bolsa podría desprenderse de sus manos y desparramar todo su contenido en el suelo. La vista se me comenzó a cansar y mis pulmones empezaron a insuflar mucho más aire del que necesitaba en ese momento. Los árboles intentaban abrazarme con sus ramas y el sol caía sobre mi sien en forma de losa, cabeza aplastada, cabeza muy pesada, palomas encima del paquete de patatas. Las palomas me miran con ojos rojizos, son sus patatas, no me las comeré. Decidí poner fin al paseo y volver a mi habitación mientras el niño gordo corría llorando hacia sus padres, padres que seguramente le protegerían, que seguramente le quitarían el ensangrentado pico que llevaba incrustado en su frente. Necesitaba el refugio de mi cuarto, el amparo de la oscuridad. Todo me agredía: la arena, la gente, el ruido de los carromatos al pasar por el empedrado, el humo de los cigarros,… Pero sobre todo, lo que más me hacía temblar, era pensar que alguien pudiera hablar conmigo, encontrarme en ese estado a algún conocido, o que alguien como aquella señora con su carrito y su bebé necesitara ayuda. «No, no, no te voy a ayudar en nada, no te voy a levantar el carrito si se te cae, no salgas de casa con tantas cosas colgadas en él. ¿Estará contenta con su hijo, con su vida? Seguro que sí, seguro que lo está»

Eché a correr en dirección a mi casa apartando a la gente con los brazos sin importarme nada, tan solo quería llegar lo antes posible. Las personas a mi paso se encontraban con mis codos y eran repelidos hacia derecha e izquierda. El mundo desaparecía ante mí conforme iba corriendo, convirtiéndose en una masa informe, todo pasaba muy despacio y muy deprisa al mismo tiempo, era como si estuviera viendo la repetición de lo que me estaba pasando a cámara lenta, repetición en la que todo lo que estaba siendo muy veloz se iba a la vez reproduciendo muy lentamente, pero el efecto, las caras de las personas y los hechos, aun apareciendo muy despacio, denotaban presteza, celeridad. No era yo el que me movía, volvía a ser la Tierra la que giraba bajo mis pies, ofreciéndome numerosos obstáculos ante los que no podía hacer otra cosa que esquivar uno tras otro. «Cuando llegue a casa debo de hacer el informe, sí, o al menos dejarlo planteado. Mr. Cubo, Mr. Cubo lo necesita, no es tan mala persona en realidad. ¿Qué estará haciendo ahora P.?». Cada vez me faltaba más el aire y cada vez me veía más fuera de mi cuerpo, era como si con cada paso mi conciencia se alejara de mi ser y desde una posición unos centímetros por encima dirigiera mis pasos de una forma torpe y obtusa. «No dejaba las bolsas en el suelo a propósito, lo sé, lo hacía premeditadamente para hacerme sentir mal hijo. ¡Pero si ya sé que soy un mal hijo, un hijo infame nacido del vientre de una aciaga madre!». Mis sentidos eran incapaces de captar la realidad tal y como hasta ese momento me la estaban sirviendo. Las paredes de los edificios iban desapareciendo de mi vista difuminándose delante de mí, era como si todas las líneas que conformaran las calles acabaran en cada uno de mis dos ojos, cada arista, cada contorno se lanzaba hacia mi nariz, formando un enorme embudo. Seguía corriendo cuando al cruzar una esquina la puerta de mi casa apareció ante mí. «Necesito oscuridad, quiero cerrar los ojos, quiero cama, tumbarme, cojín, abrazarme al cojín, sentir su fuerza en mi pecho». De repente vi como un brazo ajeno, casi desconocido, se acercaba a la cerradura e intentaba buscar nerviosamente la llave de entre todo el manojo que colgaba de un viejo llavero que era sostenido por otro brazo cercano. La mano nerviosa del primer brazo localizó la llave que cayó al suelo a una velocidad mucho menor de lo habitual. «Si siguiera con P. ahora». Mandé a mi cuerpo hacer un último esfuerzo y me agaché para recoger las llaves que se hallaban esparcidas por la acera y al levantarme conseguí al fin introducir la llave adecuada en la cerradura, abriendo la puerta que me permitía entrar a mi refugio. Odiaba las llaves, odiaba llevar encima cosas, siempre perdía todo.

Me daba cuenta mientras subía las escaleras que el mundo no me pertenecía, que era en este momento aún más ajeno a él de lo que habitualmente me había sentido. Conseguí alcanzar la segunda planta mediante movimientos maquinales y continuados, alzando de manera consecutiva ambos pies, que de forma prodigiosa, casi milagrosa, conseguían elevarme hacia un nuevo escalón donde repetiría el movimiento. «Estoy cansado de que mi vida no me pertenezca, de dejarme llevar en mayor o menor medida por una conciencia general ajena a mi» iba mascullando conforme llegaba a la tercera planta. «No entiendo por qué debo de enamorarme, y tampoco entiendo por qué he de sentirme mal al no ser correspondido. Por favor que nadie salga de ninguna puerta, no quiero ver a nadie. Tampoco comprendo que la gente se sienta bien solo si haces lo mismo que ellos. Se supone que tengo un buen trabajo, se supone que tenía una buena novia...y sin embargo no soy ni era feliz. Qué mareo, las piernas a penas me responden, las puertas, que no se abra ninguna por Dios. Se supone que debo de ir siempre hacia delante, pero ¿y si yo no quiero avanzar?, ¿y si quisiera ser un anacoreta luchador? Sí, anacoreta y luchador, una persona que no se deje llevar por el devenir del progreso, que pueda enfrentarse al reto de apartarse de ese "siempre-ir-hacia-delante", ese impulso de deseo continuado, de sobreexcitación al que somos sometidos. No me gusta desear, aunque ahora deseo estar tumbado, no me gusta ser un adicto al deseo, aunque ahora deseo no desear, no me gusta porque entonces vivo en un continuo querer algo fuera de mí. Ya queda menos, vamos, no te pares aquí, al final alguien saldrá y querrá saludarte. Sinceramente pienso que el fin último debería ser el placer y éste no debería de venir del deseo artificial provocado por el progreso, sino que este placer debería de surgir de dentro de cada uno de nosotros. Sí, ¿o no?»

Sin apenas darme cuenta me encontraba en la cuarta planta de mi edificio, justo delante de mi apartamento. Abrí la puerta y apoyándome en las paredes conseguí alcanzar la persiana de la ventana, cerrándola de forma abrupta. Encendí una pequeña luz y me balanceé hacia el pequeño lavabo donde me enjuagué la cara y me quedé mirando al espejo, solo distinguía sombras sobre mi rostro. Se suponía que era atractivo, la gente me lo decía, pero yo veía ahí reflejado a un esperpento. Poco a poco me fui relajando y respirando profundamente. Cada bocanada de aire hacía que mi conciencia se acercara de nuevo a mi ser, hasta que por fin me conseguí recuperar en parte de la enajenación que había sufrido.

***

Me tumbé en la cama. Mi cuarto era pura libertad, puro desorden. Ropa, libros y papeles conformaban la mayor parte del suelo; el polvo junto más libros cubría los pocos muebles que tenía. No era precisamente el orden una de mis virtudes, pero nunca mi habitación había llegado al estado en el que ahora se encontraba, simplemente no tenía fuerzas para hacer nada que no fuera pensar en P. o lamentarme profundamente de lo que me estaba sucediendo. Era como si estuviera sufriendo una mutación, o mejor, una enorme amputación de mis sentidos, de mis percepciones, que ya no me respondían como lo venían haciendo hasta ahora. Observé a mi alrededor y me levanté al ver que la ventana no estaba bien encajada. Al apartarme del espejo me percaté que realmente estaba cerrada, pero la abrí de nuevo y asomé mi cabeza al patio de luz donde contemplé la típica escena de cada día. El vecino de abajo, un tipo pánfilo y atormentado, estaba sentado en una silla tomando una cerveza. Tan solo llevaba puestos unos calzoncillos amarillentos y una camiseta de tirantes blanca. Fumaba un cigarrillo negro cuyo humo, impregnado de su nauseabundo hedor, se elevaba hacia mí, serpenteaba con delgadas y resbaladizas garras intentando alcanzar el quicio de la ventana, lo que me hizo cerrarla de golpe volviendo a comprobar que realmente había quedado bien ajustada. Bajé la persiana. De vuelta a mi cama coloqué mis zapatos en una de las esquinas. Miré y vi el humo intentando arañar el cristal de la ventana. «¿La he cerrado bien? no quiero que se meta el olor a tabaco en la habitación y tampoco quiero nada de luz. Sí, si la he cerrado». Los zapatos debían de quedar bien alineados a la pared para lo cual tuve que apartar del suelo gran cantidad de ropa, pasándola de un puntapié al otro lado de la habitación. «No, no la he cerrado, voy a verla. Sí, estaba cerrada, ya no entrará humo ni luz». Una vez hecho esto, con unas ganas inmensas de echarme y cerrar los ojos aún me paré y volví a alinear mis zapatillas, comprobé que los grifos estaban bien cerrados y estiré bien las sábanas de la cama sobre las cuales me dejé caer con cuidado de no arrugarlas mucho. Quedé tumbado recto, inmóvil, tenso. Me levanté. Empujé el grifo del lavabo hacia abajo y puse la mano para verificar que no goteaba. Forcé de nuevo la ventana, estaba cerrada, y me volví a echar con cuidado, colocando la cabeza justo en el centro de la almohada. No estaba ciertamente muy cansado, no podía estarlo, pero necesitaba la oscuridad, cerrar los ojos y sentirme a solas, apartado de todos y de todo.

Ojos cerrados, pero recordé que no tenía agua en el vaso de la mesilla. Volví al lavabo, llené el vaso de agua, comprobé que el grifo quedaba cerrado, volví a estirar las sábanas y me quedé echado boca arriba mirando de reojo a la ventana.

Poco a poco la ansiedad se fue retirando y varias bocanadas insuflaron aire a mis pulmones provocando de manera casi instantánea una gran paz en mi interior. No iba a quedarme dormido ya que no lo necesitaba. Otras veces había hecho lo mismo, echarme en la cama y reposar a oscuras aunque solo fuesen diez minutos sintiéndome como si estuviera en un bunker donde nada podía molestarme. En ese estado la tierra dejaba de girar y cualquier cosa que pasara no tenía la menor importancia para mí. Al levantarme siempre me sentía mejor. Algo de luz entraba por un resquicio de la persiana, pero miré hacia el lado contrario. Sin embargo no me podía relajar, sabía que entraba luz aunque no la viera, y me levanté a cerrar de nuevo la persiana. Ahora sí, la oscuridad se apoderó de todo. Algo de claridad había, la justa para distinguir el contorno de los muebles. Pero ya me relajé en la cama, me tumbé bocarriba y empecé a suspirar.

La paz que iba aspirando conseguir se fue tambaleando al ir llegando a mi mente recuerdos de P. que intentaba no elaborar. Pretendía rechazarlos, pensar en otras cosas, pero inevitablemente volvía a ella, a su sonrisa, a su mirada llena de vida y fulgor. Pensaba en que ella venía a mi casa y se desmoronaba ante mí llorando amargamente, reconocía su error al no poder soportar su vida sin mí y deseaba volver conmigo, con su hombre, con su amigo, con aquel con el que realmente su dicha era plena. Mi corazón ante estos pensamientos se aceleraba y mi pecho se abría ante un mundo infinito de placer y optimismo. De repente me di cuenta que ese tipo de pensamientos era metadona para mis sentimientos, que me hacían sentir de nuevo experiencias que no volvería a tener. La vuelta a la realidad provocó un desgarro en mi corazón y una sensación de ahogo y de vacío casi insoportable.

Me incorporé de la cama y sentado en su regazo lloré amargamente mientras recordaba todos los buenos momentos que habíamos vivido juntos. Todo era perfecto junto a ella, sirviéndome en bandeja un universo de vivos colores. Luego de haber llorado, una sensación de rabia recorrió todo mi cuerpo. Me vi como un idiota pensando que ya para ella no era nada y me volví a recostar en el colchón con las manos en la cabeza mirando hacia el techo amarillento de mi dormitorio. En ese momento pensé que ese tipo de recuerdos no debían de ser rechazados, que ese no era el camino para olvidarla. El rechazo solo me provocaba estar continuamente en tensión, y una vez derrotado, caer en la trampa de la elaboración de los recuerdos. Pensé que durante buena parte del resto de mi vida iban a volver una y otra vez, en oleadas más o menos continuadas, olas a las que no me debía de enfrentar, mar al que me debería de acostumbrar, hasta que poco a poco su agua se fuera secando. Allí tumbado abracé con fuerza a mi almohada.

De repente mi conciencia se fue apaciguando y decidió que era adecuado viajar hacia la costa. Orilla de una playa rocosa, fuerte marea que provocaba unas olas descomunales. Rocas y mar, resaca, frescor y humedad, viento, salitre. Cabeza erguida y pecho alto, respirando vida. El cielo estaba gris rojizo y multitud de gaviotas volaban en círculo formando una especie de espiral, casi un tornado de plumas y picos que recorría la costa. Extrañeza, buena temperatura a pesar del viento. Tras las nubes vislumbraba relámpagos lejanos con tonalidades rojizas que iban descargando su energía sobre el embravecido mar de forma muy singular, ya que se iban formando muy lentamente. El océano no se quedaba conforme con el comportamiento de las nubes y desde su seno surgían en dirección contraria rayos gemelos a los recibidos, escenificando una imagen majestuosa. ¿Estaba contemplando una lucha de titanes? ¿O más bien se trataba de un simple baile, un juego entre elementos de la naturaleza? Mientras miraba el espectáculo olas de más de diez metros me sacudían el cuerpo. No podía retroceder y salir hacia tierra firme. Me encontraba sin remedio en el rompeolas, donde iba siendo golpeado una y otra vez, arrastrado y volteado entre las rocas. Por mucho que lo intentara mis piernas se agarrotaban al pretender escapar, mientras que mi cuerpo iba recibiendo continuos impactos cada vez mayores que me sumían en torbellinos de espumoso mareo y desorientación. Agua salada en la nariz, miedo a morir ahogado. Sal por todo mi cuerpo. Hubo un momento en el que no soporté más estos impactos y me decidí a mirar al frente con la cara aún llena de arena y sal mientras una nueva ola me volteaba. Volví a mirar y resolví cambiar mi situación. Ya que era imposible salir de ese infierno debido a la intensa resaca que como si de un enorme brazo se tratara me agarrara y tiraba de mí, al menos intentaría que las olas me hicieran el menor daño posible. Avancé, sí, marché hacia el peligro, comencé a andar mar a adentro en dirección contraria a lo que el miedo, dueño en ese momento de mi conciencia, me pudiera aconsejar. Luché contra cada revolcón que seguía recibiendo, pero ahora ya de otra manera, porque ahora, era yo el que controlaba la situación, sí, iba donde el mar quería que fuese, pero era yo el que tomaba la iniciativa. Alcé mi pecho y apreté mis puños, llenando de aire unos pulmones cuya capacidad era mucho mayor de lo que estaba acostumbrado. El mar, herido en lo más profundo de su orgullo comenzó a rugir cada vez con más furia y los relámpagos se cruzaban de arriba abajo y de abajo arriba acercándose hacia donde yo me hallaba.

Y de repente ocurrió que superé el rompeolas encontrándome con el mismo oleaje, las mismas ondas, que ahora simplemente me mecían sin causarme ningún daño. Al principio me produjo un poco de miedo y vértigo, pero con cada subida y bajada las olas me mostraban su sumisión. Me relajé y disfruté en su galopar. Era curioso pensar cómo estaba de relajado, como podía ser tan feliz y disfrutar tanto con algo que hacía tan solo un rato me golpeaba furiosamente. Pasé así mucho tiempo, muchísimo, había veces incluso que olvidaba dónde me encontraba y que estaba siendo arrastrado por olas cada vez menos furiosas. Y sin darme cuenta, un día me encontré en la orilla. Varias olas me habían trasportado sobre sus crestas. Ya estaba en tierra firme y una sensación de plenitud llenaba mi cuerpo.

Sudor, gran excitación, desorientación. Oscuridad, humedad, necesidad de aire, olor a cerrado, imagen borrosa de una mujer muy mayor a contraluz, dientes amarillentos y afilados, habitación con las paredes llenas de sangre, reflejo de un cuchillo alzado, inmenso dolor en el pecho, ¡lo tengo dentro, me lo has clavado, muy bien Rosalbina, muy bien, empuja más, húndelo entero!

Capítulo 12:
Guerra contra los recuerdos

Un fuerte sobresalto hizo que lanzara la almohada hacia un lado, alcanzando la mesilla de noche y provocando que la lámpara y el vaso de agua cayesen estrepitosamente al suelo. Escuché el ruido, experimenté rabia. ¿Cuánto habría dormido? «Uf, ¿cuánto tiempo he perdido?». Estaba acelerado, aún notaba el dolor del cuchillo al clavarse en mi pecho y el recuerdo de esa imagen de la mujer mayor asesinándome me daba una extraña sensación de tranquilidad. Abrí los ojos y noté cómo se me abalanzaba todo el peso de la vida encima, estas siestas a deshoras me sentaban muy mal, provocaban que se me hinchara la barriga y la cabeza, que la sentía como un globo a punto de reventar. Todo mi cuerpo me pesaba, tenía ganas de vomitar. Sería ya tarde, muy tarde, aunque no tenía nada que hacer. Miré al suelo y vi allí al despertador que me miraba marcando la hora, nada mejor tenía que decirme. «Es tarde, sí, muy tarde, he perdido el día y no he hecho nada». El cuarto daba asco, miles de pequeñas sombras gobernaban el suelo, objetos tirados, comida, ropa. Cogí mis zapatillas que estaban en una esquina de la cama, alineadas con la pared, era su sitio, allí debían de estar. Eran embusteras y juguetonas, a mis zapatillas les encantaban hacerme rabiar. Había veces que me hacían levantarme para orientarlas de la forma correcta, estaba a punto de dormir y me avisaban que su puntera no miraba hacia la puerta, aunque la mayoría de las veces que iba a revisarlas me habían mentido y sí que las había colocado de forma correcta. Todo para reírse de mí. Me las puse y comencé a arrastrar los pies, dando vueltas hacia ninguna parte mientras tropezaba con papeles, libros, cables y otros objetos. Mi sombra me seguía. Cogí el despertador del suelo, habían pasado otros cinco minutos, qué tarde era, y lo puse encima de la mesa. Estaba mareado, de tanto pensar, de perder el tiempo.

Cayado, de pie sobre mis zapatillas, me sobresaltó escuchar el tictac del reloj. No era mi despertador, no, él no me torturaba de esa manera, él era bueno, se trataba de un antiguo reloj de mi vieja vecina de al lado, que no contento con marcarme ruidosamente cada hora, hacía llegar el leve sonido del paso de cada intervalo aprovechando que en mi habitación no había ningún otro ruido. Lo odiaba, sí, lo odiaba con todas mis ganas. Tenía que recordarme cada segundo, otra vez, ahí está otra vez, y otra, el paso del tiempo, la pérdida continua de vida, el alargamiento de mi sombra en el suelo hasta su desaparición. Pero no era tanto ese pensamiento como el ruido mismo, el ruido del tiempo pasar. Tic, tac, y luego venía otro, al que de forma inexorable le seguía uno más. No entendía por qué tenía que escucharlo, porqué ese viejo reloj se empeñaba en hacerme llegar su trabajo, su eterno contar hacia la nada, y porqué esos intervalos duraban a veces tanto y otras veces tan poco. Era inexacto y yo debía de fijar mi atención en cada uno para darme cuenta que eran todos diferentes. Tic, tac. Mis manos taparon los oídos y me puse a hacer como si nada ocurriera. Tic, tac. Pero era imposible, sabía que el sonido estaba allí, los tictac invadían mi cuarto, aunque no los escuchara, aunque tuviera mis orejas tapadas, ellos seguían en mi cuarto, los tictac continuaban conmigo. Y me fastidiaba que fueran tan distintos, que no fueran todos iguales. Era absurdo taparse los oídos, era de tontos porque con eso no solucionaba nada, y aunque el silencio invadiera mi ser, era ficticio, me engañaba a mí mismo, el reloj de la vieja seguía venciendo, su sonido violaba mi entorno, penetraba en mi cuarto. Seguía aún más mareado, de tanto pensar, de pensar en el tiempo.

Me empecé a poner aún más nervioso, el corazón ya loco entró en modo taquicardia y mi piel le siguió humedeciéndose, así que abrí la ventana para que entrara algo de ruido de la calle que contrarrestara el devenir temporal, el sonido del tiempo. Alcé mi brazo para tirar de la persiana.

-¡Grigoriy, eh Grigoriy! Oye, Grigoriy, ¿cómo estás? No me recuerdas, no, ya te has olvidado de mí. No lo creo, sí que me recuerdas, cómo olvidarme, es imposible, solo que ya no me prestas atención, pero aquí estoy.

Sonó todo el mecanismo de la persiana mientras tiraba de la cuerda, me gustaba hacer eso porque notaba como crujía todo mi cuerpo mientras lanzaba mi peso hacia abajo para coger fuerza en los brazos y ayudar a que esa enorme placa de tiras de madera subiera. «Ya no te escucho infame reloj, ahora, aun sabiendo que sigues allí, ya tus segundos no me afectan, es como si no entraran en mi cuarto porque no les deja el sonido de la calle. Tarda ahora lo que quieras en marcar el tiempo, a mí ya no me importas»

-¡Eh, eh! Aquí abajo, oye, aquí en tu brazo derecho, me tienes desde hace mucho, un día en el campo, ¡eh! Grisha, oye, Grisha, no te hagas el despistado, tengo ganas de que me recuerdes. ¡Grigoriy, eh Grigoriy! Oye, Grigoriy.

Estaba ya anocheciendo, pero el cielo aún estaba algo iluminado, tonos azules y anaranjados se mezclaban en un enorme lienzo como preludio de la llegada de la brocha de la negra noche, junto con su compañero el pequeño pincel de las brillantes estrellas. Vi mi brazo alzarse para coger el pomo de la ventana, vi mi mano echar hacia abajo el tirador, y de repente, justo cuando el aire fresco de la calle rozó mi piel, justo cuando los papeles del suelo volaron agrandando su sombra, que revoloteaba por todo el suelo, justo entonces vi la pulsera que tenía en la muñeca de mi mano derecha.

-¡Eh, por fin!, ya me has visto, ya me haces caso. Antes te gustaba jugar conmigo, darme vueltas mientras recordabas ese día, ese momento en que P. me regaló. Te encantaba revivirlo y a mí me gustaba compartirlo contigo. ¡Idiota!, ¿ya no me quieres?, ¿crees que fue fácil para ella regalarme?

Había verde, árboles, sus mofletes rosados. Estaba también el aire, frío, húmedo, mis ojos llorosos, mi piel temblorosa. Ella a mi lado, su húmeda mano en mi nuca. Su pelo desprendía una dulce fragancia, muy revuelto, imposible que se quedara tras sus orejas. Había pájaros y piedras, nubes y sol, y sus dientes algo torcidos. Estaba mi trasero apoyado en el capó de mi coche. Y finalmente su regalo en mi muñeca.

-Cretino, lo echaste todo a perder, fuiste egoísta, mira cómo ella te quería, mira cómo ella te adoraba, eras todo y puede que aún lo seas.

Solté de golpe la persiana, la muñeca me apretaba, el reloj marcaba las ocho y cinco de la noche, más sombras habían invadido mi suelo al abrir la ventana, sombras alargadas que me hacían ver el fin del día, alargadas y triangulares, punzantes, dañinas.

Me agarré la cabeza con ambas manos, me pesaba mucho, y el corazón latía sin medida. ¿P. me había querido tanto?, ¿realmente podría volver con ella? Avancé hacia dentro de la habitación y me senté en la cama. Ya no escuchaba al menos el reloj, ya no me torturaba el paso de cada segundo, ya no tenía que prestar atención en lo que cada uno de ellos duraba. Un paquete de galletitas asomó de debajo de mi cama, lo cogí y empecé a meterme de forma maquinal trozos algo mustios en la boca, como si estuviera metiendo llaves y tornillos en una caja de herramientas. Mi boca se movía de forma compulsiva masticando con la boca abierta, mientras mi lengua nada quería saber de todo esto, y ningún sabor era provocado por esa asquerosa comida. En el sonido de mi boca al abrirse y cerrarse escuché al viejo reloj, más intervalos, más sonidos que se repiten, más pasar el tiempo.

-Déjale en paz pulsera, deja de decirle cosas, dentro de poco la llamará y todo volverá a ser como antes.

Tenía la mirada perdida, mientras las luces de la calle iluminaban y se movían aleatoriamente por mis paredes. Trozos de galletas a medio masticar caían en mi barriga, otros iban al suelo. No quería pensar más en ella, no, de verdad que no lo quería. Estaba ya muy cansado del tema, me irritaba tener que estar mal. Mis manos llenaron de trocitos de galleta mi pelo al agarrarme la cabeza.

-Eres demasiado cruel con él. Siempre la quiso y siempre la querrá. Estoy seguro que piensa en lo mejor para ella, esto solo es una etapa intermedia en su historia en común, tú verás cómo vuelven aún más enamorados, seguro. Aquí pasearon su amor, aquí la gente los miraba con envidia, entre estas calles, en este río, en esta plaza, aquí fueron muy felices y esa felicidad volverá, no hay nada fuera de ella. Aquí lo muestro yo claramente.

De pronto las luces que se movían por todo mi cuarto se centraron en la pared de enfrente de la ventana, y un enorme mapa de la ciudad de Tula que allí tenía colgado desde hacía muchísimo tiempo quedó por entero iluminado. La pulsera me apretaba con fuerza la muñeca.

-¿Recuerdas ese día? ¿Me recuerdas? Me compraste para no olvidar nunca esta ciudad, pero en realidad no querías olvidar nunca a P. Me viste entre varias láminas y me enrollaste para llevarme contigo. Estabais los dos juntos y muy felices.

Un tranvía, luces amarillas de oxidadas farolas, calles mojadas, y sus típicos andares, despistados, sin rumbo. Risas y carreras, nieve, manos entrelazadas. Sentados en una mesa, adelantando a un destartalado coche blanco, comiendo una pizza, montañas blancas, sus ojos no me miraban, sus ojos me abrazaban. Había ciudades y había montañas, gente desconocida, una señora con un abrigo rojo y un perrito y todo un mundo para los dos. Estaba también el olor a comida en las calles, y el frío intenso, los huesos calados. Y su coleta al viento.

-Siempre dijisteis de coger algún día de nuevo el tren y volver a Tula y al final nunca lo hicisteis. Sería algo bonito, sí que lo sería. Llámala y propónselo, venga, sé valiente.

Estaba cada vez más angustiado, allí solo en mi cuarto, sin nadie con quien hablar, solo con mis sombras y mis ruidos, de repente y tras varias semanas de calma los recuerdos de P., de forma miserable e inexplicable comenzaron a asaltar mi alma. La rabia se apoderó de todo mi ser, no podía ser, no de nuevo.

Abrí el cajón de la mesilla de noche y empecé a buscar alguna pastilla para los ardores de estómago. Tenía ganas de llorar, pero esta vez no lo iba a hacer, no, no lo haría.

-Déjale, ¿no ves que ya no quiere saber nada de nosotros? Es un cobarde, no quiere afrontar su amor, no quiere luchar por él. Léeme y sabrás lo bueno que ella tenía, léeme y sacarás fuerza de flaqueza. ¡Léeme, léeme!

Entre la mucha basura que había en ese cajón no encontraba las pastillas y por mi garganta fluía cada vez de forma más intensa una increíble acidez, era como si me estuviera quemando por dentro. Revolví todo muy nervioso y comencé a sacar cosas de allí. Sonaban los objetos al ser arrastrados de un lado a otro del cajón. Mis dedos iban agarrando viejos bolígrafos ya gastados, calcetines sucios, cables, un antiguo despertador,... los iba dejando caer al suelo.

-¡Venga, vamos, cógeme, vamos, sé honesto contigo mismo y lee lo que tengo escrito! ¡Léeme, léeme!

Y de repente, mientras iba tirando cosas en busca de las píldoras, un papel se quedó pegado a mis dedos. Miré mi mano, vi una pequeña hoja cuadriculada y reconocí su letra, reconocí la redonda letra de P. Vi su trazo, vi como las líneas se hacían más gruesas y se separaban de la cuadrícula. Vi como los trozos de frases que había en el doblez se acercaban y con sus letras en fila rodeaban mi cabeza. Vi girar las letras azules, con sus comas, y vi como en cada giro se aproximaban más y más a mi cuello.

Había una gaviota volando, había mucha pasión, había un corazón acelerado, un suelo rojo enmoquetado, un pecho hinchado. Estaba el ruido del mar, sus labios rosados, un cuarto de un hotel. Aroma a dulzura, sal en toda mi piel, un cuadro con un velero. Cuadrículas con trazos de letras muy redondeadas, cuadrículas que contenían la felicidad. Había una mirada, unas uñas en la boca. Mi rodilla sobre la cama y mis labios tocaron los suyos. Había un gesto, una cara avergonzada, un brazo que me alargaba una nota escrita por ella.

-Vamos, vamos, ¡ábreme!, venga, ¡sé capaz!, ¡cobarde, estúpido!, no te la mereces, estará con otro, claro, ¡cómo va a estar contigo!

Comencé a llorar como un niño chico, la bolsa de galletas se precipitó al suelo, mientras el papel seguía entre mis dedos, la pulsera apretando mi muñeca y el poster brillando en la pared. Y los tres me hablaban al unísono.

Miraba a todos esos objetos relacionados con P., recuerdos que me torturaban y me hacían sentir mal. Salía de mi cuerpo la vida, me estaba quedando seco. Recordando sensaciones pasadas y experimentando la que estaba ahora sufriendo, me di cuenta que en todo esto la cabeza nada tenía que opinar y que en nada me ayudaría a la hora de resolver mi problema, ya que tanto en su inicio como ahora, los únicos involucrados habían sido mi corazón, mi pecho, mi laringe y mi barriga. Tenía que llegar a ellos sin pasar por la cabeza.

-¿Te das cuenta de lo tonto que es?

-Déjale, no le aprietes más, le vas a hacer daño en la mano. Verás cómo vuelve aquí con ella, verás cómo vuelve a Tula.

-No lo creo, no se la merece, no, ella es mucho mejor que él, bendita suerte tuvo de haberla tenido. ¡Idiota!, cuanto más tiempo pierdas peor será para ti. ¡Llámala! ¡Léeme y verás como la llamas enseguida!

Comencé a llorar, de nuevo lloré. Sí, Grigoriy lloró por última vez, lloró como nunca antes lo había hecho, lloró hasta quedarse seco y durante ese llanto se curó por fin, en ese tiempo no se daba cuenta, pero sus actos, y solo sus actos, le llevaron a la sanación. Dejó de pensar, dejó de razonar el sentido de esto o aquello y de repente se decidió a actuar. Sí actué, claro que actué. Y mientras lloraba, mientras me secaba, mientras mis lágrimas caían junto a la bolsa de galletitas, mientras hilos de saliva salían de mi boca en esa misma dirección, hubo un segundo, hubo un segundo que si me hubiera parado a medirlo, si me hubiera parado a contabilizarlo habría sentido terror, ya que fue un segundo eterno. Hubo un segundo en el que el viejo reloj dejó de sonar, sus agujas se pararon, era un segundo, sí, lo era, pero de esos segundos infinitos. Y en ese intervalo de tiempo, en ese instante en el que mi sombra no hizo nada, en que mi sombra se quedó con la forma de un hombre hundido en sí mismo, agazapado al borde de su cama, yo me levanté, me levanté mientras la veía ahí en el suelo, sin seguirme. Me levanté, con mi sombra allí derrumbada, y de un zarpazo quité el poster de la pared, de otro zarpazo arranqué la pulsera de mi muñeca, y juntando ambos objetos con el papel cuadriculado, lo comencé a morder todo ferozmente. Desgarré la pulsera, hice añicos el poster, volaron trozos de papel y de tela por todos lados, pero sin sombras, solo ellos. Quedé mirando el trozo de papel, su letra, y mientras leía algunas de sus palabras, lo fui rompiendo lentamente, cruzando frases por medio, separando un "te quiero" de un "mucho", un "amor" de un "mío". Rajas como enormes grietas que se abren en el suelo en un terremoto, grietas que rompían definitivamente con el pasado y letras que volaban por los aires.

Eran las ocho y cinco de la noche, eso marcaba mi despertador. Volví a sentarme en la cama y adopté de nuevo la forma de mi sombra con la cabeza agachada y los brazos sobre ella. Entonces noté que ésta se volvía a mover al compás de mi respiración. Cerré la ventana y el tictac del viejo reloj retumbó en todo mi cuarto.

Capítulo 13:
Nuestro Grisha

Nada en la vida de Grigoriy hacía suponer que iban a surgir de su alma este tipo de sensaciones, estos insólitos y extravagantes sentimientos que desbordaban todo lo que la sociedad había conseguido con mucho esfuerzo inculcarle desde su más temprana edad, sociedad que le había marcado a fuego con unos valores a seguir muy definidos. Bajo la protección férrea de sus padres «de mi madre, mi padre solo veía la televisión», Grisha había conseguido asimilar estos valores de una forma muy natural, haciendo de él un chico válido y competente «para la sociedad que me había creado, para no salir de ella».

«Es cierto que en mi carácter estaba el hacer bien las cosas, disfrutaba del premio de ser reforzado, de ser fortalecido por los demás, en parte, y ahora lo veo claro, por mi enorme miedo al rechazo y mi enorme ego». Siempre había dudado, o si no dudar, sí que existían circunstancias que no llegaban a cuadrarle, siendo estos pensamientos algo muy interior, algo que realmente no cavilaba sino que eran corrientes, ideas que se hallaban mucho más abajo que el mero pensar. «Había momentos en los que mis cimientos retumbaban, en los que veía ridículos ciertos comportamientos. Recuerdo cómo sentía mucha vergüenza ajena al escuchar conversaciones que mantenían los demás, me parecían siempre una repetición incesante de prejuicios».

Sobre todo era su madre la que se obligaba por necesidad vital a que su hijo fuera a toda costa mejor que los demás, no ya por él, sino por una continua competición con el resto de la humanidad en la que escondía su gran complejo de inferioridad. Y es que conociendo como conozco todo sobre su vida, puedo asegurar que Grisha se daba cuenta que su madre no lo cuidaba a él, «sí, me daba cuenta claro que me daba cuenta, pero no me lo quería creer, mi cuerpo no era capaz de asimilarlo», ella se atendía a sí misma, utilizaba a ese pequeño como bandera ante los demás. «Mi padre nunca estuvo, nunca aparecía». Sí, es cierto, el padre. Mientras, el padre tan solo comía, bebía y fumaba. Y veía la televisión.

Grigoriy había sido un estudiante ejemplar, «sí lo era, me encantaba la sensación de sacar buenas notas, de recoger mi premio cada trimestre», y ya desde su más temprana edad había destacado por obtener de sus profesores unas calificaciones excelentes y por poseer un gran sentido del deber y del orden, «por supuesto, derivado como ya he comentado antes de mi inmenso miedo al ridículo, de mi enorme inseguridad que me hacía querer ser el que más era como todos, el más y mejor mimetizado». Era un chico muy escrupuloso y metódico, a veces quizás hasta un extremo patológico, que no podía dejar nada a medias, poseyendo un arraigado sentido del bien y del mal que actuaba como acicate para juzgar el entorno en el que se hallaba. Esto era algo muy suyo, muy biológico. «No, no juzgaba, no creo que fuera así. Lo que sucede es que tenía que reforzar mi comportamiento, es decir, si juegas a ser como todos, no puedes admitir que nadie sea diferente, ya que entonces te hace dudar. Bueno, en ese sentido sí que juzgaba, en realidad era implacable».

Había vivido toda su existencia haciendo lo que se suponía era lo mejor que un chico de esta época podía hacer sin dejar nada en el tintero. Toda su vida había estado marcada de antemano por un sentido y una dirección que ahora, viéndolo con perspectiva le avergonzaba. «Bueno, no me avergüenza, es algo inevitable. Es como si una rana se avergonzara de haber nacido renacuajo. O si una mariposa de haber sido gusano. Es un paso previo, una coyuntura ineludible que para la mayoría es además irrevocable. En cualquier caso, ¡qué fácil era ser alguien medianamente triunfador! Tan solo había que seguir sin rechistar los raíles marcados en ese momento por la sociedad y no turbarse nunca, no dudar, no pensar hacia dónde te llevan porque eso sería considerado como una herejía. Simplemente déjate llevar y nosotros te daremos una vida cómoda, una vida llena de deseos por cumplir, eso sí, tus deseos serán los que nosotros te marquemos, pero serán lo suficientemente poderosos como para que no tengas que pensar en nada más que en ellos».

Grisha había tenido la fortuna de no haberse planteado nunca durante su adolescencia este tipo de cuestiones, siendo esta dulce ignorancia la que le había llevado a ser la persona envidiada por todos que era. «No sé si realmente me envidiaban, pero sí es verdad que todos me decían que tenía mucha suerte, que era una persona agraciada. En realidad mi felicidad dependía mucho de esas afirmaciones de la gente. Y mírame ahora, ahora siento la suerte del desheredado, el desamparo y el asco me han liberado». Su gran sentido del deber, su incuestionable sometimiento a las fronteras que dividían el bien del mal, su inmersión total e indudable en la moral que la sociedad del momento marcaba, era algo sobre lo que jamás se había parado a pensar. «¡Pero cómo iba a pensar ni siquiera en dudar sobre ello! La sola posibilidad de dudar no existía, no me la planteaba ya que no se puede cuestionar, no me podía revelar contra lo que me había visto nacer, contra aquello que me había dado las herramientas para vivir dentro de un mundo cuyas leyes estaban marcadas de antemano».

Esa era la gran argucia que Grisha aún no veía, el hecho de que al nacer te plantean un escenario inamovible, te ofrecen de manera tiránica un mundo cerrado, marcado por unas leyes inmutables, para luego convertirse el tirano en tu alma protectora, dándote unas formas de conducta válidas solo para ese mundo por él creado. Y sí, no soy neutral, desde luego que me alineo y me alegro de lo que posteriormente le ocurrió, aunque a otros les de pena verle así. ¡Pobres necios ignorantes! Rosalbina y Grigoriy forman un dúo aterrador, mágico, extravagante. Y su estado fue inducido por él mismo, de eso, aunque parezca una auténtica locura, estoy casi seguro, y Gog opina como yo. «Ocurrió lo inevitable, me ocurrió lo que ahora me hace ser Yo».

Y ese marco vital, esa forma de vivir que te enseña la sociedad es cierto que es demoniaca y autoritaria ya que no te deja escoger otra, te cierra todas las puertas. Sí que puedes vivirla mejor o peor, puedes ser más o menos pleno dentro de ese escenario, tienes muchas posibilidades, muchas formas de vivir, pero no tienes la opción de cambiar la escena, de ir a otro plató regido por otras leyes, por otra moral, de subir o bajar el telón las veces que quieras. El problema era que ahora Grigoriy comenzaba a vislumbrar que otro mundo era posible, que otra forma de vivir estaba al alcance de su mano, que podía cambiar el guion de la escena, vaya, que podía ser él el guionista de su propia vida y bajar el telón para luego subirlo con otro escenario, con su escenario. Estaba acercándose a la raíz, a los cimientos del montaje teatral creado. «Bueno, yo no diría exactamente que me estaba acercando, ya que aún estaba muy lejos, mucho, pero lo que sí hice es comenzar a caminar con un rumbo fijo hacia una dirección acertada». Y aunque aún le quedaba un largo recorrido, esa sensación, porque aún no se le podía llamar idea ya que no la había racionalizado, esa sensación como decía, iba enraizando en su ser, provocándole una inestabilidad emocional muy acusada, aunque por supuesto aún no entendida.

Años después, Grisha reía confortablemente mientras la baba le caía por la comisura de sus labios, tumbado, mirando al infinito, con un pañal húmedo y restos de comida por el cuello, recordando esos años pasados y cómo, tras iluminarse su mente y ver con claridad que otro mundo, su mundo, era posible vivirlo, todo fue tan sencillo. «Tienes razón, ahora, desde mi atalaya se observa ese antiguo escenario de cartón piedra, antes eterno, ahora diluido, antes único, ahora solo posible, antes opresor, ahora curioso. Y es que no digo que esa forma de vivir sea mala, lo malo es la eterna imposibilidad que te da de no ver otras». No tuvo que buscar el valor para hacer nada ya que la propia visión del nuevo mundo le dio las razones suficientes como para no necesitar ningún valor para actuar, para cambiar de vida, ya que según le pareció, era el paso más natural que podía dar y ningún valor era necesario para ello. «No es que viera ese mundo y fuera hacia allí como si cambiara de escenario, ahora ese símil teatral no me sirve, no. Yo seguía en el mismo sitio, estaba en el mismo lugar que antes, solo que lo veía de otra forma».

Y tras obtener esa iluminación tan solo tuvo que buscar su propio escenario, e intentar fabricar, como si de un hombre de Cromañón se tratara, las herramientas para ese nuevo mundo. «Sí bueno, una vez que ves la gran malla conceptual, una vez que ves con los ojos del corazón, una vez que respiras con el estómago y hablas desde la barriga, una vez que es tu cuerpo el que te dirige y son cada uno de tus miembros los que ven, no necesitas herramientas, todo está dentro de ti».

**

El día estaba siendo realmente extraño, muy extraño. Habría querido ir a comer al restaurante de siempre pero realmente no tenía fuerzas para llegar con lo que se quedó el resto de la tarde en su deteriorada y cada vez más cargada habitación, con su techo amarillo y sus pelusas recorriendo el poco suelo que quedaba libre, entre ropa, más ropa y libros, montones de polvorientos libros. Encendió el televisor y cogió de la nevera algo de comida que se calentó en el microondas. Mientras esperaba dejó su mente en blanco. Le gustaba dejar encendida la televisión y que ésta hiciera ruido de fondo, así se sentía menos solo.

Se sentó a comer y puso las noticias. Realmente lo que veía le parecía repugnante ya que todo lo que comentaban era un refrito de cosas ya repetidas mil veces que le provocaba un mareo espantoso, un asco brutal. «Es cierto, se me levantaba el estómago cuando veía en el televisor o leía en la prensa reiterado mil veces lo mismo, era una tortura, pero aun así necesitaba tenerla encendida cuando estaba en casa sin leer». Nunca le había sucedido esto y de hecho siempre le gustaba comer solo ante el proyector, pero desde hacía un tiempo lo que escuchaba se le hacía insoportable. Noticias de políticos obtusos que peleaban por cuestiones ridículas o desastres naturales que indignaban a la población, junto con deportes y algún suceso de malos tratos completaban la oferta de cada día. Y sobre todo culpabilidad, toneladas de culpabilidad esparcidas por los medios. De la televisión salía un enorme dedo acusador, eres culpable de consumir, de gastar recursos naturales; soy culpable de que haya personas que pasen hambre, de que se extingan animales, de que la temperatura suba o baje, soy culpable de encender luces, de ducharme y gastar agua, de generar basura o acumular riqueza, soy responsable de todas las atrocidades que suceden a mi alrededor. Asco y ganas de vomitar, mareo insufrible, es la vida del hombre contemporáneo, una vida en la que hay que pedir perdón por vivirla. Reo y prisionero, infractor y responsable ya que al vivir agoto recursos, gasto, como, bebo, respiro; culpable, culpable, el gran dedo me acusa por vivir.

Grisha comía sin muchas ganas uno de los muslos de pollo que se había calentado «me encanta el pollo», y mientras restos de aceite recorrían la comisura de sus labios «bueno, me los limpiaba con un pañuelo», una mujer lloraba desconsolada la muerte de su hermana, pidiendo sin cesar la pena de muerte para su ex cuñado, al que le debían de tomar declaración ese día. «Eso me parecía trágico, cómo la ira te lleva a desear lo mismo por lo que sufres, la muerte para otro, la muerte para el que ha matado. Pienso en los momentos antes de ser asesinado del que se sabe que va a morir y pienso en los momentos del que ha matado, antes de matar. Eso no es un castigo, no, no lo es, porque castigar es dar la oportunidad del arrepentimiento y del perdón». Se relataba en la pantalla la insoportable vida que le había hecho sufrir a la hermana y cómo tras más de quince años de malos tratos al final se había decidido a dar el paso y denunciarlo, mientras se cursaba su solicitud de divorcio. Mientras masticaba el pollo Grigoriy se imaginó por un momento cómo sería la vida dentro de esa casa. «Yo no creía en el mal tal cual, como concepto sublimado procedente de la caverna de Platón, y no me agrada que la gente presuponga que alguien es malo por naturaleza, pareciéndome una bajeza moral y una forma muy cómoda de resolver complejos problemas». En verdad él intuía que no era algo fácil de solucionar, pero desde luego sabía que llamar a alguien malo, creerle perverso en sí mismo, era tan solo la forma más rápida de quitarse el problema y de encauzar toda la ira, pero no era ni por asomo el quemar en la hoguera al asesino la fórmula que se debería de llevar a cabo. «No es que haya que poner la otra mejilla, no, ni por asomo, es difícil, mucho». Imaginó a un hombre torturado, un hombre incapaz de canalizar sus instintos, atrapado en una fórmula (el matrimonio), que todos le habían aconsejado desde pequeño. Era lo que había que hacer y por tanto se casó con la chica que más cerca tenía, a la cual ciertamente había amado en los primeros años de relación, correspondiéndole ella con locura. ¿Para qué iban a buscar más?, ¿para qué experimentar otras relaciones? Esa era su chica y ese su chico y todos les alababan su elección, por lo que cuando tenía veintitrés años y ella veintiuno, decidieron casarse. Los pobres infelices no había experimentado nunca lo que ahora

Grisha estaba viviendo, una ruptura, un duelo, la perdida de tu ser amado, y se lanzaron a una relación a la que se iban acomodando. Los años pasaban mientras los hijos se sucedían y la pareja se iba distanciando cada vez más. Ella añoraba no haber tenido otra vida, no haber vivido con otros hombres ni haber tenido la posibilidad de viajar y conocer mundo. Todas estas frustraciones las descargaba en su marido, que poca culpa tenía, ya que él como ella, se había visto atrapado en un matrimonio sin apenas darse cuenta, enmarañados en lo que todo el mundo hacía. Le exigía viajar, le exigía que la llevara a sitios diferentes y le pedía frecuentar amistades que a él no le interesaban. Él por su parte no entendía los sentimientos de su mujer, se veía atrapado en una soledad cada vez mayor. Le exigía cuidados, le pedía atención, se comparaba con el matrimonio de sus padres y nada le cuadraba, nada era como le habían enseñado que debía de ser y la frustración se apoderaba de su vida diaria. Supongo que pensaría ese desdichado que si había hecho todo tal y como se suponía que debía ser, no entendía por qué no funcionaba. Pensaría en otras parejas, no en otras, no, pensaba seguro sin darse cuenta en el modelo de pareja, en el modelo único de matrimonio. No cabía en él otro modelo, otra forma, maldito desdichado, pobre infeliz. Sí, seguro que solo una forma de entender las relaciones con las mujeres rondaba su cabeza y era imposible dudar de ella, como jamás hubiera dudado en si tenía que salir de casa con o sin pantalones. Y ahora que nada funcionaba, solo le quedaba echarle la culpa a ella, no había otra salida para su frustración, ella era la responsable porque no se amoldaba a lo que debía de ser. Seguro que ese desgraciado, ese pobre ser no tenía la capacidad de dudar del modelo, eso ni se le pasaba por la mente, tamaña herejía era inconcebible. Era contemporáneo, un hombre muy contemporáneo.

¡Qué gran farsa es el matrimonio!, pensaba Grigoriy. ¡Qué caro se paga el miedo a la soledad! Vendes toda tu existencia, entras en un juego en el que debes de aplastar tus instintos y tus sueños en pos de una vida en común, de unos hijos, de una vejez compartida. ¿De verdad merece la pena construir algo así? ¿Y qué sucede si uno de los arquitectos se echa atrás, si decide no continuar con la obra? El otro queda entre cascotes y escombros totalmente desconcertado sin saber dónde refugiarse y con miedo a salir de ese edificio medio en ruinas. Ahora no lo veo exactamente así, no creo en el matrimonio, pero sí en una relación plena con la persona amada. En medio de esa desesperación, al hombre le surgen mil instintos, que como garras que vienen de dentro, del interior, se rebelan contra una situación que no quieren seguir viviendo, diga lo que diga la razón, diga lo que diga el cerebro. Y ese corazón herido, ese instinto que quiere cambiar las cosas, no es apoyado por una cabeza que sigue empeñada en que las cosas son tal y como te las han enseñado, claro, es que la misma cabeza está construida por ese modelo estructural. Y entonces la única salida es buscar culpables.

A ese hombre de las noticias, pensaba nuestro protagonista, le habría pasado algo parecido. Solo, sin ningún sostén al que agarrarse, y siendo encima del género masculino, es decir, un animal posesivo por naturaleza al cual además no le habían educado a ser de otro modo, sino que con el matrimonio le había potenciado esa sed de propiedad, este incomprendido y estúpido ser se encontró desamparado, se encontró expuesto a la opinión de los demás, que seguro, pensaba él, lo verían como un idiota, y no hay cosa peor que un idiota se sepa identificado, entonces su reacción es impredecible. Y es que nadie debería de casarse sin haber interiorizado que realmente ninguna pareja es para siempre, pero eso no es lo que le prometieron, sino todo lo contrario, y un idiota cree que una promesa siempre es eterna, se agarra a ella para dejar de pensar, es así y no hay vuelta de hoja. Me lo han enseñado, me lo prometieron y ahora, por intentar hacer lo que dijeron que era lo correcto, mírame cómo me hallo. Mentirosos, canallas, me habéis llevado a la ruina. Disparo y muerte. Sucia sociedad, prefiero morir y matar antes que aceptar el engaño.

Tragedia y muerte de un hombre y una mujer que nunca quisieron pensar por sí mismos y cuando uno de los dos lo hizo no fue para dudar sobre su vida, demasiado complejo eso, sino para masacrar.

Capítulo 14:
El diablo arropa el descanso

«Cada domingo me sucede lo mismo, ansiedad, mañana trabajo, veré a Mr. Cubo, mis pulmones dejan de respirar con normalidad, incomodísima taquicardia, gran sofoco interior. Era lo que me faltaba para completar un día redondo. Necesito relajarme, dejar de pensar. Necesito desconectar de todo lo que me rodea y ver todo desde otra perspectiva». Grisha alzó la mano hacia una pequeña mesilla que tenía cerca del sofá y sacó de un cajón un paquete de cigarrillos, dentro del cual tenía unos pequeños restos de marihuana.

«No es que tenga un mal trabajo, si de hecho todos me dicen que es perfecto, quizás eso sea lo malo, que solo todos lo dicen, solo todos, todos menos yo. Y a mis treinta años todo me hace entender que tengo una vida muy alineada con el ideal actual de éxito. Ya está el vecino gritando a sus hijos, es repugnante. Una vida en la que puedo comprar cosas, pero no me gustan los coches, no me gusta la ropa, no aprecio nada, si acaso viajar, eso sí me gusta, viajar. Podré quizás encontrar una buena esposa y propagar mi semen para obtener una descendencia que me permita ahogar en ellos mi deseo de dominio y de sentirme útil ante la vida. ¿No es algo parecido a lo que hacen esos de ahí fuera?, ¿sentirse útiles a cualquier precio?, ¿ser útil para qué?, ¿ser útil por qué? Con una mujer que me servirá de apoyo y sostén y junto a la cual pueda compartir experiencias y deseos, proyectos y esperanzas, miedos y egos. ¡Qué mareo, qué mareo! Tengo que hacer algo con mi cuarto, tengo que recogerlo y barrer el suelo, esto está ya asqueroso, pero creo que necesito tener en estos momentos la sensación de vivir en la inmundicia, no lo entiendo, pero lo necesito, disfruto de la sensación de desamparo. Sería un padre muy diferente a lo que han sido mis padres conmigo, sí, pero sería un mal padre, sin duda. Soy demasiado egoísta y sobretodo no preciso sentir que nadie me idolatra, de hecho eso me incomoda, ¡qué presión, qué presión!, qué agobio el sentir que alguien depende de ti, saber que eres el modelo a seguir, no sé si lo podría soportar, no, no lo soportaría. Porque tener un hijo es hacer lo que mis padres no han hecho conmigo, pero creo que ellos eran muy torpes, en realidad me dan lástima, aunque por su torpeza me haya llevado una niñez muy difícil; quizás puedo decir que fui un niño extranjero, un niño foráneo en un mundo (mi familia) que no entendía, que no llegué nunca a asimilar, un mundo misterioso, raro, sanguinario, muchísimas veces terrorífico y otras simplemente chocante y muy muy desconocido, muy alejado de mí. Qué asco me da el vecino, gordo, lleno de frustraciones que le hacen querer ser mejor que nadie, torturando a su familia y un minuto después me saluda en el rellano. Le escupiría en la cara, maldito gordo aceitoso, eres vomitivo. Mañana me espera un día duro en el trabajo, dicen que Mr. Espiral puede que venga a visitarnos. No tener hijos es ser un inútil. Pero muchos, dentro de esa supuesta utilidad de tenerlos, buscan la bajeza, buscan el dolor y la dependencia, buscan que alguien se someta. Mi cabeza, me va a explotar, debería de relajarme, pero es que ser útil y tener una vida llena se convierte en ese sentimiento católico de buscar al desesperado, al mugroso, al enfermo, al "dependiente de ti", y una vez captado tenerlo ahí en coma, tenerlo bien amarrado a tu lado, exponerlo para sentirte útil, no por él, sino por ti. Esta es la repugnante compasión que nos han enseñado los hijos del de la cruz, la compasión expuesta al juicio final para salvarte, a ti, no al otro, que además te hace buscar a ese otro ser inferior de forma desesperada, necesitas alguien dependiente, necesitas aumentar tu ego. Ser útil y tener un hijo, y tener una familia. ¡Basta ya de pensar, el cerebro me da vueltas una y otra vez! Pero tener un hijo es ser de nuevo niño, es volver a la infancia, pero no quiero volver a ella, no, no quiero que mi hijo sienta decepción. Yo como modelo de vida, yo como arquetipo para él, no lo podría soportar, no, no, no, no soy como los de la cruz, yo no necesito a un desamparado para sentirme bien, a mí no me van a juzgar por mis actos el día que muera, a ellos sí, y por eso están en continua búsqueda de la carnaza, para salvarse. Mr. Cubo me va a matar si no le llevo el informe, luego lo termino, en realidad me falta poco. También puedo optar por una existencia un poco más alejada de ese ideal, ¡qué mareo, qué mareo!, pero igualmente paralela con la institución humana en general, es decir, decidir vivir lejos de una mujer, ser soltero para siempre y poder hacer en cada momento lo que desee, trabajando duro para poder disfrutar de una serie de bienes y experiencias en mi tiempo de ocio. Ambas elecciones vitales son igual de repugnantes, ¿o no? En ambos casos vivo para los demás. En ambos casos mi soma es el consumo y el deseo de ser envidiado por otros, mi felicidad está en manos ajenas. Todo consiste pues en ¿ser feliz?.... ¿Para quién?, ¿para mí o para los demás?, ¿por mí o por mi utilidad?».

Los pensamientos en los que Grigoriy estaba sumido le hacían marearse y mientras su mente divagaba su cuerpo sufría una enorme nausea. Siempre hacía esto cuando se sentía agobiado, ya que le gustaba emerger ideas estructurales, ideas que conformaban los cimientos de la colectividad, de las que permanentemente dudaba. Afloraban a su mente y las retorcía, las colocaba en otro escenario, disfrutaba al verlas desquebrajarse, alterarse y sentir que no soportaban la tortura a la cual las sometía.

Le dio una profunda calada al porro que se había liado y arrojó su cuerpo hacia atrás, quedando hundido en el respaldo del sofá mientras su vista se posaba sobre la lámpara colgante que apagada coronaba el techo de su salón, llena de polvo. Hasta allí había llegado una enorme pelusa. Se movía, y cada oscilación era un intervalo de tiempo perdido, era una medida de tiempo que no volvería, esa pelusa era solo tiempo. Tonos rojizos comenzaron a inundar la habitación, habían encendido el cartel luminoso del cine de enfrente de su ventana y su resplandor coloreaba las amarillentas paredes de su habitáculo.

«Ser feliz siempre hacia los demás, siempre hacia los demás. Nadie se da cuenta que vivir este modelo de existencia implica aceptar unos términos de contrato muy por encima de los beneficios que obtendremos. Es vender tu alma al diablo, siendo satanás la sociedad que te hará ser feliz, que hará sentirte protegido y uniformado». Las luces del cartel parpadeaban y esto junto con el movimiento de la lámpara hacía que las paredes de la habitación pareciera que estuvieran en combustión, un tremendo fuego rodeaba a Grisha, llamaradas sofocantes le rodeaban. «Sí hijo, a mí me vendes tu alma y te uniformo para que podamos vivir todos en paz, te uniformo para poder ser libre, pero dentro de unos límites que yo te marque. Son amplios y dentro de ellos te sentirás cómodo, estarás como en casa, están hechos para ti». Una espesa niebla se posó sobre la ventana, la noche hacía levantarse la bruma del río cercano.

«Podrás elegir, dice Lucifer, te sentirás libre de escoger entre muchas opciones, pero siempre deberás optar por algunas de las que yo te he preparado, esas son mis reglas, esa es mi ley». Comenzó a llover de forma desproporcionada y un relámpago hizo retumbar las paredes de la habitación.

«Pero esas opciones ¿son siempre las mismas no?» «Silencio, dijo satanás, porque yo te conozco, yo ya he pasado por lo que tu pasarás y yo sé lo que es mejor para ti, así que deja de juzgar, de perder el tiempo». «Sí, parece realmente cómodo y hasta acogedor, es decir, sobre ciertas reglas me moveré seguro y solo tengo que tener fe ciega en el modelo, ¿no?». La ventana se llenó de enormes gotas y un murciélago chocó contra ella.

«Claro hijo, claro, además, tú también debes querer imponer que los demás sean muy parecidos a ti, de este modo podrás prever sus elecciones, porque serán las mismas que tú tengas y por tanto no temerás por sus reacciones». «Sí, las ventajas están claras, siendo todo homogéneo, siendo todo uniforme, hablaremos un mismo lenguaje y habrá menos problemas, podré centrarme solo en vivir, en disfrutar, no tendré que plantearme nada más». Un inmenso frío húmedo calaba los huesos de Grisha mientras escuchaba el ruido del viento que al mover el cartel luminoso de enfrente provocaba una enorme maraña de luces y sombras en movimiento en su habitación.

«Claro hijo, claro, claro, todos os conoceréis, seréis uniformados por una sociedad amiga para todos, con una forma de vivir muy estudiada tras siglos de historia, una cultura heredada y que además va evolucionando, sí, ¿no ves que ahora nadie vive como sus padres?, entonces, cómo puedes decir que son normas rígidas. Todo evoluciona, todo progresa hacia mejor». «Bueno, sí, claro, la sociedad cambia, pero, pero, no sé», «¡No sabes qué!». De pronto las luces rojas dejaron de brillar y la oscuridad y las sombras invadieron el cuarto.

«Pues no entiendo por qué a mí no me seduce, no sé por qué me siento ajeno, extraño, incómodo, encarcelado». «Eso es porque eres un inconformista, eso es porque no valoras lo que tienes». «Sí, ya, eso lo he pensado a menudo, quizás soy egoísta y no disfruto plenamente de lo que me rodea. Pero por otra parte veo que no quiero entrar en tu juego, de verdad que lo siento, lo siento, lo siento, no quiero ayudar a conseguir la armonía requerida con el temor inducido a lo distinto, al distinto, a mí. Soy diferente, lo siento, lo siento, de verdad que lo siento. Al final, todo este montaje teatral, todo este escenario creado nos proporciona los medios y herramientas para vivir una existencia hacia fuera, hacia lo ajeno. Todo consiste en ser iguales que los demás creyéndonos cada uno superiores al resto, siendo este sentimiento de superioridad la llave del mal, ya que del pensamiento de los demás sobre nosotros dependerá nuestra alegría, esa alegría que ha dejado de estar para siempre en nuestras manos para pasar a manos ajenas. Esa es la gran decadencia de todo este montaje, el hecho de que para vivir seguros y respaldados por una sociedad amiga debamos de dejar en manos de esta misma sociedad, debamos de entregar a cambio como rehén, nuestra propia felicidad».

«¡No, no y no! No es así, a ver hijo mío, serás feliz porque todos lo son y la felicidad común es el bien de todos». «Lo siento, pero quizás no quiera ser feliz». «Pues entonces deberás ser desterrado». «Sí, sé que lo seré, sé que entre tus argucias está el hecho de inculcar a todos el odio, el temor a lo distinto, a lo peculiar, a lo contrario, esa es la base, la regla de oro de este juego».

«Yo te maldigo pues, dijo Lucifer».

***

Grisha le dio otra calada al canuto y notó una ligera sensación de mareo mientras sus pulmones ensanchaban y su cuerpo se relajaba. ¿Qué hora sería? Una ligera sonrisa invadió sus labios. Miró a la ventana, ya solo se veía oscuridad bañada de pequeñas luces anaranjadas. Sintió frío y deseó cerrarla para que no entrara más aire. «La ventana, tengo que cerrarla, pero está lejos. Pero de ahí fuera vienen todos mis males, de ahí fuera es donde todos mis problemas se crean. Pero está lejos. Pero tengo frío. Si cierro la ventana todo se solucionará, seré feliz y entraré en calor. Pero tengo que dormir, mañana Mr. Cubo me pedirá los informes. Tengo que dormir, pero la ventana está abierta y estoy demasiado cansado para llegar hasta allí. Me olvidaré de ella, de que está abierta y de que tengo mucho frio, olvidaré que pueden entrar mosquitos y picarme». Se levantó muy despacio, cerró la ventana y se volvió a la cama. Al echarse y respirar profundamente escuchó el tictac del reloj de la vieja vecina. «Es muy tarde, me quedan pocas horas para dormir, pasa el tiempo y sigo despierto. Escucho al tiempo, lo odio, nunca va a la velocidad que yo quiero, lo odio».

Recapacitó sobre la visión que había tenido ese día, cuando vio a todo el mundo de color rosado, y pensó que todo debía de haber sido debido a la ansiedad que estaba sufriendo tras la ruptura con P. De pronto comenzó a fluir dentro de sí una inseguridad muy común en los momentos en los que se hallaba en ese trance y dejó el porro encima del cenicero, teniendo un momento de lucidez antes de caer en un profundo sueño. «No nos permiten, pensaba Grisha, mirar hacia dentro de nosotros. El contrato firmado con la sociedad implica ser feliz a costa de ser perfectos para con ella y por tanto para con los demás, pero existe una cláusula que nos impide mirar hacia nuestro interior, herejía suprema que podría crear seres impuros, alejados del ideal social. Para este tipo de personas el modelo actual ha creado complejos mecanismos psicológicos de respuesta, como el complejo de culpa o la sensación de vergüenza que afloran a tu cuerpo en el mismo momento que te quieres alejar del patrón y que fueron inyectados en lo más profundo de nuestro ser desde una edad muy temprana, quedando latente como un virus enquistado, pero alerta para actuar en cualquier instante. La sociedad, con su moral y sus normas uniformadoras actúa como un dique que no deja fluir dentro de ti el deseo de ser diferente para vivir tu propia felicidad, aquella que emana de dentro, muy dentro».

Un profundo sueño embargó a Grisha, que poco a poco fue cerrando sus ya apagados ojos. Entonces los pensamientos se fueron fundiendo con los sueños, que de forma gradual iban a comenzar a regir la mente de nuestro protagonista. En ese estado, mezcla de vigilia y sueño, es el único momento de nuestra existencia donde el inconsciente se asoma y le da la mano al mundo racional. Una especie de convivencia pacífica entre el sol y la luna que aprovechan la ocasión para hablar y compartir algunas de sus experiencias, llevando a cabo una especie de raro baile ritual, donde ninguno de los dos se fía del otro.

Esta ensoñación mezcla de dos astros poderosos abre una puerta al inconsciente, desde donde nuestro yo más instintivo y animal asoma con miedo la cabeza cual bestia peluda brutal acobardada por un entorno desconocido. Mira hacia ambos lados, sin aún querer ser ella misma, retorciendo sus afilados dedos. Mira arriba y abajo, esperando ser atacada, apaleada por el yo consciente y racional, policía impuesta por la sociedad para aplacar el animal que todos llevamos dentro. Nosotros somos la bestia, somos el instinto que se postra ante una serie de normas sociales destinadas a permitir la convivencia humana. Al dormir desconectamos del mundo real, hacemos que la policía descanse y soltamos dentro de nosotros a la bestia, que gozará dichosa en un mundo sin ataduras, en un universo sin normas ni costumbres, un mundo donde ser ella misma....el mundo onírico de los sueños.

Poco a poco Grigoriy fue cayendo en un cada vez más profundo sueño, pero antes de soltar definitivamente a la fiera, pasaron por su cabeza una serie de pensamientos. «Quiero vivir en un mundo en el que yo sea mi destino, en el que no me importe la duración del tiempo, en el que los relojes sean destruidos. Desearía que Nietzsche tuviera razón al considerar que el superhombre dependía del eterno retorno. No quiero estar ligado a una vida lineal, con continuos avances hacia ninguna parte, con continuas necesidades que nos hacen sentir mal si no son satisfechas. Quiero vivir como antes, en donde los hijos vivían la misma vida que sus abuelos y donde por tanto las opiniones de éstos eran muy valoradas, donde las generaciones se podían comunicar. Exijo que mis mayores me puedan aconsejar cómo vivir y quiero que mi vida no sea un ir a ninguna parte, sino un eterno retorno de lo ya vivido, pero viviéndolo de verdad, sin estrés, sin manecillas de reloj, sin volcar mis energías en una carrera hacia el vacío. Vivir lo ya vivido aporta la ventaja de poder ir afrontando la vida cada vez mejor, ya conoces lo que viene por lo que cada vez vivirás una vida más plena. ¿No era eso el paraíso de Adán y Eva? ¿No era un eterno vivir lo ya vivido dentro de un escenario casi inmóvil?, ¿o no?».

Sueño, mucho sueño.

Capítulo 15:
El sueño de una noche de Otoño
(en tres actos)

Primer Acto

Echado sobre un majestuoso sofá amarillo, el aire acariciaba mis mejillas con una suavidad y dulzura exquisitas. En frente, una gran puerta de cristal se abría hacia una soberbia terraza de suelo arcilloso desde donde se podía contemplar una espectacular panorámica de toda la ciudad. El reflejo de los rayos del sol al atardecer en las ventanas de los altos rascacielos confería un matiz dorado, un filtro áureo que inspiraba una gran vitalidad y fortaleza a todo aquel que lo contemplase. Todo el ático, incluida la vista de la terraza, me otorgaba una gran autoestima, una gran sensación de autoafirmación y una felicidad inspirada en la confianza de hacer lo correcto.

Me encontraba en una tercera planta de una pequeña casa a las afueras de la ciudad, encima de una gran loma. Era extraño que la azotea fuera de arcilla y que tuviera dos grandes dragos, uno a cada lado a mitad de la terraza, que como hongos atómicos se elevaban más de quince metros sobre el suelo. ¿Cómo podría la casa absorber sus raíces, que seguro serían mayores aún que el propio árbol? En la copa de cada drago se posaba un enorme pájaro multicolor, que a mi paso agachaba la cabeza haciendo una reverencia, y cuando entraba a la habitación desplegaba sus alas exponiendo su dorado pecho, dentro del cual se podía distinguir un luminoso símbolo del dólar.

Dentro, en la residencia, todo era lujo y comodidad, sobre todo mucha comodidad. Un par de inmensos cuadros que representaban a dos familias numerosas adornaban una de las paredes, de los cuales sobresalían dos largas cuerdas de flores que se unían en una especie de escultura que parecía representar a una diosa gozosa sobre cuya cabeza elevaba con ambos brazos un enorme libro dorado. Su cara era de un inmenso placer, parecía que no le costaba sujetar ese libro, era como si en realidad lo estuviera recogiendo del aire.

Echado en el sofá notaba como mis dientes delanteros iban creciendo poco a poco, cosa que no me preocupaba especialmente, pero sí me hacía sentir un tanto extraño. Me los tocaba y me reía, reflexionando sobre cómo iban a reaccionar en el trabajo cuando me vieran llegar con semejantes paletas.

Me levanté y fui hacia el mueble bar que tenía cerca de la televisión a servirme una copa, cuando de pronto escuché un sonido que provenía de una pequeña puerta en una de las esquinas de la habitación, la cual nunca había visto. En realidad eso me hizo cavilar que realmente pasaba demasiado tiempo en aquella parte de arriba y que no aprovechaba el resto de la casa. Simplemente nunca me había parado ni siquiera a especular sobre si existían otras plantas. Bueno, en realidad era lógico pensar que estando en un tercer nivel había otros dos debajo de mí, pero era algo que sencillamente estaba en mi cabeza pero nunca terminé de analizar. Me encontraba allí porque me sentía bien, a gusto, satisfecho, y por tanto a nada más necesitaba. Tenía bajo mi cargo, entre otras personas, a dos mayordomos que me servían la comida e incluso me lavaban el cuerpo y mis enromes paletas. No se me debía ni tan siquiera pasar por la cabeza queja alguna, aunque en mi interior, en lo más profundo de mi ser, había una pequeña chispa, pequeña pero muy ardiente, que me hacía querer otras cosas distintas a las que tenía. ¿Por qué, si lo que tengo es a lo máximo que se puede aspirar en términos de bienestar y satisfacción personal?

Abrí la puerta mientras me ponía en cuclillas para poder atravesarla y tras andar dos metros hallé una gran escalera de mármol que bajaba hacia la primera planta. Allí encontré un escenario totalmente diferente, con muebles más viejos y despintados, colocados de una forma extraña, ya que no todos estaban alineados con las paredes y entre ellos no regía una elemental norma de simetría.

Comencé a asustarme, pero al mismo tiempo mi curiosidad hacía que no sintiera deseos de abandonar la habitación. Pensé que al día siguiente debía llamar al servicio para adecuar esta estancia, de manera que pudiera servir como salón de juegos. No podía entender por qué no había bajado allí nunca, por qué no se me había ocurrido llevar allí a todos mis empleados, y junto con ellos, reformar y adaptar todo ese piso a las comodidades de la planta superior, para así tener aún más espacio en la casa. Me quedé un segundo pensando en todo el séquito de personas que allá arriba me daban todo lo que quería, agasajándome con mil cuidados y melindres, millones de finezas e innumerables bienes materiales. Todo lo que quería ellos me lo daban y sin embargo aquí abajo mi entendimiento me hizo verlos como verdaderos carceleros, como auténticos amamantadores que con todos sus agasajos y con toda su protección me tenían encerrado en una jaula de oro. ¡Por qué pienso esas cosas!, dije mientras me rascaba la cabeza.

Suspiré profundamente extrañado por mis reflexiones y seguí investigando aquel nuevo escenario que me rodeaba. Las paredes estaban deformadas y en ciertas zonas se podían contemplar parte de las raíces de los dragos plantados arriba, algunas de las cuales, al tener capilares puntiagudos que sobresalían de la pared, eran utilizadas como soporte para algunos cuadros, cuyas formas eran de todo menos cuadradas, siendo algunos redondos, otros triangulares, y los más lejanos a la escalera ni siquiera tenían ya una forma geométrica conocida, simplemente estaban formados por unos márgenes sin sentido que conformaban un espacio interior donde se hallaba la pintura. Quedé observando algunos de ellos y vi que se trataba de una colección de curiosos cuadros de personas con rostros de animales. Al pasar delante de ellos la forma humana se movía levemente y emitía un sonido característico del animal, cosa que me produjo un pequeño sobresalto al principio, pero que luego me terminó por agradar. Las aristas de las paredes parecían así mismo deformadas, no eran del todo perpendiculares al suelo, provocándome una gran incomodidad. Todo parecía plegarse sobre sí mismo y conforme avanzaba, la habitación se iba convirtiendo poco a poco en un largo pasillo en el que no se veía ni el principio ni el final.

Antes de continuar eché la vista atrás y vi una escultura que me pareció muy familiar. En efecto, ahí se encontraba la misma diosa que había visto en la planta de arriba, pero en esta ocasión su cara ya no era de gozo, sino de dolor, de tremendo esfuerzo al tener que sostener una enorme losa, en lugar del libro que antes con tanta soltura alzaba. Los ojos ensangrentados junto con la gran cantidad de venas y tendones que sobresalían de su piel, le daban un aspecto de extrema tensión y ansiedad. Además, los lazos de flores que antes salían de su cuerpo ahora eran cadenas doradas que estaban unidas a los, en apariencia, mismos grandes cuadros, pero que en esta ocasión representaban a un cristo crucificado sobre un gigantesco símbolo del dólar. Los ojos de la diosa, repletos de rojizos capilares, giraron y se quedaron observándome mientras temblaban.

Miré de nuevo hacia delante y comencé a caminar mientras me percataba que el pasillo se estrechaba por momentos, y aunque intentara andar lo más rápidamente posible, mis piernas no me respondían, eran muy pesadas y me costaba mucho moverlas. Las paredes cada vez más cercanas estaban llenas de relojes, relojes de todo tipo cuyas manecillas iban descompensadas. Ningún tictac era igual, ningún reloj medía de la misma forma el tiempo, todos sonaban, pero la distancia entre los tics era muy diferente. El tiempo es elástico, pensé. Una enorme ventana apareció entre los relojes. Quise pararme, pero mis piernas siguieron su pesado y lento caminar. Aun así pude distinguir dentro de ella una asquerosa habitación con las paredes ensangrentadas con letras de todo tipo, entre las que puede leer "Rosalbina te ama" y una anciana muerta bajo los pies de una persona caída sobre un sillón, al que no se le veía la cara, pero se podía distinguir que emitía algo de luz, como una especie de silueta. De repente se abrió ante mí una trampilla y sin saber muy bien cómo ni porqué me abalancé hacia ella. No es que cayera, fue algo querido aunque no del todo consciente.

Súbitamente me encontré en lo más profundo de la mansión, una especie de sótano mugriento con forma de cueva, cuyas paredes estaban únicamente formadas por enormes raíces entrelazadas de un rojo muy intenso, que se movían rozándose unas con las otras, provocándome un intenso mareo. El suelo estaba lleno de garrapatas y un intenso olor a fósforo comenzó a rodearme. Una gran sensación de descontrol invadió todo mi cuerpo. Era como si de repente todo aquello que había conocido no sirviera ya para nada, mi ser había entrado en una espiral de profunda negación y me estaba asustando más y más a cada paso.

Las raíces adoptaban formas femeninas, que iban brotando y desvaneciéndose conforme cambiaba la configuración de las paredes, pareciéndome ver además cadáveres sonrientes destripados junto a niñas desnudas, una de las cuales dejó de jugar con los intestinos de uno de los cuerpos inertes (pero vivos) y girándose, sobresalió su cuello de la pared quedando su cabeza a tan solo medio metro de mí. Me miraba, temblorosa, chorreando sangre. Comenzó lentamente a acercarse más, iniciando un lánguido y oscilante movimiento hacia mi pecho. Dos enormes ojos quedaron fijados en mi corazón. Quedé paralizado, inmóvil y aterrado, con ganas de gritar pero mudo, cuando repentinamente la informidad aquella comenzó a decir, sin dejar de mirar a mi corazón:

-"Oh amor, ahora tú eres el que mandas, aquí tú eres el dictador, toma la venganza que tanto tiempo llevas planeando. Oh amor, sometido y vilipendiado, acorralado por estultas normas, perseguido por miserables y mezquinas reglas morales, enjaulado por éticas y costumbres, miedos y envidias".

Una larga lengua comenzó a lamer mi pecho, de donde comenzó a salir una especie de quiste que empujaba y estrujaba mis costillas, costillas que lentamente se iban desquebrajando a medida que la cabeza de la niña me seguía hablando y lamiendo. Lo más extraño de todo es que no sentía miedo, tan solo me dejaba llevar, observando con curiosidad cómo mi pecho aumentaba cada vez más su volumen.

-"Oh amor, mi corazón, tan valiente y tan inmenso que das miedo a la muchedumbre, estás lleno de pasión y de deseo de dominar. Tu fuerza es tu miseria, tu simpleza y pureza son tu escarnio, tu valentía la llave de tu celda. Oh amor, sal y lucha, lucha por ellos, no te conformes en esa celda oscura. Oh amor, oh corazón mío, no se dan cuenta de que no les conviene tenerte ahí enfadado, porque cuando desesperas, menos veces de las que debieres, oh amor, cuando desesperas y pataleas les creas una incertidumbre y malestar infinito. Oh amor, un solo suspiro tuyo provoca un inmenso vacío en ellos. Amor, amor, amor….no puedes dejar que esto continúe así, levanta la cabeza, abre tu verja destruyendo esas costillas y hazle ver que necesitáis que tú tengas tu hueco, que tú debes de desarrollarte y expandir tus deseos, propagar más allá tu voluntad de poder, de querer, de poseer, de vivir para que de esta forma, oh amor, ambos seáis felices".

La impresión provocó que se comenzaran a desmoronar mis dientes en una forma totalmente descontrolada, ya que caían muchos más de los que pudiera tener ahí enganchados. El enorme quiste de mi pecho fluía vigorosamente, haciendo crujir mis costillas, que sonaban como ramas astilladas bajo el peso de un firme caminar.

-"Oh amor, ya sé que en el equilibrio está la virtud, ya sé que si dejas escapar toda tu voluntad tan solo cambiaremos de forma el problema llevándolo hacia una brutalidad animal igual de absurda que la actual sequía emocional que ahora nos acontece,...pero amor....te entendería, sí, sabe Dios que te entendería si ahora desgarraras ese pecho, si salieras de él dando rienda suelta a toda la barbarie que llevas dentro. Nadie ha consentido entenderte amor, nadie se ha acercado a ti, y desde el más absoluto temor te han rechazado sin intentar conocerte, comprenderte, asimilarte como parte fundamental del ser. Malditos inválidos emocionales, maldigo su miedo enfermizo hacia ti. No son capaces ni siquiera de mirarte a la cara, de intentar entenderte porque son unos enfermos, amor, sí, unos enfermos. Los que más te acorralan más contagiados están de ese mal llamado moral, llamado dialéctica, llamado razón. Estos anacoretas son incapaces por su constitución, sí amor, son incapaces de hacer de ti una virtud, ya que te rechazan al no sentirse capacitados de controlarte, porque si tan siquiera te miraran a los ojos se volverían locos de pasión y deseo. Amor, explotarías en sus manos, y por eso te asfixian".

Me eché la mano a la boca para intentar parar esta hemorragia dental, cuando de pronto el tumor que había en mi interior comenzó a empujar más y más hacia afuera, provocando que mi pecho se hinchara y mi cuerpo se estremeciera inclinándose totalmente hacia atrás. Solo veía el techo, rojo y lleno de raíces en movimiento cuando el tumor, desgarrando músculos y astillando costillas saltó fuera de mí en forma de gran bola negra viscosa, que comenzó a rodar hacia delante, girando en una de las esquinas.

Paralizado miré hacia mi pecho, temeroso de ver fluir sangre, pero mis manos no mostraron nada fuera de lo normal, de hecho mi ropa estaba intacta.

Giré la cabeza hacia la esquina por donde había rodado el tumor y vi a una forma medio humana. Un ser de diminutas proporciones con cabeza de rata y cuerpo de enano jorobado, que me miraba con los ojos azules muy abiertos. Tornaba a ver solo media parte de su cara, sobresaliendo de ella unos largos bigotes de gato y una mano que agarraba la esquina con sus largas pezuñas de jabalí, mientras todo su cuerpo se tambaleaba. Era la viva expresión del temor y el miedo y al percatarse de que yo lo había visto retrocedió lentamente.

Me acerqué con miedo, me daba mucho asco contemplarlo, y al llegar a él, sus ojos se hicieron aún más grandes al decirme con una desgarrada voz:

-"Solo cuando me veas bello serás feliz".

Segundo Acto

Me eché hacia atrás sobresaltado, provocando con este brusco movimiento que el extraño ser se agachara encorvándose sobre sí mismo, como si esperara recibir una buena paliza. Al sobreponerme volví hacia él, que inmóvil, seguía agachado temblando, parecía una especie de armadillo, mirando hacia el suelo mientras emitía extraños y penosos quejidos.

Ambos estábamos aterrorizados, pero daba la sensación de que él sentía más miedo, cosa que no comprendía ya que era yo el que estaba en tierra hostil, en su territorio, solo y completamente indefenso.

Bajé uno de mis brazos y con extremo cuidado lo fui acercando a la barbilla del infraser, cuyo cuerpo se estremeció al notar el contacto con mis dedos, que poco a poco fueron ejerciendo una pequeña presión para intentar elevar la cabeza hacia arriba.

Tembloroso e inquieto levantó su gran cabeza medio calva y llena de ronchas y mientras miraba hacia arriba pude de nuevo observar sus preciosos ojos azules que me escudriñaban transmitiendo una energía que no correspondía con su estado general, asustadizo y temeroso.

-¿Quién eres?, le pregunté.

-Soy tú, me contestó.

-No puedes ser yo, eso es del todo imposible. Yo estoy aquí de pie, observándote.

-Estás delante de un espejo, me contestó él, mostrando cada vez mayor seguridad en sí mismo.

-Eso es imposible. Te he tocado, eres distinto a mí, no te pareces en nada. ¡No eres mi reflejo! Además, nada se interpone entre nosotros.

-No soy tu reflejo, ya te he dicho que soy tú. Y sí, si hay algo que se interpone entre nosotros, algo que hace que ninguno de los dos seamos felices. Tú y yo, o mejor dicho yo y yo, jamás nos encontraremos bien conmigo mismo de la forma en la cual ahora vivimos.

-No entiendo nada, contesté mientras le seguía observando, y me iba poniendo cada vez más nervioso. Él sin embargo parecía que a medida que avanzaba la conversación se encontraba más relajado, y sin dejar de mirarme a los ojos, donde veía mi convexa figura reflejada, alzó con un movimiento quejoso uno de sus brazos, dejando su garra peluda apoyada en mi corazón.

-Como ya te he dicho, hasta que no me veas bello no serás feliz, no lo seremos ninguno de los dos. Tienes que verme, que verte al fin y al cabo, bello, puro, luminoso, salvaje. Tienes que acercarte a mí, a ti en definitiva. Es difícil explicarme ya que juego en tu terreno. Al tener que comunicarme mediante este infame lenguaje estructurado y conceptual estás haciéndome, haciéndote, caer de nuevo en la inmensa red de la gran mentira.

-Pero, ¿Quién eres?, ¿Qué quieres de mí?, ¿Qué buscas con este encuentro?

-Esto no es ningún encuentro ya que hemos estado toda la vida juntos, contestó el infraser con su desgarrada y áspera voz. Tan solo estamos ahora comunicándonos, cosa que hasta este momento casi ningún ser humano ha hecho. Estoy intentando avisarte de que tenemos que cambiar las cosas, que así no nos va bien.

-¿Pero el qué no va bien?, le repliqué sin entender absolutamente de qué me estaba hablando.

Esto provocó que sus grandes ojos azules cambiaran de color. Pequeños capilares rojos fueron uniéndose a sus pupilas, que poco a poco bañaron de sangre toda la cavidad ocular. Sin dejar de mirarme, su cuerpo creció hasta hacerse más del doble que yo y con sus ahora enormes garras me agarró de la cintura, elevándome y volteándome, mientras que de su boca salían de forma incesante baba muy viscosa y alaridos ensordecedores:

-Maldito necio, maldito estúpido, te maldigo a ti y contigo a todos los que como tú formáis la gran Razón Universal. ¡Mírame, de verdad, mírate! ¿En serio crees que eres feliz, de verdad crees que puedes seguir viviendo de esta manera? ¿Crees que puedes seguir negándome, negándote, dándome y dándote la espalda, sabiendo como sabes que existo? ¿Hasta cuándo van a aguantar los barrotes que me has impuesto? ¿No ves que un solo suspiro mío hace que te estremezcas?

-Pero quién eres, quién eres, quién eres, no sé qué hago aquí ni quién eres, gritaba mientras un ataque de ansiedad invadía todo mi ser, acrecentado por la presión de su enorme mano en mi cintura.

-¡Soy tú, maldito eremita! ¡Soy tú, ya te lo he dicho, infame moralista, morador de las alcantarillas! Su tamaño se hacía cada vez más grande mientras de sus ojos comenzaron a emanar un gran torrente de sangre. Te digo ahora, y te lo repetiré mil veces mil si es necesario que somos uno, que no hay aquí tú y yo, yo y tú, sino que somos un único ser. El problema es que te dedicas a darme de lado, a no intentar entenderme, a no tener agallas de bailar conmigo. Sí, mentecato autómata, nos iría mejor si bailáramos, si marcando tú el paso, yo te marcara el ritmo, si guiándome tú en la sala yo te hiciera girar y saltar hacia el lugar que me marques. Un gran salón sería el mundo, en el que nos moveríamos con pies alados y espíritu de fuego, al son de música arrítmica, al son de música antes no tocada. Soy tú, eres yo…..soy tu instinto.

Acto Final

Un ensordecedor silencio acompañó a esa última frase, un silencio doloroso, frío, áspero. La garra del ser se abrió lentamente y comencé a caer desde los dos metros a los que me tenía elevado, mientras observaba como las paredes, antes en continuo movimiento, dejaban de retorcerse y el aspecto general rojizo de la sala pasó a ser mucho más gris, pero un gris mezclado con tonos amarillentos.

Mientras caía veía como al mismo tiempo el hombre-armadillo volvía a recuperar la forma famélica del inicio, y avergonzándose por tenerme que haber dicho quién era, volvió a encogerse y agazaparse sobre sí mismo. Era como si se sintiera desnudo ante mí, como si tras confesarme su naturaleza ya no le quedara nada más que decir, nada más por lo que luchar. Su apariencia era de impotencia, parecía que llevaba tiempo planificando este encuentro, toda una vida encerrado en una jaula oxidada deseando verse ante mí, y una vez que lo había conseguido no estaba seguro de que el resultado a obtener fuera del todo satisfactorio.

-Pequeño Grisha, hermano, realmente siento tu sufrimiento, mi sufrimiento, nuestro sufrimiento. Mi mano acariciaba lentamente el cogote de mi ahora pequeño compañero que temblaba compulsivamente. Toda mi vida he estado creyendo que lo que me dictaba la razón era lo correcto, que ella me iba a llevar a la felicidad. Estando aquí contigo me doy cuenta de que esa razón, con toda su cuadrilla de infectos autómatas como la lógica, la dialéctica, la moral o la ética no me llevarán a ningún sitio.

-Querido Grisha, me contestó el infraser, estoy pretendiendo que comprendas que para estar bien contigo mismo debemos de ser uno, pero uno de verdad. La felicidad querido mío, o querido tuyo, es un estado no es un fin. Te has pasado toda nuestra vida buscando algo que está dentro de ti. ¡Deja de buscar maldita sea! ¿No ves, querido, que la felicidad es un estado de ánimo interior que depende de ti y a consecuencia de esta felicidad llevas a cabo acciones virtuosas? ¿No ves que no hay que hacer nada? La felicidad no surge a causa de una vida virtuosa, ¡no!, la virtud viene dada, es la consecuencia de la felicidad y paz interior. ¡No mezcles causas con finalidades!

-Y no ves, querido, continuó el pequeño hombre-armadillo, ¿no ves que no puedes tenerme continuamente encerrado? Es imposible vivir una vida que te dictan lo demás, y mamando solo de la moral, haciendo lo que te dicta ella, enquistada radicalmente en tu mente y verdadero motor de tu razón, solo consigues vivir la vida que otros han decidido que es buena para el conjunto, pero no para ti. Sé irracional, sé inmoral, sé antiético, aléjate de la lógica y busca dentro de ti, allí hallaras tu verdadero yo, mi verdadero tú, allí ambos nos encontraremos, y con un fuerte abrazo comenzaremos a vivir sintiendo, a sentir que vivimos desde dentro, haciendo fluir de verdad tus más bajos instintos, tu más bajo yo, ahora mustio y mohoso, que debe de ser engrandecido y liberado. Debe de ser ante todo comprendido, enfrentado y por último domado, pero nunca hay que tenerlo, tenerme enjaulado. ¡Sé fuerte, sé valiente y atrévete a domarme, atrévete a montar encima de mí! Puede que al principio te caigas varias veces, pero al final volaremos, sentirás como poco a poco tu poder vital aumentará. Y al término del camino conocerás, conoceremos a Rosalbina, nuestra anciana princesa plateada de dientes amarillentos y afilados, aunque antes tendremos que levantarnos ante los ojos de todos y dar pena, mucha pena, para conseguir nuestra meta. De una habitación blanca, rodeado de los tuyos, escuchando el pitido de tu corazón, de ahí, junto a hombres de albos trajes, de ahí saldremos de la mano tú y yo, bajo el grito desesperado de un obsceno sacerdote que nos ayudará en nuestra causa.

-Maldigo nuestra vida pasada, contesté cerrando fuertemente mis puños mientras agarraba a mi igual y lo levantaba para abrazarle. ¡Maldigo a todos los que me rodean, esclavos perpetuos, drogadictos infectos de moralina!

Alzado el extraño ser lo enfrenté a mi cara, y lloré, lloré como nunca lo había hecho antes, lloré porque no veía su belleza, seguía sin verla, era grotesco, muy ridículo, estaba contrahecho. No podía verlo bello, no podía verlo como él quería que lo viera, mis ojos miraban sin ver, y veía solo fealdad, veía a un hombre-armadillo.

Angustiado, lo arrojé con furia hacia una pared y, desconcertado, comencé a arañarme la cara, a afearme, quería ser como él.

…Pero ese no era el camino, yo no tenía que ser deforme, tenía que ver la belleza en su deformidad…

TERCERA PARTE
EL RENACER

Es la hora de despertar, es la hora de abrir los ojos, ojos que miren, ojos que piensen, ojos que vean, ojos que no juzguen.

Es la hora de despertar, es la hora de vivir, vida que sienta, vida que atrape, vida que viva, vida que exista.

Es hora de despertar, es la hora de destruir, destruir la mirada, destruir la vida, destruir la Realidad.

Es la hora de Yo.

Capítulo 16:
De un sueño a una pesadilla

«Maldito despertador, maldito bastardo que inquietas mi plácido delirio. Evocaba naturalezas incomparables, fantaseaba con creaciones imposibles, moldeaba elementos de infinitos significados; maldito despertador, has llegado con tu incómodo sonido y me has despertado de mi realidad para hacerme caer en la pesadilla de lo cotidiano». Sí, realmente era muy pedante, es lo que suele pasar cuando intentas ver sin mirar, cuando una maraña de conceptos en forma de red te nubla la vista.

«Odio el ring, es tortuoso, se mete dentro de mi pecho, déjame ya». Me di la vuelta y abrí los ojos como pude. «¿Dónde estoy?». Los primeros rayos de la mañana que se colaban por la destartalada persiana me permitieron ver entre neblina borrosa cómo mi brazo asomaba desde las sábanas y lentamente se aproximaba al lugar de donde provenía el inmundo sonido. «¡Mis dientes! ¡No tengo dientes!. Si aquí están, los estoy tocando con la lengua, no falta ninguno, creo».

Seguía con la cara echada sobre el colchón y mi brazo avanzaba de forma muy torpe ya que el hombro apenas tenía ángulo para moverlo. Toqué la mesilla de noche, a punto estuve de tirar el vaso de agua, alcanzando mi mano al fin a apagar el amargo pitido, y quedé bocabajo en la cama. Agarrado a mi almohada, con una pierna estirada y otra recogida, sintiendo en mis cerrados ojos el amanecer de un nuevo día, mi alma, aún entre dos mundos, experimentaba una grandeza incomparable, una elevación muy por encima de las groseras dificultades mundanas debido a que aún tenía un pie puesto en el mundo de los sueños. «Dragos, pájaros multicolores, Mr. Cubo, gran mansión, paz, sangre, armadillo ».

No recordaba lo que había soñado, tan solo sentía una gran satisfacción y un gran deseo de vivir nuevas sensaciones, de explorar nuevas formas de vida, nuevos universos. «Agua, mar, frescor, parqué, arena, armadillo». Aún estaba en el infinito onírico, donde un sinfín de posibilidades me hacían volar. Por cómo me sentía, mi inconsciente debía de haber ensayado mil combinaciones distintas de vidas, de escenarios, de opciones. «Ordenador, parqué, dragos, conversaciones vacías, compañeros autómatas, trabajo».

Pero mi alma poco a poco se alejó del universo de los sueños y fue cayendo cada vez más en el mundo real, mientras giraba la cabeza y me tapaba los ojos con la almohada. «Mr. Cubo, el trabajo, tengo que levantarme». De repente una daga ardiente se clavó en mi corazón desinflando rápidamente mi alma como globo al que le introducen lentamente una aguja y no explota, sino que poco a poco va expulsando su aire. El repentino recuerdo de una vida por afrontar, de un trabajo, unas obligaciones, amistades, familia, ese repentino recuerdo que surgió de mi mente cual estruendo provocado por la caída de un espejo que se rompe en mil pedazos, hizo que mi cuerpo se tensionara y mi pecho se encogiera. Esa idea, esa presencia que comenzó como una ligera conexión mental dentro de mi cerebro, se expandió repentinamente por todo mi cuerpo, provocando una reacción en cadena terrorífica que afectó a músculos, tendones, piel y organismos internos. Calor, humedad, desesperación. Era increíble como una sola evocación, un solo pensamiento del devenir de mi día a día, podía provocar en todo mi cuerpo una reacción semejante, viéndome en un instante lleno de sudor y con el corazón bombeando a un ritmo innecesario. Se quejaba el pobre, y mucho.

Miré el despertador, eran ya las siete y media y debía entrar a trabajar a las ocho, por lo que ya era complicado llegar a tiempo a la oficina. A esto se sumaba mi sensación de agobio y desesperación, ya que veía que iba a tener que cargar con esa ansiedad durante todo el día, carga que se sumaba al ya de por sí mal cuerpo con el que ayer me había acostado. Pensé en levantarme, tenerme que duchar, ponerme el traje y salir a la calle, donde debía coger el tranvía e ir a un trabajo que ya no veía con los mismos ojos que antes.

Todos estos pensamientos hicieron que mi pecho se contrajera subiendo, por un lado, la presión por él provocada hacia mi garganta y por otro hacia mi esternón, lo que me provocó un desagradable malestar. Angustia, desesperación, miedo. Una mosca se posó en mi cara y dándole un violento manotazo me giré poniéndome de costado, agarrando muy fuerte la almohada con la que hacía una enérgica presión sobre mi vacío pecho. Esta presión me reconfortaba algo, ya que ese empuje hacía, no sé muy bien aún porqué, que mi ansiedad se rebajara. Tragué saliva e intenté sin éxito respirar muy profundo mientras pensaba que simplemente no me veía capaz de afrontar ese lunes infernal. Apoyé mis brazos sobre el colchón y me senté en un lado de la cama. Tenía la impresión de que me levantaba para sucumbir directamente en una pesadilla. Era la primera vez que al despertar me veía dentro de un mal sueño, dentro de un teatro de marionetas donde solo me podía dejar llevar por unos hilos de acero. Una pesadilla infernal, un sueño sádico en el que yo me levantaba de la cama tirado por unos marioneteros diabólicos, sin posibilidad de hacer nada más, pero siendo consciente de que lo que hacía con mi vida era lo que no quería hacer.

Sacando fuerzas de flaqueza decidí ponerme en marcha e ir al lavabo. Me levanté y mi sombra seguía debajo de mis pies. Tenía la habitación desastrada, con la ropa sucia revolcada por el suelo, que iba apartando con los pies a medida que avanzaba hacia el pasillo. Todo mi cuarto tenía un tono muy gris amarillento y el polvo se seguía acumulando en la mesilla de noche heredada de la casa de mi abuela, la estantería donde acumulaba todos mis libros, y una mesa llena de papeles que utilizaba para trabajar o simplemente para escribir mis pensamientos mientras miraba por la ventana. Hoy al menos los muebles no me hablaban.

Abrí la puerta y salí al pasillo. Alcancé la puerta del baño, la aparté y un olor muy desagradable surgió de aquel lugar. Pensé que llevaban demasiado tiempo sin limpiarlo y que a la vuelta debería de hacer algo, mientras abría el grifo de la ducha. Ordené los botes de champú y gel que tenía encima del baño y al pasar delante del espejo para coger una toalla húmeda, vi mi rostro de refilón reflejado en el espejo. Me paré enfrente y miré el reflejo. Tenía toda la cara hinchada, unas ojeras terribles y un aspecto general aterradoramente insano. Mientras me escudriñaba con ambos brazos apoyados en el lavabo, me di cuenta que me dolía terriblemente la espalda, tenía el cuerpo totalmente agarrotado tras la pesada noche que había sufrido, pero sin embargo al mismo tiempo sentía unas ganas increíbles, imparables de bailar, de saltar hacia el aire y volar al son de una música nunca antes tocada. Un brillo especial emanaba de mis ojos que, encajados dentro de mi hinchada cara, mostraban una violenta dulzura, un estado épico de lujuria intempestiva mezclada con tierna sed de venganza.

Me quedé mirando al espejo y sonreí: «¿Bailamos?».

«Bailemos».

Capítulo 17:
Camino al trabajo

Miré el reloj y al darme cuenta de lo tarde que era empecé a ponerme aún más nervioso.

Vamos, vamos.

Busqué dentro del armario lo de siempre, «dios, otra vez, otra vez esta ropa» mi traje azul y alguna camisa que no tuviera demasiadas marcas en el cuello. Ahí estaban todas mis chaquetas en fila junto a las camisas formando una especie de pelotón militar. Todas iguales, todas elegantes, olía a sequedad, aridez, mis dientes comenzaron a mascar arena. Cogí el traje azul y me quedé observándolo mientras lo sostenía en mi brazo a unos centímetros de distancia, aterrorizándome la idea de tenérmelo que enfundar «te odio, sí, eres asqueroso, ojalá algún día pudiera deshacerme de ti, de todos vosotros».

Y es que de un tiempo a esta parte esa ropa se había convertido en un instrumento de tortura, en una especie de forjado, de cinturón de castidad para mis sentimientos. «Vamos, rápido, póntelo de una vez, idiota», miré hacia una de las corbatas que colgaban en un lateral de mi armario.

El traje, que se movía cual péndulo mientras lo sostenía en vilo, era el signo de la humillación, de la cobardía, de la sumisión a una vida que a mí no me convenía «¡Si es que eres un flojo, un vago! anda y trabaja, vamos, y no te olvides de mí, ¡vamos, vamos, venga!». Cogí la corbata mientras esta se retorcía en mis manos y apuntaba su extremo hacia mi cara.

La chaqueta emitía un olor muy seco que se me incrustaba en la garganta, acrecentándose de este modo la sensación de ahogo que ya venía experimentando. Mi boca seguía masticando arena, que se acumulaba detrás de mis carrillos. Mientras me ponía los pantalones creí estar metiéndome dentro de un ataúd, cuya tapa se cerraba más y más con cada botón que me abrochaba de la camisa y esta sensación se acrecentó al colocarme la corbata, que cual soga, ahorcaba mis más elevadas emociones. «Espera que te voy a dar lo que te mereces, necesitas que te pongan las pilas, sí, te faltó hace tiempo una buena zurra, ya ves, pero con ese padre que tienes bastante cómo nos has salido». La corbata se entrelazó en mi cuello de manera sibilina, acariciándome casi de forma obscena, suave y melosa «¿no ves qué es lo que tienes que hacer?, si quiero lo mejor para ti, vamos chico, ánimo», más cuando ya tuvo mi nuez a su disposición se aferró obstinadamente, sin compasión, mientras desde abajo me miraba oscilando de un lado a otro, utilizando mi pescuezo como agarre para su triunfal danza «¡Venga idiota! eres flojo y vago, deja de montar esta especie de teatrillo y asume la realidad, ¡asúmela!».

Los músculos de mi cogote se tensaron sobremanera y mi espalda humilló hacia delante, adoptando una postura algo encorvada. «No es tan difícil amigo, de verdad que no lo es. Solo ve, trabaja y sé una persona de provecho. Y luego disfruta, te lo mereces sin duda, ¡pero antes a la oficina!». Esta postura era idónea para la chaqueta, que estaba esperando este degradante porte para terminar de atraparme, sujetando firmemente mis hombros cuya postura fue nuevamente corregida, echándolos aún más hacia abajo.

Mi respiración era confusa, sin ritmo, sin vida. Inhalaba aire y lo expulsaba como a trompicones, sin cadencia, sin un hilo musical que más adelante descubriría que te hace volar. En ese momento, y especialmente cuando los botones de la chaqueta fueron abrochados, mi respiración se tornó arrítmica, débil y enfermiza, pero al menos la corbata dejó de balancear.

Miré a mi alrededor y volví a notar la frialdad de la habitación en la que vivía, lugar que nunca tuve como algo mío. No me había preocupado en aderezarlo lo más mínimo, todo era un desastre y el único póster que tenía colgado lo hice añicos. En cierta forma me gustaba la sensación de estar de paso en cada sitio en el que vivía y esa sensación la volcaba en pisos impersonales, pisos a los que no quería dar nada de mí. De hecho, nunca tendría nada, y esa sensación que en ese momento surgía de mí años después sería una de las claves de mi despertar.

Salí de casa con la impresión de ir a galeras, a remar contracorriente y en una dirección que yo no había marcado. Bajé las escaleras y cuando abrí la puerta de acceso a la calle y vi a todo el mundo, una gran sensación invadió todo mi cuerpo, mezcla de los más tristes sentimientos que todos allí se arremolinaban presionando fuertemente mi pecho. Se unieron dentro de mí la vergüenza, la pena por mí mismo y la sed de venganza hacia los demás, que me estaban haciendo vivir una auténtica pesadilla. Tuve que escupir porque no podía tragar saliva.

El cuello me apretó. «¡Vamos, vamos!, ¿a qué esperas?, antes no pensabas tanto, estás cada día peor. Venga, que el tiempo escasea». Intenté aflojarme la corbata, me miré los zapatos, mis piernas, el cinturón y el bolsillo de la chaqueta, moví los hombros arriba y abajo, alcé los brazos en forma de cruz, lancé un fuerte suspiro y comencé a caminar hacia mi trabajo. «El tiempo, el tiempo, ¿cómo es que no hay tiempo para nada?, con la de segundos que hay, mira ya han pasado un par de ellos, ahí se van, y vienen unos cuantos por delante». De camino iba pensando en dejarlo todo, en que no podía seguir en esta situación, en que mi vida debía de tomar otro rumbo, no sabía hacia dónde, pero desde luego no en la dirección en la que ahora mismo iba. «¿Pasará el tiempo igual para todos?, no lo creo, no, el tiempo depende de la carne, y la carne tiene sus ritmos en cada cuerpo».

Pero como casi siempre en estas ocasiones en las que tu instinto te pide que reacciones, que dejes las galeras y busques tu propio destino, que tengas el valor de abandonar algo bueno para ir tras algo mejor, como casi siempre en estos casos como iba diciendo, allí estaban los poderosos resortes de la razón, de tu yo consciente, lo que te han enseñado, que como soldado y alumno aventajado de la ética y moral dominante saca las uñas y ante el temor de que se genere un alma descarrilada, utiliza el arma más poderosa que nunca ha habido en el mundo, el sentimiento de culpa. De este modo, una gran sensación de culpabilidad invadió todo mi cuerpo viniendo a mi mente escenas de personas sin trabajo, de hombres sin hogar y sin nada que echarse a la boca. No tenía que irme tan lejos, tan solo entre mis amigos podía ver gente que tenía muchos problemas que yo no había tenido nunca «¿Tener tiempo para qué? Es mejor sentir su paso, dejarte llevar por él, no "tenerlo". ¿Todas las palabras están mal?, ¡todo está enrevesado y muy poco claro!».

En ese momento levanté los ojos del suelo y mientras caminaba ya solo veía humildes trabajadores y pobres mendigos que tirados en el suelo, imploraban por una limosna. ¿Tenía pues yo derecho a quejarme? ¿Podía yo ser tan ruin y mezquino como para estar en este estado en el que me encontraba teniendo un excelente trabajo y un increíble sueldo para mi edad? «Pero ellos sí "tenían" tiempo, pero a qué precio». Estos eran siempre los pensamientos que venían a mi mente cuando osaba lamentarme por mi trabajo, sobre todo algunos lunes. Y siempre aceptaba estas razones, siempre me subyugaba a ellas, bajaba la cabeza y cual bestia amaestrada contenía mis instintos y me sometía a lo pactado con el domador.

Carruajes de caballos pasaban por entre la gente y las mujeres iban al río con tinajas a recoger agua. Cuando ya mi corazón se iba apaciguando con la sensación de que mi vida era superior a la de los demás y que debía de agradecer y valorar el trabajo que tenía, de pronto un fuego se encendió dentro de mí. Me paré en seco, me quedé mirando fijamente a un vagabundo que estaba echado en una esquina, la cabeza me pesaba, las venas del cuello palpitaban y con los ojos envueltos en llamas le miré y le pregunté si él era feliz. Lancé un enorme grito que conforme iba saliendo de mi boca me iba provocando un enorme pudor.

-¡Eres feliz, dime, dime, lo eres! ¡Dime si tú lo eres!, ¡dime si tú al menos lo eres!

Asustado no me contestó nada y dándome la vuelta le di unas monedas avergonzado. «¡No, no, no! ¡No voy a permitir que se me quite la libertad de quejarme! ¡No voy a permitir que por el hecho de que otros vivan peor, yo tenga que ser feliz! Seré feliz cuando lo sea, pero no porque otros vivan en la inmundicia. Mi felicidad no será alimentada por el mal ajeno, será mía, solo mía. Ni tampoco será alimentada por lisonjas de terceros, por comentarios complacientes más encaminados a proteger sus estatus, haciendo que el tuyo sea inamovible mediante el engaño de que todo va bien. Y si yo experimento frustración y desidia, pues no tengo de que avergonzarme y no debo encima sentirme culpable. ¡Faltaría más! Esa frustración, esa indolencia y desengaño serán mis compañeras de viaje, serán quizás el instrumento para conseguir vivir una vida mejor, alejada de los efímeros ideales supremos marcados por la sociedad. Serán la chispa que provocará quizás el fuego purificador, que con sus llamaradas llevará a cabo mi deseada catarsis, purificándome y abriendo las puertas a mis más bajos instintos, que tomarán mi razón para destruirla. ¡No, no, no! ¡No me sentiré culpable por sentirme mal, faltaría más!». Continuaba siendo muy repelente en mis pensamientos como podéis ver, me hace gracia recordarlo, cómo lo complejo siempre viene del enredo y lo sencillo y simple surge de la paz y la felicidad.

El polvo invadía el aire, que lo hacía sucio, espeso, y una bandada de palomas pasó por encima de mi cabeza mientras escuché las campanadas de la recién construida catedral. Y es que siempre había pensado que vivimos en una sociedad en la que se alimenta sin cesar el sentimiento de culpa, pero nunca lo había visto tan claro. «El hombre dejó hace tiempo de ser el centro del universo y hemos pasado a someternos a un Dios tirano. Cuando parecía que esa sumisión a Dios era paulatinamente eliminada, nos sometemos a una culpa continuada, a una sensación de que nuestra vida debe ser una continua disculpa por vivir. Ese inmenso dedo acusador, ese inmenso dedo». El sol caía con fuerza, aunque el aire otoñal hacía que las gotas de sudor de alrededor de mi cuello se secaran con rapidez. «Nos sometemos a la culpa de existir, culpa de querer vivir y consumir, culpa de desear ser mejores, culpa de no sentirse culpables. Me cargan con el trabajo de dejar un mundo mejor a las generaciones posteriores y me cargan con el sentimiento de que todo lo que hago por algún que otro motivo está mal». Seguía caminando, la oficina estaba a tan solo diez minutos de mi casa, en dirección sur. Me dolía mucho la espalda. «Y es que hemos pasado de nacer con el pecado original cristiano a nacer siendo unos canallas, una especie de foco de contaminación continua por cuya culpa el resto del universo perecerá tarde o temprano, somos lo que somos y nos culpabilizamos por ello, y nos obligan, nos obligamos a ser algo que no podemos ser, muchas veces en alas de un supuesto ideal inalcanzable, antes Dios, ahora otras cosas. Y lo peor de todo, es que no existe un bautismo que te haga redimir, naciste y morirás siendo el culpable de todo lo malo que le suceda a los demás, a la naturaleza, a los animales, a la tierra que pisas. Y cuanto mejor vivas, peor te has de sentir. Y mientras el enorme dedo te seguirá acusando incluso después de muerto».

Mientras caminaba con estos pensamientos, intentando evitar que alguna ama de casa me lanzara el agua sucia desde su balcón, miraba a mi alrededor y solo veía gente encorvada, montones de hombres y mujeres jorobados que andaban como zombis hacia su lugar de trabajo, y veía corbatas, muchas corbatas. «Hola compañera, que tal. Hola amiga, ¿cómo va todo? Pues aquí me ves, aguantando a este idiota. ¡Hasta luego! Sí hola, te veo bien, este no te da las mañanitas que me da a mí el mío, es un sufrimiento, en verdad que lo es». Intenté corregir mi postura y ponerme algo más derecho, no quería ir como todos ellos, pero necesitaba estar de forma consciente pensando en que debía de estar erguido, pues si no, maquinalmente mi cuerpo volvía a la posición inicial, que además era la que menos me apretaba el cuello.

En esto estaba mientras me acercaba a mi trabajo, acompañado de un intenso dolor de cabeza y una extraña sensación en los músculos. Pese al malestar, pese a la corbata y pese al intenso hastío interior, algo había cambiado dentro de mí esa noche, iba caminando con pasos de gigante y pese a que me dirigía a un destino no deseado, sentía como crecía una firmeza nunca antes experimentada. Sentía un firme, decidido y activo hastío, distinto al que otros días había experimentado. «¡Vamos, vamos, vamos, que vas a chocar con ese niño!. Camina fijándote bien, que no te fijas. Además te has saltado la calle, vuélvete que esa es la puerta, vamos».

Capítulo 18:
Entrada a los avernos

Frente a la puerta, allí está, la puerta, maldita sea; detrás, el trabajo, Mr. Cubo, los informes, el tedio, detrás de esta puerta cuyo quicio tiembla, es como si palpitara. El cuello me dolía muchísimo y la corbata la tenía fuera de la chaqueta aunque ésta estaba abrochada, se movía nerviosa de un lado hacia otro, salivaba, estaba deseosa de entrar mientras la gran nausea se apoderaba de mí. La metí hacia dentro e intenté aflojarla un poco. «¡Vamos, vamos, vamos!, qué suplicio, qué tortura, entra ya hombre, ¡entra ya! Pero, ¿qué le pasa a este chico? ¡Venga ya! Deja de tocarme y entra de una vez, vamos al trabajo, qué ganas, qué ganas».

Miro hacia los lados, veo debajo de mí en el suelo una colilla, el traje me aprieta mucho, los hombros se me caen hacia delante, están bastante comprimidos haciendo que mis codos estén muy cercanos el uno al otro. Respiro entrecortadamente y dudo, vacilo, cuando de repente, del medio de la puerta, de la nada, de una especie de agujero rodeado de humo negro surge una enorme mano sujeta por un brazo que se alarga hacia mí, y como si de una serpiente se tratara, desplazándose rápida y de forma ondulante, me agarra violentamente del pecho tirándome hacia dentro en un movimiento muy brusco, muy energético.

Angustia, aflicción, con la cabeza baja, mirando solo hacia el suelo de parqué, no veo mi sombra, pero sí veo cómo se balancea mi corbata, cómo disfruta de estar ahí enganchada. Entro en la oficina trastabillado. Mi corazón retumba en la soledad de mi pecho.

Veo el logo de mi empresa ahí colgado encima de la secretaria. «Vamos, vamos Grigoriy, camina, avanza, todos sentirán pena de ti si no tienes trabajo, además, encima que te ofrezco este puesto, encima que tienes un sueldo envidiable, ¡encima dudas!, ¡gandul!, ¡camina!, ¡vamos!». Me quedo pasmado mirando como el emblema de la empresa me insulta. Él como todos intenta hacerme sentir mal, intenta hacerme sentir en deuda.

Miro hacia delante y avanzo entre varias mesas con paso indeciso dando los buenos días sin mirar a nadie a la cara, de forma maquinal, como si estuviera recitando una oración mil veces repetida, viendo solo corbatas de colores «hola que tal, cuanto tiempo, te han llevado a la tintorería verdad, no como a mí, este es un cerdo», y ordenadores con el logotipo de mi empresa: «serás capaz de querer marcharte, ¿en serio que serías capaz?, con toda la gente que muere de hambre y tú mírate, aquí como un pasmarote, divagando, ¡haciendo el tonto!, ¡avanza y deja de hacer el vago!», y me siento en mi sitio, volviendo a suspirar nuevamente mientras enciendo el ordenador y me quedo mirando fijamente un montón de tarjetas de empresa apiladas que estaban encima de mi mesa. «Siéntate y ponte a terminar el informe, rápido, antes de que te lo pida Mr. Cubo, no eches a perder todos estos años de esfuerzo, estos años de trabajo, siéntate y concéntrate, ¡vamos!, ¿o quieres ser un desgraciado sin trabajo?, ¿o quieres tener un puesto menor donde nadie te respete?, porque ahí fuera hay muchos que quieren tu lugar, así que no hagas el idiota, se lo debes a tu familia, a tus años de estudios, a tu forma de vida, sí, agacha la cabeza y hazlo por tu futura casa, o ¿no vas a tener una casa para ti?» Esperaba ansioso a que terminara de arrancar la computadora mientras escuchaba lo que con mucho estruendo todas mis tarjetas me decían al unísono.

El cuello me comenzó a apretar de nuevo con más intensidad, tragaba con mucha dificultad. «Pues ya ves este, no hay manera con él, de verdad que no. Perdonarle, ya hoy le he intentado hacer ver todo eso, pero no hay manera. Se ha levantado especialmente burro». Me fijo que todas las demás corbatas disfrutan como la mía, están firmemente enroscadas en los cuellos, no dejaban respirar y se mueven alegremente.

El aire es seco, sentado allí veo cómo los demás trabajan. Mi silla es muy cómoda; ergonomía. Caras de sueño, miradas vacías, respiraciones irregulares, arrítmicas. Todos están aquí, han llegado antes que yo, algunos llevan la corbata corporativa en las que están impresos los logotipos de la empresa, me quedo mirando el movimiento pendular de una de ellas. «¡Sé fuerte, sé un hombre y trabaja! si yo quiero lo mejor para ti, si te estoy dando la oportunidad de que crezcas, que te desarrolles, ¡y así me lo pagas, siendo un idiota!, mientras te doy el dinero necesario para pagar tus viajes, y tus borracheras, y tu ropa, y tu vida».

Muchas luces parpadeaban en los ordenadores. No he hecho el informe, pero da igual, creo que Mr. Cubo hace tiempo que no cree en mí. Mi respiración continúa siendo irregular, ahogada, sin cadencia, sin ritmo, sin vida. ¿Sentirán estas personas la frustración que yo experimento o disfrutan en el trabajo? Se enciende el ordenador, debo de introducir mi clave. Creo que no, que no disfrutan, aunque no nos podemos quejar (¿o sí?), al menos tenemos un empleo. No la recuerdo, ¿cuál era la contraseña?

Aquí el tiempo pasa como le da la gana, a veces creo que es pegajoso, creo que es porque mi cuerpo, mi carne está también pegajosa, atrapada. Hay días que no terminan nuca, pienso que los relojes se quedan parados, el segundero tarda mucho en avanzar una posición. No deberíamos nunca querer que pase el tiempo, ahí delante no debería nunca haber nada mejor que lo que tienes en el ahora. No, no deberíamos querer consumir minutos valiosos, luego en nuestra tumba nos arrepentiremos de ello. Delante está la muerte, ahí en el futuro, y siempre miramos hacia ella, nuestra vida consiste en una permanente proyección y planificación de ese instante posterior, de ese yo más cercano a la desaparición.

Cojo la anilla metálica azul y me la coloco alrededor del cuello, donde se queda fuertemente apretada. La cadena que de allí sobresale la engancho en una gran argolla que hay debajo de mi asiento, aunque antes tengo que desenrollarla, y quedo de este modo petrificado con el espacio justo para alzar los brazos hacia el teclado.

Mr. Cubo pasa delante de mí, lo veo al alzar los ojos, sin dejar de tener mi misma posición agachado hacia abajo, terminando de cerrar la abrazadera de la cadena. Hoy no me saluda, lleva el mismo traje de siempre y va con el pecho hinchado, desprende arrogancia. No entiendo cómo puede ir tan recto, yo con este traje me encorvo, me tuerzo hacia delante. Y parece que su corbata le aprieta como a mí, pero no se le ve ahogado, no lo entiendo, la corbata se balancea y parece que sonríe, ambos el mismo tipo de sonrisa. Giro con dificultad la cabeza para verle pasar debido a que la cadena está más apretada que de costumbre y no me permite girar hacia arriba la cabeza. Otras veces me golpea la espalda y se muestra muy simpático, y yo sonrío, aunque no me haga gracia lo que me dice, y me siento sucio por sonreír, me siento impuro, no le quiero reír lo que no tiene gracia, pero me siento obligado a ello y eso me desespera. En esos momentos, cuando río sin querer y me humillo, el tiempo se para, creo que esos pobres segundos a los que les ha tocado esta escena lloran por mí, y es como si se detuvieran como los coches que disminuyen la velocidad en una carretera cuando ven un accidente. Le miro pasar alzando los ojos, forzándolos, ya que mi cabeza no termina de girar por completo. Mi compañera de al lado me da los buenos días y me sonríe. La miro, le devuelvo la sonrisa, a ella Mr. Cubo tampoco le ha saludado.

La oficina es rectangular, un gran espacio diáfano con unas veinte mesas, delante de las cuales se sientan mis compañeros, amarrados con los mismos hierros que yo, «qué raro esto de las cadenas, antes no las veía, aunque desde luego siempre salía de aquí con un gran dolor de cervicales». Nadie tiene sombra, nada la tiene de hecho. Al andar caminas de forma espectral, es como si no tuvieras alma, o quizás es que hay demasiados focos por todas partes, o quizás ambas cosas a la vez. Algunos colegas tienen el cuello rojizo debido al roce de la argolla, mueven el cuello de forma incómoda pero parece que no se atreven a tocárselo, es como si el rascarse fuera un pecado o estuviera mal visto.

Mr. Cubo se mete en su despacho, con una puerta de madera negruzca que, aunque siempre estaba abierta, daba la impresión de ser infranqueable. Tiene tallados dos inmensos cuernos que sobresalen medio metro debajo de los cuales una enorme cabeza con la boca muy abierta, sin dientes, franquea el espacio reservado para la persona que con sus decisiones iba modificando el devenir de la oficina. Es su micromundo, aquí él es Dios.

El ambiente que se respira es estéril, ajado, y cada bocanada de aire, al ser expulsada, extrae de mis pulmones un húmedo aliento que hace que cada minuto me sienta más áspero por dentro. Las flores están marchitas y eso que la secretaria las riega todos los días. Ni siquiera ellas aguantan esta sequedad, ni siquiera ellas tienen sombra. Y es que la verdad, ahora que lo veo desde arriba, ahora que os hablo sin pasión pero con plena confianza, sin prejuicios ni odios, era realmente increíble cómo mi mente en ese momento mezclaba en ese lugar como en ningún otro la percepción objetiva de la realidad con la percepción emocional que me provocaba el aciago lugar, cocinando un amasijo de realidad infame, sí, muy infame. Travestía la realidad observada colocándole los trajes y el maquillaje que mi corazón, como refinado modisto, iba considerando oportunos, convirtiendo la simpleza inicial del entorno percibido en un mundo más complejo y "real", ya que la realidad sin ser transformada por los sentimientos no es realidad, no, ahora sé que no lo es, sino una blanca y fría pared esperando ser decorada. «Mr. Cubo no cree en mí, piensa que no soy lo suficientemente bueno, pero no me lo dice, no es capaz. Qué más dará, hago lo que puedo, eso sí, no me reiré de sus gracias nunca más, no, no me humillaré, estoy cansado de eso».

Alcé la vista y me quedé mirando a las personas que allí se hallaban. Sentí ganas de contarles cómo me sentía, alguna vez lo había intentado en el desayuno pero no me escuchaban. Estaban todos sentados, rígidos ante el ordenador del que destellaban lucecitas. El tiempo pasaba por esa oficina, sin sombra, el tiempo tampoco la tenía, y eso hacía que se parara, que los instantes en los que todos estábamos allí fueran una sola unidad temporal, un segundo eterno sin sombra, un tiempo parado que sin embargo nos hacía envejecer, nos quitaba años sin ni siquiera pasar por nosotros. Todos los días son como el anterior, son el anterior. Grandes aros metálicos de distintos colores están anillados al cuello de mis compañeros, unidos por largas cadenas metálicas al suelo y por cintas de cuero negro a las pantallas del ordenador. Cada cinta tiene escrita una palabra en letras blancas que parece que habían sido dibujadas con ligeros brochazos. Me fijo en la chica que tenía a mi espalda y veo en sus cintas palabras como "hipoteca", "hijos", "seguridad", "miedo", "frustración", "ahogo"…

De repente la puerta de Mr. Cubo se abre de par en par. Golpe seco. Instantes antes la boca tallada en la madera había lanzado una bocanada de humo. Apesta a fósforo. Nos quedamos mirando y aparto la vista intentando centrarme en el ordenador que me pide la clave de acceso. «He olvidado la maldita clave, cómo es posible, todos los días la tecleo, todos los días la misma, absurda». Inseguridad, inquietud, desconcierto. Sin embargo él se encamina decididamente hacia mí «No me has saludado antes, a ver ahora qué quieres. Nos tratas según tu humor y pretendes que te respete». La clave, debo encender el maldito ordenador antes de que llegue, pero es imposible, no me acuerdo. Viene con un puro, aunque no está permitido fumar. Le da igual.

-Buenas tardes, «siempre dice eso para hacerme ver que he llegado tarde, te odio». ¿Dónde has estado?

«Veo en tu cara una mirada distinta a otras ocasiones, en este caso la confusión aparece a lo largo de la conversación. ¿Qué te habrá sucedido?»

No tengo sombra, él tampoco, con lo que el tiempo no transcurre, puedo estar tranquilo, pensar mi respuesta, y sobre todo no sonreír, no, ¡no sonrías estúpido! Mis labios entornaron un ligero movimiento hacia arriba, su comisura se dobla, sí, se dobla indefectiblemente. Humillación, desprecio por mí mismo. Lanzo una breve sonrisa.

Mientras me pregunta esto y terminaba de alcanzar mi lugar, poniendo sus manos sobre mi mesa, todos en la sala vuelven la vista hacia nosotros en una especie de afán por unirse a la pregunta que el jefe acaba de formular, aguantando el dolor de las argollas, haciendo que su cuello sufra por ello.

-Buenas tardes, jeje, hola, aquí estoy otra vez, ¡al tajo! «Idiota, idiota, idiota, me odio, soy un cobarde hijo de puta». Lo miro sin mirarle, sin verle, en realidad solo intuyo su presencia, por miedo, por cobardía. Él lo sabe y le gusta. «A veces pienso que no debes ser una mala persona, que tiene que ser difícil ser como eres, soportar esa carga que te lleva a no empatizar con nadie, a no querer ver nada más que tus objetivos empresariales». Levantando la vista lentamente del ordenador alcé los ojos hasta su cuello, no más arriba, nunca hacia sus ojos, porque soy un cobarde, porque soy un idiota, porque me dan miedo.

En la ventana sé que los árboles se mueven, que sus sombras les acompañan y bailan junto a ellos. Juntos se divierten. Allí el tiempo fluye acariciándolos, meciéndolos. Aquí el tiempo está parado y dentro de este eterno instante mi cuerpo envejece, se oxida, se arruga, se deshidrata, porque no hay sombras, solo luz, luz intensa que sale de arriba, de abajo, de todos lados, luz blanca que hace que me duela la cabeza, que hace que mi alma se esconda, se agazape muy dentro de mí porque se deslumbra. «Estoy consumiendo mi vida, mi tiempo, sé que lo consumo, sé que aquí aunque estancado, erosiona mi cuerpo, estancado el tiempo se convierte en ácido, y sin fluir concentra veneno que hace que se me agriete la piel».

-Hombre, alguna explicación deberás de darme, ¿no crees? Qué, ¿de viajecito con la novia no? Ah, no, que ya no estás con ella. Pues nada por ahí con unas y con otras ¿verdad?, eh, ¿verdad? Agacho la cabeza, ahora solo le puedo mirar hasta el pecho, no puedo mira más arriba. «No te rías, es una gracia de las suyas, por Dios, deja de humillarte por una vez, ¡Deja de humillarte!

-Je « Dios, Dios, Dios », je «qué congoja, qué ganas de llorar», je «soy un maldito bastardo». Sí, bueno, por ahí conociendo gente. «¡Por qué digo eso!, por qué le tengo que contestar a esas preguntas». Bueno, Mr., en realidad he estado tranquilo, en mi casa, no he hecho gran cosa, je «!baja esos cachetes!», je «!aprieta esos labios!», j...«No entiendo muy bien por qué es tan importante dónde he estado el fin de semana ni qué es lo que he hecho».

Me enfado, mucho. Respiro profundamente, me quito la argolla de la cadena, me levanto mientras Mr. Cubo me mira fijamente y ando hacia la parte trasera donde está el lavabo, del que bebo algo de agua. «¡Qué he hecho, me he ido sin haber terminado la conversación!» Me miro al espejo, estoy demacrado, y detrás de mí aparece su reflejo. Esta vez en su cara se mezcla la incertidumbre con la preocupación, y poniendo su mano sobre mi hombro, mirándome a través del espejo (es raro, él se reflejaba igual que yo), me vuelve a preguntar que qué me había pasado. Me giro violentamente.

-No me ha pasado nada, no entiendo tu insistencia. He pasado una mala noche y quizás por eso tengo los ojos algo hinchados, pero nada más. «¡Bien!» Corazón a mil revoluciones, pecho un poco más relajado.

-¿Fin de semana?, contestó Mr. Cubo, ¿qué fin de semana? ¡Llevas una semana sin aparecer por el trabajo!

Capítulo 19:
Los avernos me hacen reír

«Una semana, ¿una semana? Pero cómo voy a llevar una semana sin aparecer, si ayer mismo estuve paseando por el centro, no, no puede ser, cómo va a haber pasado una semana sin venir a trabajar, eso es del todo imposible». Miro mis manos que están sobre el lavabo. «¿Habré estado durmiendo siete días seguidos? Desde luego al despertar tuve una sensación muy extraña, apenas recordaba qué había estado soñando, pero fuera lo que fuera había dejado dentro de mí un poso de extraño valiente temor. Qué dice este hombre, no, no puede ser. Sí lo es, sí».

Cuando me disponía a mirarle directamente a los ojos, creyendo firmemente que todo se trataba de una broma, de repente nos dicen que el dueño de la empresa va a llegar en breve, y que estemos listos para recibirle.

-Venga, todos preparados que viene vuestro jefe, gritó Mr. Cubo ya sin hacerme caso. «Vaya, aquí viene éste, a ver qué quiere ahora. Vendrá a felicitarme por las ventas del mes. Soy el único que saca esto adelante, Mr. Cubo, sí yo, Mr. Cubo es el único que sabe de qué va este negocio. Pobre infeliz, pobre cateto, qué haría sin mí. A ver si esto se queda bien encajado, sí parece que encaja bien en el cuello, ¿dónde habré puesto la cadena y la argolla?»

De repente las luces se apagan, todo queda en penumbra y un eterno silencio de un par de segundos invade nuestras almas. La puerta queda iluminada por un foco redondo de luz y una estruendosa música comienza a sonar. «Está al llegar, seguro que me felicita, sí, y seguro que estará contento con las ventas, no es para menos, Mr. Cubo siempre liderando las ventas, soy el mejor, son todos unos inútiles, y él un pelele». El foco se mueve, la puerta se abre y del interior de un espeso humo blanco con tonalidades malvas dadas por las variaciones de color del foco de luz, aparece Mr. Espiral (¡sí, Mr. Espiral, es él, mira es él!) sujetando un largo bastón con una empuñadura plateada que sostiene entre ambas manos, pasándolo de una a otra con gran agilidad. «Ahí está, espero que me felicite y que lo escuchen bien todos. Si yo estuviera en su lugar esto iría mucho mejor, en realidad es un inepto, sin Mr. Cubo nada funcionaría y él lo sabe».

Queda parado fuera del humo mientras la música sigue sonando y las luces de encima de nosotros, antes blancas, comienzan a brillar cada una de un color diferente. Todo es ruido, todo es música, todo espectáculo. Allí parado alza los brazos, se coloca el bastón encima del hombro derecho y comienza a caminar mientras sonríe de forma muy histriónica, moviendo la cadera de izquierda a derecha conforme va levantando las rodillas. Todos de pie, todos aplaudiendo. Las cadenas rígidas, apretando hacia abajo, el cuello tirante. De cada collarín salen unas especies de palos metálicos que se enganchan en cada una de las comisuras de las bocas de mis compañeros, que mientras aplauden, sonríen con la boca bien abierta, con los carrillos bien levantados. Él con el brazo en alto, ágil, anda como si estuviera patinando sobre el parqué. «Venga, acércate ya, vamos, felicítame y deja de contonearte, ven hacia Mr. Cubo, ven a mí».

Más música y estruendo. Yo aún estaba alejado de mi puesto de trabajo, entre el lavabo y la máquina de agua. También estaba sonriente, las extensiones de mi aro metálico hacían su trabajo. Mientras camina, el foco no deja de iluminarle y al pasar al lado de alguien y saludarlo, ese foco alumbra directamente los ojos del afortunado, que no puede ver nada y solo intuye, con los ojos casi cerrados, que el gran líder lo ha reconocido. Entonces el aro de esa persona se llena de color, quedando ya iluminado para todo el día para regocijo de su portador.

-«Vamos Mr. Cubo, tú puedes, vamos. Je, je, je. Ahí está, mira como lo saludan estos pobres infelices, se creen algo en la empresa, aunque seas el dueño no eres nada comparado conmigo, con Mr. Cubo. Ven aquí a mi lado, sí, ven aquí. Dejaré que disfruten, que se crean importantes, eso también es necesario para subir la moral de la tropa, je, je, je, ahí está, cada vez más cerca, mira como mueve el bastón, qué harías sin mí, si no te rodearas de tanto inepto y me escucharas más, pero poco a poco vas tragando, vas viendo que soy el que mantiene esto vivo, sí, yo lo mantengo. Ya, aquí está, qué tipo más sobreactuado, es una caricatura».

De repente la música termina, las luces parpadean y salen de los conductos de aire acondicionado miles de papelillos de colores. Fin del espectáculo, luz blanca, Él sí tiene sombra.

-Hola que tal Mr. Espiral, adelante, adelante, te ves hecho un chaval, enorme inclinación de cintura, pasemos a mi despacho, brazo derecho alargado señalando la dirección hacia su dependencia, como verás todos están trabajando y no tienen ni un segundo que perder, nueva reverencia. Todos sonrieron aún más y se giraron para continuar con sus quehaceres.

-Hoooolaaaaa que taaaaal estaaaas Mr. Cuuuuubo, te veo en plenaaa foooorma, dijo Mr. Espiral mientras le azotaba en la espalda con su bastón con una enorme sonrisa. Hooola a tooooodossss, os conooooozco a la mayoriaaaaaa, pero seguiiiid, seguiiiid con vuessssstra tareeeea. Su forma de hablar era graciosa, parecía que cantaba.

-«Aquí no se pierden los segundos, ya que no corre el tiempo», ah, hola que tal Mr. Espiral, digo con mucho entusiasmo, lo que provoca la mirada de ira de Mr. Cubo que desde abajo, muy nervioso y errático, me hace señales para que me incline, moviendo el brazo aireadamente.

Mr. Espiral era un triunfador que había surgido de la nada y que había montado un verdadero imperio empresarial del que dependían más de cuatro mil familias. Se había hecho rico, era amigo de políticos y gente influyente y todo lo había logrado a base de esfuerzo y dedicación a sus negocios. Sí, claro, dirían otros, pero también gracias a privilegios y contactos. Bueno, pero en todo caso esos contactos los había conseguido gracias a su capacidad, porque nació de familia humilde. Continúo: su vida era su empresa y todos los días vivía para ella, toda su existencia estaba engarzada en esa estructura empresarial y disfrutaba de ello con ansia y pasión, aumentando su felicidad y su ego a medida que crecía la facturación anual y su lista de clientes. Vaya, que vivía para trabajar, dirían los mismos. Bueno, no en realidad, porque su trabajo era su hobby, esa era su suerte y su inmensa desgracia. Estos últimos años me miraba en el espejo de esa vida, quería llegar donde él había llegado, ser también un tipo fuerte y resolutivo al que todos miraran con admiración. «Aquí puntualizo, desde mi atalaya, desde el ahora, el ahora del futuro en esta sórdida habitación, puntualizo que en el fondo, en mi interior, sabía que algo no encajaba, e intuía que nunca toda mi energía vital iría en esa dirección. Entreveía que ser fuerte no implica acercarse al ideal de triunfo dominante, sino ser capaz de mirar dentro de uno mismo, escuchar tu interior y hacer lo que realmente exige tu naturaleza, tu carne. Eso es ser valiente, valiente e inteligente, como lo soy yo ahora, lleno de babas y se suciedad. Digamos que iba alineando mi vida con respecto a lo que mi corazón era más capaz de hacer, eso es lo que tendríamos que hacer todos, obteniendo como recompensa una mayor energía para acometer dicha tarea. Pero, dando una nueva vuelta de tuerca al asunto, diría que me equivocaba, que en ambos casos estaba muy equivocado, ya que si miras de verdad a tu corazón serás capaz de ver que no hay que hacer nada, simplemente eso».

-Hooombreeee Grigoriyyyyyy queee taaaall estaaaasss. Me quedé mirándole mientras pensaba no necesitar la admiración de los demás para ser feliz, rechazaba la felicidad provocada por agentes externos a mí. Qué ridículo es este hombre, realmente se le ve que disfruta de esa vida que lleva, pero algo no encaja, no. Por la misma razón, me fui poco a poco despreocupando de seguir ese modelo de triunfo social, ya que me daba cuenta que no estaba hecho para mi naturaleza. No es que rechazara de plano esa forma de vida, de hecho seguía admirando profundamente a esa persona, y cuando alguien le criticaba y planteaba el ruin argumento de que solo vivía para trabajar, yo pensaba que la envidia estructuraba ese pensamiento y que las personas que decían eso simplemente lo hacían por impotencia ya que en su más profundo pensar desearían ser como él. Deseaban ser como él porque ese era el rey dentro de su modelo, su ideal de éxito, la cima de su cultura, el clímax. Yo simplemente me iba colocando en otro plano, simplemente ese éxito no iba conmigo ya que estaba sin darme cuenta intentando romper con ese marco de actuación. Por tanto, y desde esa perspectiva, yo no quería ser un hombre de éxito, ni un gran empresario, y ni tan siquiera quería ser admirado por los demás. Mi meta era hundirme en una gran miseria social, ser dado por vagabundo y entrar dentro de un paroxismo emocional que me llevara a lo más profundo de los infiernos (aunque eso en esos momentos lo pensaba sin sentirlo de veras). Solo así, solo dado por muerto según este modelo social, podría renacer virgen y puro, sin ataduras morales, pudiendo de esta forma buscar mi felicidad, aquella que llevo dentro de mí. «Je, desde aquí arriba sigo pasmado con lo tremendamente cursi que podía llegar a ser, con lo tremendamente difícil que te lo pone el lenguaje, ese enemigo implacable al que cuando le derrotas, simplemente bailas por entre sus palabras».

-Bien Mr., muy bien, aquí trabajando duro «bueno, da igual lo que le diga, en definitiva esta gente nunca me entendería».

-Meeee aleegrooooo, hablaaaaamos aaaaalgún díaaaaa y me poooooones al taaanto de tu vidaaaaa, me dijo Mr. Espiral, mientras agarraba la cadena que a mi jefe le salía del pescuezo. Me haaaan dicho que noooo lo estaaaaás haciendo naaaaada maaaaal, naaada maaaal. Eso está bieeeeen, hay que estaaaaar en la luchaaaa diariaaaaa, este es un aaaaaño complicaaaaado. A la vez que me va hablando me pone una mano en la barriga y otra en la espalda y mientras empuja de mi tripa hacia dentro intenta colocar mis hombros aún más inclinados. Agacho la cabeza y veo a mi corbata. «Admirable, ciertamente admirable. Qué gran ser, qué ejemplo, qué pasión por su trabajo». Sin dejarme de hablar tira de la soga de Mr. Cubo y se lo lleva hacia su despacho, dándole golpes con el bastón en la espalda, mientras va repartiendo pequeñas galletitas a los compañeros que seguían delante del ordenador, los cuales, ansiosos con la boca abierta cual pajarillos en un nido, van celebrando el donativo con grandes expresiones de alegría.

-Pues bien, estoy bien, muchas gracias, contesté conforme ya me había dado la espalda, viendo cómo se alejaba con su ceñido traje de cuadros negros y blancos, y un gran vacío comenzó a invadir mi pecho, en el que mi corbata muy nerviosa se movía de forma casi espasmódica, diría que estaba erguida, erecta «fantástico, fantástico, qué gran ser, qué hombre, qué movimientos, qué carisma, cómo me gustaría estar anidada a su cuello» Tuve que echarla hacia abajo de un golpe.

Enfadado y muy desconcertado por la conversación que había mantenido antes con mi jefe me di la vuelta e intenté colocarme en mi puesto de trabajo. Al sentarme encendí el ordenador que me pedía de nuevo que introdujera la contraseña. Era ridículo, no me acordaba y me dediqué durante un rato a escribir palabras sin sentido hasta que la computadora se bloqueó. No quiso iniciar la sesión con "ábrete sésamo" ni tampoco con "Zaratustra". Me tiré hacia atrás en la silla mientras en mi rostro se dibujaba una media sonrisa, mezcla de dolorosa ironía y áspera frustración. La suerte estaba echada. El baile iba a comenzar, ¿bailamos?

***

Grisha se pasó la mañana entera divagando, pensando en cómo podía salir del abatimiento en el que había caído. En realidad no era ni pesadumbre ni depresión, era una sensación muy extraña, una especie de desasosiego ilusionante, una asfixia que en el fondo de su ser aliviaba sus más profundos sentimientos. Es difícil trasladar en palabras el sentimiento de alguien que se da cuenta que para salir hacia delante debe de hundirse en la más profunda miseria, que la única salida es languidecer de forma activa, aniquilarse y volver a ser un feto informe. «Sí, más o menos. Solo partiendo de la nada podría llegar al infinito, solo de esa forma alcanzaría a rozar si quiera su propio ser. La muerte le daría la vida, una vida que en ese momento le estaba llevando a una muerte casi diaria. Genial».

Sujetaba un lápiz en la mano mientras de su rostro no se borraba esa sonrisa infame, esa sonrisa que sería el pasaporte hacia la transgresión de todos sus valores. «Sí, es verdad, me reía sin razón, que es la manera más natural de reír, sin razonar nada, simplemente porque sí, lo recuerdo ahora con curiosidad». En ese momento no se daba cuenta del proceso sin retorno que estaba tomando y que se había iniciado, como cualquier metamorfosis, con el periodo de letargo experimentado la semana anterior, cuando había dormido siete días seguidos.

Ese comentario de Mr. Cubo en el que le hacía ver que había estado una semana fuera le rondaba la cabeza y se levantó a preguntarle a una de sus compañeras si la semana anterior lo habían visto por la oficina. Se acercó a ella algo mareado y se puso detrás de su silla, desde donde pudo observar el grillete y las cadenas, que ahora veía más sucias y podridas que de costumbre. Puso su mano en el hombro izquierdo y un intenso frío se propagó por todo su cuerpo. La chica se giró de forma maquinal con un movimiento muy brusco, mostrando en su rostro el inconveniente que le estaba causando el prestarme atención por unos instantes. Cara de espanto, ojos muy abiertos, dientes afilados, pelo rubio alborotado muy brillante, cara maquillada.

-Hola, hola, buenos días. Me preguntaba si, me preguntaba si es cierto, eso, es decir, lo que dijo Mr. Cubo. Se trataba de R., una de las personas más prometedoras de la oficina. Dedicaba, al igual que yo, todas las horas necesarias al trabajo, intentando destacar lo máximo posible. Cara de desconcierto, mirada al ordenador, tecleo, vuelve la cara hacia mí de nuevo, ojos azules, muchos dientes.

-Hola, ehhh, hola, un segundo. Vuelve al ordenador, coge el teléfono, consulta algo. Me mira, vuelve a mirar la pantalla. Me mira de nuevo. Pelo lacio pero enredado. Mira no sé a qué te refieres la verdad, me decía mientras la miraba desde arriba con mi corbata balanceándose «déjala ya y ponte a trabajar, ¡gandul!. Ella sí llegará a ser como Mr. Espiral, sí, qué gran hombre, qué gran persona. Y tú, maldito vago, desagradecido, estás perdiendo tiempo, estás robándole dinero, ¡ponte delante del ordenador!». Era una persona de las que ahora miro con mucha tristeza, siempre dedicada a estar activa, a no tener ni un solo segundo parado el cerebro. Y es que si de algo me di cuenta años después es de la enorme facilidad que el ser humano tiene para no mirar dentro de sí, del enorme miedo que existe a dejar de pensar, de la esclavitud a la que estamos sometidos debido a nuestro miedo por conocernos que nos hace esclavos del pensamiento mecánico. Somos esponjas, necesitamos consumir información, marearnos con datos, noticias, trabajos, todo lo necesario para no estar ni un minuto en calma. Esa calma es el abismo interior, y asusta. Pensamiento mecánico, procesar y procesar, nunca dejar de rumiar, de tener hijos, de hacer cosas; beber, comer, comprar, leer, trabajar, consume tu vida sin vivirla.

-Sí, sí, te preguntaba por lo de Mr. Cubo. Esta chica era como todos los demás, pero aún mucho mejor, más cualificada. Necesitaba, como todos, estar constantemente divagando, necesitando, resolviendo cosas que están fuera de su ser, y esto lo hacemos precisamente como defensa ante el temor de encontrarnos a nosotros mismos y darnos cuenta que no nos conocemos, o, lo que sería aún más grave, de que nuestro yo interior no encaja con el modelo de vida que nos han/hemos marcado para ser felices. Es por este miedo a tener que ser diferentes por lo que estamos siempre con ese ronroneo intelectual vacuo, vacío, analítico-congelado, que solo sirve de sudoku mental eterno e infinito, bagatela intelectual de seres atrofiados, de hombres de latón.

-No sé a lo que te refieres, pero déjame que estoy muy ocupada, tengo que terminar este informe, lo necesito para ayer. Coge el aro metálico y se engancha más fuerte la cadena al ordenador. Pero deberías de explicar bien por qué no viniste en toda la semana pasada.

Confusión, incertidumbre, curiosidad y algo de miedo, pero no mucho miedo, mareo. Comencé entonces a entender que algo me estaba sucediendo, y que todas esas visiones y sensaciones experimentadas los días anteriores no habían sido casualidad.

Miré fijamente a los ojos a esa chica, que casi asustada me rogó que le dejara terminar una importante tarea que debía entregar en los siguientes minutos a Mr. Cubo. Esa chica no quería empatizar conmigo, no deseaba saber nada más de lo que a mí me sucedía y solo pensaba en terminar con su deber. Se giró echando los hombros hacia delante, juntando muchos los brazos, y como si de un pequeño roedor comiendo se tratara, sus manitas comenzaron a pulsar teclas del ordenador, mientras su cara y sus labios se movían compulsivamente. Era una de las mejores personas que la sociedad había criado. Hija predilecta, siempre activa, siempre consumidora, era la chica ideal que hacía que todo fuera conforme lo instaurado. Ahí estaba, agazapada y con la cara casi pegada a la pantalla, el tiempo estancado la consumía. Se sentía bien trabajando mucho, y tras acabar su trabajo necesitaba consumir, socializarse y gastar. Y beber. Nada se quedaba para ella, nada era suyo. Era una especie de gran bola por la que continuamente circulaba materia prima que hacía que creciera en volumen, pero cuyo interior era frío y seco, nada había allí que mereciera la pena. Y siempre debía de haber material circulando, nunca debían de parar los engranajes, porque si no un gran vértigo le invadía provocándole una sensación muy desagradable. Sin embargo nada allí dentro se quedaba. «No quiero ser toda mi vida un esclavo, no quiero tener que ser feliz dependiendo de lo que la gran masa me ofrezca», pensaba mirándole aún fijamente a los ojos a esa chica. «Deseo ser independiente, y soy cada vez más consciente de que dentro de mí existen las cosas más bellas, más plenas y más sinceras del mundo, que el mundo no me puede ofrecer. Mi gran mundo es una parte muy pequeña de mi interior. El mundo exterior es una parte muy pequeña de mi potencial felicidad. Este mundo mío, aun inexplorado necesita de un gran galeón que lo descubra, aquel mundo no tiene ya nada que ofrecerme».

Volví a mirar a mi alrededor y muerto de miedo percibí cómo se iba bosquejando una oficina aún más tenebrosa de lo que estaba acostumbrado. Mi sombra me había abandonado a la entrada, y vi cómo seguía esperándome en la puerta. Enormes brochazos dibujaban metálicos barrotes en las ventanas y pinceles mágicos iban conectando pequeños tubos desde mi cuerpo hacia una enorme caja roja que surgía del centro de la oficina. Tonos rojizos comenzaron a predominar en todas partes mientras mi pecho se hundía cada vez más. De los tubos conectados a mi cuerpo, sin sombra, comenzó a fluir hacia la enorme caja un líquido rojo. Dentro de la caja vi a Mr. Espiral en posición fetal, en el centro, flotando en el líquido que emanaba de todos nosotros.

Grité, grité como nunca antes lo había hecho en mi vida lanzando por los aires papeles y monitores que sí proyectaban en el suelo su negra figura. Los trozos de papel quedaron suspendidos en el aire, los compañeros adoptaron una expresión tallada en piedra, todo estaba en calma tras el alarido. Agarré la corbata y me la quité a duras penas, luchando contra el nudo que con tesón se agarraba a mi cuello. «Maldito mal nacido, te arrepentirás, sí, te arrepentirás. Vivirás en la miseria, serás el hazme reír de todos, darás pena a la gente que hablará mal de ti. Idiota presuntuoso, ¿Te crees por encima del bien y del mal? ¿Te crees superior a ellos? Solo eres basura». Luché para desprenderme de ella y cuando ya la tenía entre mis manos algo muy dentro de mí me dijo que jamás volvería a ponerme nada igual en mi cuello. Caminé hacia delante haciendo volar la corbata por los aires que quedó suspendida a mi espalda junto a los papeles, y tras varias convulsiones comenzó a desintegrarse. Hilillos de arena cayeron lentamente al parqué.

Me dirigí a la puerta. Los árboles que se veían desde las ventanas eran verdes, muy verdes y se movían. «Vamos, dejemos este absurdo lugar», y ella, mi sombra, se posó bajo mis pies, ahí estaba, bailando conmigo, siguiendo mi paso, negra, pisando donde yo pisaba. Y yo y mi sombra, mi sombra y yo abrimos la puerta, miramos hacia atrás, el monitor cayó estrepitosamente al suelo, los papeles revolotearon y salí, me fundí con el tiempo, respiré profundamente y cerré la puerta tras de mí. Lo notaba pasar, lo notaba fluir muy dentro, ahora estás conmigo compañera. ¿Bailamos?

Capítulo 20:
Salida hacia delante

«Vamos querida, tú me haces que el caminar sea más dulce, contigo bajo mis pies las pisadas son más mullidas. Tú me entiendes ¿verdad? Porque no quiero ser una caja vacía llena de engranajes, no quiero tener que necesitar que constantemente pasen por dentro de mí bienes que, como trozos de carbón para combustible, me activen la maquinaria generando sensaciones, siempre las mismas. El acervo colectivo no me aporta valor, de él solo surgen necesidades por cubrir que hacen que no pueda parar ni un solo segundo a reflexionar, a mirarme. Eso es precisamente la definición de un robot, hacen todo para lo que les prepares que hagan, pero nunca "crean" nada, ya que para crear es necesario dejar de mirar hacia fuera y girar la cabeza hacia el interior. Ser una avestruz que en vez de esconderse sumergiendo la cabeza dentro de la tierra mete la suya dentro de su pecho, arrugando el cuello hasta que haga desaparecer la cabeza entre las clavículas, empujando y desquebrajando las costillas, hasta acabar muy dentro, ahí cerquita del corazón. Ahí es donde debemos de esconder nuestra cabeza, muy lejos de la ética y de su continuo ruido. Esta es la única manera que existe de hacer parar la máquina, de tirar del freno de emergencia que hace detenerse los engranajes interiores que solo sirven para no hacernos ver lo elevado que uno se sentiría sin necesidad de estar subyugado a.... subyugado a...» Mientras pensaba sabía que aún me faltaba una palabra, un maldito concepto que me definiera a todo ese infierno exterior, mezcla de fuegos morales, bilis religiosa, miedos deformes a la soledad, envidias con olor a fósforo y necesidades con rabos y cuernos.

Bajé corriendo por las escaleras y al salir a la calle me abalancé hacia la primera calesa de caballos que pasaba por la empedrada callejuela en la que desembocaba la oficina. El cochero tuvo que tirar fuerte de las riendas, agarrándose al mismo tiempo el sombrero de copa para hacer parar a los dos caballos que lustrosamente tiraban del carruaje. Solo por centímetros no pasaron por encima de mí. Un gran alarido ayudó a que los corceles se detuvieran, alarido que no terminó con el fin del movimiento del coche, continuándolo mientras volvía la cabeza hacia la posición en la que yo me encontraba.

El aspecto desaliñado y desquiciado que debía tener pudo con el enfado del enclenque carretero, cuyo rostro se transmutó del enojo hacia una expresión de pena y preocupación al ver mis dos ojos abiertos y trémulos, llenos de rojizas terminaciones nerviosas que destacaban dentro de un rostro blanquecino y lleno de sudor, producto residual del estado en el que me encontraba. O vio a mi sombra y no se pudo resistir.

Sentía frío, mucho frío, me calaba hasta los huesos. En ese momento me di cuenta que llevaba un rato bajo una intensa lluvia y que mis piernas estaban llenas de barro hasta las rodillas. Nunca supe ni sabré por qué el cochero decidió cogerme y subirme en su carruaje, ya que si yo me hubiera puesto en su lugar, si hubiera sido espectador y viera desde fuera el producto de mi desquiciamiento sin tener más información de lo que me estaba pasando, nunca me hubiera recogido. Y ya en el coche, con su enorme farola roja en el techo y ese olor a lejía blanca, me di cuenta que aquel cochero formaría parte de mi vida para siempre, ángel de la guarda que me recogió del infierno y me llevó lejos de él, hacia tierras menos secas, hacia tierras menos áridas, hacia un lugar en el que fuera yo el que me nutriera de sus frutos y no al contrario, sintiendo poco a poco fluir dentro de mí la hidratación de una vida plena.

Mientras mi cuerpo vibraba al compás del empedrado del firme por el que paseábamos hacia ninguna parte, iba contemplando las calles embarradas de Kaluga, con sus mercados y sus niños correteando bajo la lluvia, que con sus miradas contemplaban un mundo al que aún no habían sucumbido. Sus gentes nos miraban y se apartaban a nuestro paso, era como si supieran de mi desesperación, de mi desasosiego, de mis ganas de ir para no volver. Y ese mundo de Kaluga, con sus casas desquebrajadas y sus chimeneas siempre humeantes, era uno más de los millones de escenarios en los que la misma sociedad torturaba a sus integrantes, encorsetándolos bajo una serie de dictámenes autoritarios y normas estrictas. Club nada selecto, que intenta atrapar a todo el mundo, cuyas normas han sido creadas por sus miembros para torturarse y amordazarse de forma continuada.

Escuchaba de fondo los gritos que el cochero propinaba a los otros carros y viandantes que circulaban cerca de nosotros, gritos que compartía con los que dirigía a sus caballos para que no perdieran el ritmo que él pensaba era el adecuado.

Un intenso aroma a tierra mojada entraba en mi pecho, aroma que me hizo recordar tiempos pasados, cuando, siendo tan solo un tierno infante, jugaba en la casa de campo con mis primos. Tierra que ayer como ahora circulaba por entre mis pulmones y que en ese mismo instante se convirtió en un vínculo hacia el pasado. Mis manos volvieron a estar llenas de fango, mientras intentaba parar el torrente de agua construyendo una presa lo más rápidamente posible y, en medio de ese recuerdo, llegaron a mí sensaciones ya perdidas, inquietudes y esperanzas que hacía tiempo circulaban por todo mi ser y que el tiempo había ido aislando, como el agua tibia echada por mi madre en mis manos apartaba de ellas la arcilla acumulada tras una intensa tarde de juegos. El pasado se fundía con el presente a través del olor de la tierra mojada, y el recuerdo de una niñez infeliz pero sin preocupaciones morales ni ataduras, me elevó espiritualmente como nunca nada anteriormente lo había hecho. Es curioso como un simple paseo en carro y un ligero olor pueden conseguir que sintiera emociones mayores de lo que ningún libro, fotografía, película o cualquier otra fuente de información me habían hecho sentir nunca jamás. En ese momento, en esos minutos de oro, el tiempo se diluyó en mi ser, siendo imposible por siempre jamás olvidar ese instante en el que los recuerdos del pasado se fundieron en el presente para darme una visión del futuro libre, ligera y alada.

Llegamos a una plaza donde la gente comenzaba a poner de nuevo sus tenderetes, ya que la lluvia había amainado poco a poco, y la actividad del mercado debía de continuar. Bajé del carro y me vi de pie entre toda esa masa que iba y venía, y que no dejaban de discutir unos con los otros. La plaza era rectangular, con sus edificios de dos plantas de adobe, ventanas enrejadas y puertas de madera. Todo el paisaje urbano estaba tomado de tonos pardos, nacemos de la tierra, convivimos entre ella y volveremos a ser de nuevo polvo que servirá para que otros chiquillos como yo antes, jueguen con él entre sus manos, y lo moldeen una y otra vez, mientras sienten dentro de sí el pausado devenir de la eternidad. En el mismo sitio donde ellos juegan, en el mismo lugar jugarán otros y pisarán las cenizas de los primeros. Será otro tiempo, serán otros segundos, o quizás serán los mismos.

Comencé a transitar entre la gente, moviéndome de forma histriónica mientras miraba hacia mi sombra. Me paraba y ella lo hacía, avanzaba y ella pisaba donde yo. Siempre cuidaba de que mi pie no tocara el frío suelo.

Alcanzó mi cuerpo una inconfundible sensación que ya antes me había contrariado viniendo a mi ser, pero que, como muchas otras sensaciones, se quedaba siempre en una especie de doble fondo, dentro de un plano distinto al racional. Y es que hay veces que sientes que sabes algo, pero que no solo no sabes expresarlo con palabras, sino que incluso ni tan siquiera sabes que lo sabes. De hecho es una especie de conocimiento, digamos una idea, o mejor dicho, una sensación que te toca la puerta y al abrir nadie hay allí esperando. Pasa un tiempo y de nuevo un agente externo vuelve a desencadenar el mismo mecanismo, vuelta a llamar y cuando quieres acudir a ella no hay respuesta. Te quedas pensativo, sabes que algo hay allí, pero dentro de tu ser, y sin embargo no lo puedes sacar a la luz de la razón.

Pero en este caso, mientras caminaba por entre la sucia plaza respirando el polvo que tantos antepasados habían hecho suyo, abrí la puerta y ahí la encontré. Tímida, aún vaga y sin luz, me vino a la cabeza la sensación mil veces sentida de que mi relación con las demás personas era totalmente fría e impersonal. No solo la mía, sino en general las relaciones que todos tenemos entre nosotros. Siempre había vivido con un gran sentimiento de soledad, de un querer y no poder compartir mis emociones con el resto de la humanidad, que esquiva ella y esquivo yo, nos rechazábamos una y otra vez. Era un tipo abierto y simpático, de hecho era muy extrovertido, pero no se trata de eso, ahí seguía habiendo vacío. Siempre había tenido en mi interior unas inmensas ganas de poder transmitir a los que me rodean lo que llevo dentro, lo que de verdad pienso, lo que de verdad siento, aquello por lo que mi corazón a veces late con más fuerza, o aquello por lo que mi estómago se arruga hasta doler, doler mucho. Me di cuenta, al sacar a la luz ese sentimiento oculto, que las personas por lo general nos tocamos poco, nos respetamos en demasía. Quizás solo nuestros antepasados me conozcan, ya que solo ellos, solo su polvo ahora penetra dentro de mi ser. Solo cuando ocurre una catástrofe, cuando un mal común nos ataca, solo en esos casos nos miramos unos a otros y nos vemos como verdaderos hermanos. Si no, nos pasamos la vida vagando unos frente a otros como si fuéramos espectros en planos existenciales diferentes, sin ningún vínculo de unión entre esos miles de mundos absurdos.

Di la vuelta a la plaza y detrás de los tenderetes de comida encontré puestos llenos de cuadros con numerosos pintores y artistas dibujando o haciendo figuras de barro. Siempre me ha encantado el arte, aunque nunca había tenido tiempo debido a que el día a día es una feroz apisonadora de sueños e inquietudes, nunca había tenido tiempo, como iba diciendo, de estudiarlo, de conocer el porqué de cada una de las distintas tendencias artísticas. Mientras caminaba iba observando diversos tipos de cuadros, algunos realistas, de momentos observados por la mente del artista que, como cámara de fotos mágica, es capaz de aislar un pequeño trozo de tiempo y plasmar toda su esencia en un lienzo que condensa, en un dibujo sin movimiento, todas las sensaciones vividas por el artista al observar la naturaleza durante el tiempo en que realizó la obra. Como un druida, mezcla en una misma olla distintos intervalos de tiempo y los funde todos juntos, moldeándolos luego a su gusto para representar en un solo instante mil sensaciones de mil momentos distintos.

Otros cuadros que iba admirando eran abstractos y mostraban el mundo desde otra perspectiva. Llevaba tiempo queriendo comprar algún cuadro de este tipo, pero no me había decidido por ninguno en concreto. Sabía poco de arte contemporáneo, pero por libros que había leído, llegaba a entender levemente toda esa maraña de ideas conceptuales que representaban esos cuadros. De hecho prefería este tipo de arte, arte que me hiciera sentir al verlo sensaciones distintas cada día, ya que según cómo me encontrara lo podría interpretar de una u otra forma. Además, no me podía creer que hiciera tan poco tiempo que existía esa forma de ver el mundo, que hiciera tan poco tiempo en el que alguien se hubiera atrevido a mostrarlo, no como todos lo ven, sino a interpretarlo según sus emociones. Es decir, veía el arte contemporáneo como una evolución del ser humano similar al descubrimiento de la agricultura. No podía concebir cómo desde las primeras pinturas rupestres, siempre los artistas hubieran intentado pintado la realidad estándar y no se hubieran arriesgado como ahora a representar SU realidad, aquella que vemos una vez hemos captado la información mediante nuestros sentidos y la hemos mezclado dentro de nuestro ser, con nuestras pasiones, recuerdos, fobias y demás sentimientos. Y es que ese tipo de arte dice mucho del artista y no tanto del mundo exterior. Es una especie de daga al corazón de las ideas platónicas, que destruye a su vez toda la visión hiperrealista del mundo que conciben todas las religiones, que, inspirándose en una idea suprema de Verdad, encadenan a una misma realidad a todos sus rebaños. El arte abstracto parece que trata la realidad desde dentro de cada artista, que traslada a su obra la verdadera Verdad, es decir, aquella que viene desde dentro, aquella que ha trabajado tras percibir desde fuera de sí mismo una serie de percepciones e interpretarlas dentro de su ser. Mata a la moral, mata a la religión, sana al hombre. «Sin duda, quiero vivir una vida abstracta, liberada de la verdad oficial, una vida regada con mis emociones».

Grisha quedó pensativo mirando esos cuadros mientras que su corazón latía con fuerza al entender de forma tan clara el hecho de que la realidad no depende de terceros, ya que es creada por el alma que añade a lo percibido por los sentidos un vestido hecho a medida por la imaginación, que como fiel consejera, arropa a la realidad con ideas y emociones pasadas, travistiéndola a medida y haciendo de ella algo mucho más nuestro, pero a la vez muy distinto al estándar inicial percibido por el resto de la humanidad. Digamos que Grisha interiorizó con claridad que existe una realidad estándar que cada uno de nosotros funde y luego moldea a su gusto, dándole la forma que en ese momento desea, y que está muy relacionada con su naturaleza y sus vivencias pasadas.

«Mi ángel me había abandonado, debía de averiguar dónde me encontraba y sobre todo por qué me había llevado hasta ese lugar».

Capítulo 21:
Segunda gran visión

Seguía en esa plaza caminando cuando de repente me sobrevino de nuevo la misma sensación que antes había experimentado en el mercado, esa especie de letargo del tiempo y condensación de muchos instantes en un solo segundo. El suelo comenzó a convertirse en un fluido cada vez más rosado y del cielo surgía un manto de tonos grises que se comía el color de los edificios. Del firme fueron elevándose vapores rojizos que teñían todo a su paso, mientras desde arriba el manto monocromo continuaba cayendo.

Me tapé los ojos con las manos y pensé que estaba delirando. Abrí bien los ojos y lo volví a ver, todo gris y todo rosa, y gente sin cabeza. «No, no, no, ¡qué está sucediendo! No puede ser verdad, pero qué pasa, otra vez no». Caminaba entre la gente que se iba apartando a mi paso. «¿Soy yo solo el que ve esto? ¿Alguien más está aterrorizado o son solo alucinaciones de una mente desquiciada por el desamor y el desprecio a la vida?» Mis manos cubrieron mis ojos mientras seguía chocando contra múltiples personas. «No, no, no, pero por qué me sucede esto, debo de estar enfermo, algo me sentó mal, sí, debe de ser eso. Pero he estado una semana durmiendo sin comer, bueno, eso mismo, me están pasando cosas raras, ni esto ni aquello pueden ser, no, no, cómo voy a estar una semana entera durmiendo, eso es imposible». Pero esta vez no quise que el desasosiego pudiera conmigo. Si estaba loco iba a afrontar esa locura, así que aparté las manos de mis ojos y volví a mirar al tumulto.

Lo que ante mí apareció fue horrible. Vi formas humanas caminando de forma maquinal de un lado a otro agarradas de la mano por parejas. Todo era gris-rosado menos las manos entrelazadas que adoptaban un tono más rojizo. Pero lo peor llegó cuando mi cabeza dejó de estar encorvada. De nuevo me percaté que las personas carecían de testa y que en su lugar, conectada al cuello, había una especie de masa rojiza entre viscosa y humeante que unía todos los cuerpos. Esta masa era semitransparente y dejaba entrever por encima de ella el cielo gris, que se había cubierto totalmente de nubes haciendo presagiar la primera lluvia del otoño.

Estaba realmente impresionado de lo que estaba contemplando ya que no tenía lógica ni razón lo que me sucedía, pero quise llegar hasta el final y me levanté del banco donde me encontraba sentado. El intenso miedo por lo desconocido no pudo con mi curiosidad, bendito don que la naturaleza me había concedido, y comencé a caminar lentamente por entre los cuerpos casi inertes, mientras mi corazón temblaba queriéndome avisar de que lo que estaba haciendo ponía en peligro mi existencia, nauseabunda existencia.

Iba caminando y tropezaba con ellos de una manera muy distinta a la habitual, ya que al chocar conmigo seguían su camino sin corregir su rumbo y sin mostrar el más mínimo tipo de disconformidad por el golpe mutuo. Los que se acercaban a los stands que estaban repartidos por toda la plaza tenían un color más rosado que los que se alejaban de ellos, cuyo color era de un rojo más intenso tras recibir la bola de un grana indescriptible.

Intenté llegar a uno de los puestos y conseguir una bola roja pero la gente parecía que no me veía, o al menos me ignoraban completamente. Algunos incluso comenzaron a no evitar golpearse conmigo, simplemente colisionaban, cuando me di la vuelta y me propuse abandonar el mercado. Sinceramente no me podía creer lo que me estaba pasando, pero la incredulidad se iba uniendo lentamente a una aclimatación al entorno lenta pero firme, conformando un oxímoron difícil de explicar, algo así como una confusa certeza de que algo ignotamente cierto me estaba sucediendo, algo que aún no entendía pero que algún significado debía de tener.

Conforme caminaba entre estos seres taciturnos el miedo iba desapareciendo de mi ser, lo que me permitía prestar atención a detalles que antes pasaban inadvertidos. Así, me di cuenta que los cuerpos sí tenían cabeza, pero que ésta se iba poco a poco fundiendo con la masa humeante hasta llegar por encima de la nariz a ser parte consustancial a ésta. La mirada era fría y sombría, nadie emanaba vida ni brillo de sus ojos, simplemente expresaban una sensación de agobio y ansiedad continua que no desaparecía nunca de sus expresiones. Delgados hilillos conectaban la cabeza a la masa, por entre los cuales parecía que les era suministrada cierta viscosa y humosa materia que les daba ese color rosado.

Me detuve en una esquina que daba a una avenida principal desde donde miré hacia atrás, apoyando los brazos contra la pared; allí me encontraba más seguro. Al notar la piedra helada pude observar que se trataba de una iglesia, único edificio a mi alrededor que tenía ese color rojizo intenso parecido al de la bolas que los extraños seres recogían. Rojo, muy, muy rojo. Me eché en la pared dejado caer todo mi cuerpo y apoyado allí por un instante note cómo mi piel se iba pegando al muro. Comencé a moverme nervioso, miré mis codos y vi que estaban muy rojizos y casi se estaban fundiendo con aquella piedra. Me moví con furia, con mucho nervio, forcejeando con el muro y conseguí despegarme al fin, dando varios pasos hacia delante mientras me miraba la piel, que poco a poco iba recobrando su color original. ¡Esa iglesia me estaba tragando! «Parecen personas sin conciencia, sin alma, todos vagan agarrados, sí, es extraño, pero no me da miedo. No, miedo no tengo, ¡uy!, que choco contra otra pareja. Ahí van con su bolita roja». Me paré en seco. Brazos en jarra. Mirada al frente. Una observación más detallada desde esa perspectiva me dio otra información: no todos los seres tenían el mismo tono rosado.

De repente, y sin que me diera cuenta, un ente, el único que había visto que iba solo por la calle se paró frente a mí. Parecía el cuerpo de una mujer mayor, no la distinguía bien, pero aunque sabía que no la conocía, su contorno me era extrañamente familiar. Su expresión era parecida al del resto, mezcla de angustia y desasosiego, pero había en su mirada algo diferente. Por lo pronto me estaba observando, yo era alguien para ella, y lentamente comenzó a acercarse a mí, encorvada, moviendo su cuello hacia un lado y hacia otro, poniendo la cara en posición horizontal al suelo y alzando su trémulo y delgado brazo hacia mí. Creí escuchar algo a duras penas, parecía que el sonido venía de otra dimensión, de otro espacio distinto al que nos encontrábamos.

-Tú, tú, tú, me decía señalándome. No eres ... ellos, no, no lo .... Tú, ja, ja, ja, no lo eres, ... tiempo buscando ... como yo, tú, ... y yo ... Me dio algo de miedo, pero la curiosidad era más poderosa. La miré de frente, respiré profundamente y vi como ese ser, que yo intuía que era una mujer mayor, no tenía la frente tan unida a la masa espumosa y grisácea de arriba. De hecho, hacia su cabeza no llegaban tantos capilares como al resto, siendo su color general mucho menos rosado, más gris y en algunos lugares incluso con leves toques grises verdáceos. No sé por qué me generaba toda su expresión un sentimiento muy diferente al resto de, digamos, humanoides.

-Hola, ¿te encuentras bien?, no puedo escucharte correctamente. Era verdosa, más roja que verde, pero tenía un tono verdoso que la diferenciaba del resto. Parecía que veía en mí a alguien conocido, a alguien familiar o al menos parecía que pensaba que teníamos algo en común. Sus ojos eran muy claros, sus dientes muy afiliados y su cara denotaba dolor, se intuían muchas arrugas.

-Sigue, sig..., sigue el ... que estas recorriendo ... camino de tu ..., no ... asustes, no los escuches, ... valiente, guerrero, ... ser... que ellos. Furia ... Yo te seguiré... Yo... Rosalb... Un perro pasó por nuestro lado, la olisqueó y comenzó a ladrar compulsivamente.

-¡No te escucho, no sé lo que dices! La voz salía de su boca, que estaba ahí frente a mí cada vez más cerca, a pocos centímetros, pero me era imposible distinguir sus palabras. Y no porque hablara bajo, no, simplemente sus frases parecían venir de más lejos, como si estuviera a varios metros de mí. ¡No consigo escucharte bien, no sé si tú me oyes!, dije gritando a pocos centímetros de su cara, como si le hablara a una sorda. ¿Sabes qué está sucediendo? ¿Ves lo mismo que yo?. El perro no paraba de ladrar y su sonido penetraba mi pecho poniéndome cada vez más nervioso. ¿Quiénes son ellos? ¿Los ves?

-Tú, tú, ..., los ves ..., eres ... de verlos, claro, ... intuía. Son ellos, son ... nosotros, son felic... Algún día estar.... juntos los dos. Cada vez más cerca de mí, y su voz seguía siendo lejana.

-Pero ¿por qué no tienen cabeza?, ¿qué es esa masa rosada y qué son esa especie de arterias que os unen al humo grisáceo? No son nosotros, no sé dónde estoy, pero no son nosotros. Y no, no estoy soñando, no, explícamelo, necesito saber, dime tu nombre.

-Ellos... ven como... los veías..., como antes...., pero detrás... las apariencias hay... mundo, muchos... diferentes que... no ven. Yo me ... Rosalb... me llamo Rosalbina, algún día estaré a tu lado....seguiré buscándote....en una habitación ensangrentada...

Su mano iba a rozar mi pecho y en ese momento un brazo de un rojo puro, intenso, que casi dolía al mirarlo la apartó de un fuerte envite y me agarró del hombro.

Reaccioné espantado, abriendo los ojos de par en par y dilatando al máximo mis pupilas. Mi cabeza giró rápidamente hacia el lugar desde donde notaba un calor abrasador y un enorme grito vació por completo mis pulmones.

Capítulo 22:
El Pope

-¡Por dios Grigoriy qué te sucede!, soy yo, el padre Damián, tranquilízate hijo, ¡que parece que hayas visto al mismísimo diablo! Mis ojos seguían abiertos, redondos y brillantes, como los de un animal que se encuentra rodeado de depredadores y ya huele su propia muerte a la luz de la luna. Mis dedos agarrotados notaron la cálida mano del Páter mientras su otra mano me sujetaba por el hombro para que no saliera huyendo. Miré desconcertado hacia los lados y observé que todo había cambiado de nuevo. Volvía a la normalidad.

-¿Estas mejor hijo? Mirada compasiva, mezcla de superioridad espiritual y autocomplacencia, ojos de carnero, muy grandes, gigantes, muy abiertos y brillantes. «Pobre infeliz, está perdido, él y toda su familia, menudo desastre». Te he visto un poco pálido, aquí apoyado en la pared y he observado que una vieja mendiga te estaba acosando, por lo que la he espantado y ha sido cuando te has llevado el susto de tu vida, afirmó entre risas cada vez más generalizadas, moviendo su cabeza de un lado hacia otro mientras se mordía el labio inferior. Siempre con la cabeza algo ladeada. «Tu madre está cada día más desquiciada y tu padre es un inútil, qué se puede esperar de ti. Familia desestructurada, estas son las consecuencias, pobre infeliz». Cuánto tiempo sin verte, qué alegría, estás estupendo, sí, mírate, hecho todo un mozalbete. Sigue así, sigue así. Aparté mi mano de la suya y juntó ambas entrelazando los dedos. Cerró los ojos y los mantuvo así unos segundos, luego los volvió a abrir aún más humedecidos y brillantes. Mientras, su sombra se acercaba a mí.

-Sí, estoy bien, simplemente estaba algo distraído y al sentir su mano sobre mi hombro me he llevado un buen sobresalto. Asco, mucho asco, repugnancia, repulsión, asquerosidad, aversión, vómito, angustia. «Esa sotana negra sostenida por un cuerpo alejado de lo humano, demacrado, cuerpo prisionero, sí, prisionero de un sistema de leyes, agarrotado dentro de una cárcel negra». Miré hacia atrás, hacia la iglesia, y puede comprobar que seguía con su color habitual, mezcla de matices color piedra original con enormes manchas más oscuras. «Déjame, sí por favor, déjame, déjame, por qué te tengo que encontrar ahora». Miles de palomas invadían una fachada azotada por el paso del tiempo, mezclándose entre las gárgolas, que impasibles, soportaban el devenir de los tiempos, no de los tiempos, de su tiempo diría yo. El edificio, de estilo gótico, se ennoblecía hacia el cielo de una forma majestuosa, pareciendo que en cualquier momento podía elevarse cual cohete camino de una perfección platónica tantas veces repetida y exigida a los fieles desde su interior. Mi sombra retrocedía, mientras la del Páter alzaba un brazo enseñando unos alargadísimos y finos dedos.

-Me alegro hijo, me alegro. Ya sabes que debes de tener cuidado de con quién andas, y centrarte en el trabajo, me ha contado tu madre que eres director y que hasta tienes un despacho. «Está muy mal, creo que me dijo la madre que lo había dejado la novia, se regocijaba porque decía que era una chica que no estaba a la altura creo, sí, algo de eso me dijo, me aseguró que desde que estaba con ella apenas pasaba por su casa». El Páter estaba quieto, seguía con las manos entrelazadas mientras mi sombra luchaba por no ser agredida por la enorme garra de la suya.

-Sí, claro, muy bien. Vergüenza, humillación, ganas de llorar. «Jamás le he hablado de mi trabajo a mi madre, ¡jamás, jamás, jamás! ¿Qué despacho?» Ira, el corazón se le acelera, como otras tantas veces cuando había sucedido algo igual, la cara del Páter se mezclaba con la de su madre. La veía allí, llorando y jurándole que ella no había dicho eso y que en todo caso si lo había dicho es que lo habría escuchado mal, que lo sentía, que perdón. La veía allí, sabiendo perfectamente que ella sabía que él sabía que ella mentía, ¡lo sabe siempre!, llorando, pidiendo de forma exagerada clemencia por el error cometido, mientras por dentro se relamía por lo sucedido. Ganas de vomitar. Y en el suelo, su mano agarra del pescuezo a mi alter ego, él muy tieso, mi sombra cada vez más temblorosa, hasta que cae de rodillas a sus pies.

-Tu verás cómo encuentras rápido a otra chica y te casamos en breve, seguro, no te preocupes por eso que eres un tío guapo, je «sí, encuentra a alguien y céntrate o acabarás como tu padre, hecho un inútil» je «no se puede esperar menos de esa familia» je «das pena y no dejas que nadie te ayude». Por cierto, tu padre anda bien ¿verdad?, desde que ocurrió "eso", no he podido volver a hablar con él, intenté aconsejarle, de verdad, intenté ayudarle, bien sabe Dios que lo intenté, pero nunca se sabe lo que depara el futuro, hijo mío. El sudor que corría por mi frente entraba en mis ojos, que irritados, veían cómo una enorme lengua salía de la boca de la sombra del Páter, y mientras yo estaba de pie y mi silueta arrodillada, su lengua se dedicaba a lamer la cara de esta última.

-Sí, claro, muy bien. Le diré si lo veo que le mandas saludos. «¡Garrapata, garrapata, garrapata! No te acerques a mí, no me toques, no me nombres, ¿qué no me preocupe?. Tu solo hedor me provoca nauseas, revolviéndome las tripas, que se estrujan soltando en mi interior toda su amarga bilis. No quiero ser partícipe de tu sucio juego. Sé lo que quieres, me necesitas, nos necesitas. Te agarras a la gente para ayudarles con una generosidad desinteresada, cuando en realidad no es la masa la que te necesita a ti, sino tú la que dependes de ella. Dependes de ayudar a los demás, eres un burócrata de la compasión. Con tus afiladas patitas te agarras a las personas y con tu pico les sacas la sangre en forma de agradecimientos y alabanzas, maná supremo necesario para satisfacer tu ego y poder continuar con tu vida impura. Sí impura, porque lo puro, lo bello, lo perfecto es lo que nos ha dado la naturaleza, o como tú dirías, insecto inmundo, lo que te ha dado tu Dios. Entonces, ¿porque reniegas de tu sexualidad? Yo lo sé bien, sabandija putrefacta, porque con esa renuncia crees que te pones en un plano superior al resto y así consigues subir un escalón y dar más credibilidad a la farándula y charlatanería que has creado».

-Claro hijo, bien sabe Dios, que desde arriba nos está mirando, que él hace lo mejor para cada uno de nosotros. Ya verás cómo pronto aceptas esta nueva situación, pasa por la iglesia y hablamos de todo ello.

-Pasaré algún día, claro. «¿Crees que yo me creo que tu entrega es gratuita? ¿De verdad piensas que a mí me puedes engañar? Tus acciones exigen el mayor pago, el mayor coste que nadie ha exigido jamás a otra persona por su ayuda: la sumisión a un dogma, la entrega de una vida. Y con su entrega te están pagando tu jornal. ¡Garrapata, garrapata, garrapata! Propagas una doctrina viciada, basada en un Dios tirano que disfrutará juzgándonos el día de mañana, un Dios sádico que nos hizo imperfectos y nos exigió la perfección, un Dios incoherente que entregó al hombre un credo divino dejando en sus imperfectas y terrenales manos la labor de interpretarlo. ¿Pero tú crees que esto encaja? Juegas con el miedo de la gente, inviertes los valores más elementales y te aprovechas de la falta de cultura, promoviendo la dejadez y la desidia en los más necesitados. Perverso juego el tuyo. Llamas a lo bello y lo superior pérfido, le dices a tu ganado que no se fijen en los seres superiores, que no los tomen como modelo, y encima les inyectas rencor hacia ellos. Sí, el rencor, la más fuerte de todas las drogas que es inoculada por tu pico en la sangre de las pobres gentes al ser agarradas por ti. Una vez llenos de rencor serán tuyos. No querrán superarse, no querrán ser nada, tan solo vivirán revolcándose en el fango que les echaste a su alrededor. Y la gente poderosa, la gente con un espíritu mayor y más elevado, aquellos que tú has dicho que entrarán los últimos en el reino de Dios, esos se alinearán contigo, por esto siempre has estado tan cerca del poderoso, que te agradecerá de por vida que la muchedumbre andrajosa que hay por debajo de ellos nunca los quiera alcanzar.

-Te veo distraído hijo. Comienzan a sonar las campanas y una miríada de palomas alzan el vuelo al unísono levantando el polvo del suelo. Las enormes garras ayudadas por la alargada lengua comenzaron a desnudar a mi sombra, de ella iban desprendiéndose lo que se intuía que era mi ropa.

-Bueno, en realidad es que llevo un día un tanto extraño, creo que debería ir al médico y ver si me hacen algunos análisis, porque debo de tener anemia o algo parecido ya que hay veces que me mareo y otras pierdo un poco el sentido y me invade una gran flojera.

-Hijo, la verdad es que estas un poco pálido y tienes la mirada perdida, replicó el cura. ¿Quieres que te acompañe a casa?, o mejor, ¿te llevo a casa de tu madre? El otro día estuvo en misa y al terminar me habló sobre ti. Tú sabes que os tengo en alta estima, era amigo de tu abuelo y conozco a tu madre desde niña.

Tiene un buen corazón y es de cristianos amar a tus padres. Sí, ya sé que llevas mucho tiempo sin venir por misa, aún me acuerdo cuando venías con tus padres, ¡maldita sea, cómo pasa el tiempo!, si parece que fue ayer cuando aparecías cada domingo por la tarde y al final de la iglesia te veía rezar con los ojos cerrados y las manos entrelazadas. Ya sé que no es cosa mía, pero estoy seguro que aun no viniendo a misa, todavía conservarás los valores cristianos que siempre han acompañado a tu familia y que últimamente como verás se han ido perdiendo «así os va».

Capítulo 23:
El Germen

El sol, que hasta ese momento impactaba directamente en la cara a Grisha provocándole un intenso calor dentro del cráneo, le dio un respiro al ocultarse momentáneamente detrás de uno de los pináculos de la iglesia, que majestuosa, se imponía ante la plaza mayor. Era alta, se estiraba hacia arriba, se alargaba como el cuello de una jirafa al intentar llegar a la rama más elevada, sentías la tensión en sus aristas, sentías su intento por llegar más y más arriba. A medida que avanzaba la sombra del pináculo la silueta del páter vio amenazada su existencia ante la llegada de una sombra mayor que lo iba a devorar, con lo que intentó empujar a la mía para alejarse del peligro que suponía la caída de la torre de la iglesia sobre ellos, pero no lo consiguió, y mientras ambas luchaban desaparecieron retorciéndose lentamente. Mientras, la muchedumbre abarrotaba la plaza conformando un intenso hormigueo de ir y venir hacia ningún lado. Eran personas movidas por un automatismo que ahogaba sus almas dentro de una rutina prediseñada que los hacía sentir bien, o sentir nada; sin necesidad de pensar, sin necesidad de valorar ni juzgar ni idear, duce calma, dulce quietud que no te deja volar. No, no te deja volar.

Aún consternado por la visión que nuevamente había experimentado y teniendo en frente al Páter,

Grisha recordó esos momentos en los que, con catorce y quince años, iba a misa. Desde muy pequeño sus padres, que se divorciaron cuando cumplió los veinticuatro años, le inculcaron una educación cristiana, llevándolo a un colegio católico donde rezaban cada mañana ante un enorme crucifijo que presidía cada una de las aulas. «El virus católico... qué triste espectáculo, sí, cómo lo recuerdo, Él allí sangrando por nosotros, sí, por nosotros, para salvarnos de algo malo de lo que Él mismo nos había culpado, qué retorcida historia, el que reparte la culpa y el salvador son la misma persona. Pero continúa».

Como iba diciendo, el virus católico fue infestando a Grisha desde la cuna, simplemente la religión cristiana, su dogma y sus valores, eran consustanciales a la vida misma, rodeándola, empapándola, embebiéndose, impregnándose en ella con sus costumbres y tradiciones. Todo esto suponía una gran tela de araña perfectamente integrada en el entorno cultural que el niño recibía constantemente sin que nadie se cuestionara absolutamente nada. «Cuantos años de inocencia perdí, qué lleno de culpa quedé. Yo creía, yo amaba a Cristo, a Dios, sí, creía ciegamente en su justicia y misericordia». No es que estuviera simplemente integrado en el día a día, es que el catolicismo marcaba la moral social, dictaba las normas bajo las cuales todos se subyugaban y por tanto era en sí mismo el guion que dictaba el devenir del comportamiento humano. Es nuestra cultura, nuestra tradición, la manera de vivir que debe ser transmitida a los hijos, simplemente porque es lo que hay, ni bueno, ni malo, como firmemente creían los padres de Grisha. «Mis padres, aún me duele recordarlos, ese es el único dolor que soy incapaz de eliminar de mi cuerpo, que soy incapaz de asimilar».

Y eso, como íbamos diciendo, es lo trágicamente increíble, el no dudar de lo que tenemos, el no alzar la vista más allá, el no intentar al menos plantearse, pararse a pensar en volar como un halcón. «Y desde aquí arriba se ve todo como un juego, como una niñería de pequeños que juegan a torturarse, a sodomizarse». Este inmenso y complejo entramado hizo que Grigoriy creyera firmemente en todo cuanto le habían enseñado «¿qué otro remedio tenía yo?», y es que sería imposible otra cosa, ya que a esas edades en las que estás construyendo tu personalidad, lo único que no puedes hacer es dudar de la estructura cultural que la sociedad te ofrece, ya que sobre esos cimientos es sobre los que todos construimos nuestro Yo; y hasta que ese Yo no esté totalmente edificado no tiene las herramientas necesarias para dudar sobre los planes y materiales que le vieron crecer y le dieron fuerzas para vivir. «¡Exacto, sí, has acertado, ese es el momento! ¡Me emociono al pensar que es accesible para todos, que es el gran fallo del sistema! Ahí se abre por unos segundos en cada uno de nosotros una pequeña grieta. En realidad muy pocas personas lo han conseguido, ya que es como si a un roble robusto le persuadiéramos a alcanzar la capacidad de coger y arrancar sus raíces una a una del suelo de donde un día surgió, y aún más, del suelo que actualmente le da soporte y nutrientes para existir. Sería una locura, bendita locura...Soy un loco. Yo arranqué esas raíces, yo me atreví y ahora bailo, vuelo, salto, respiro...».

Pero como íbamos diciendo, el niño Grisha se convirtió en un empedernido creyente. Rezaba cada noche, le pedía a Dios que le ayudara a remediar las enormes peleas que tenían sus padres (golpes, chichillos, muchos chillidos, gritos y llantos desgarrados, olor a fósforo, a cerilla quemada, llantos en una solitaria habitación a oscuras), y cuando iba a misa se confesaba, exponiéndole al sacerdote todos sus, para él en ese momento, pecados. Padre, soy pecador, avemariapurísima, he pecado, estoy manchado, que Dios me dé su gracia eterna. Era intensísima la fe que tenía en Dios. Cuando comulgaba, mantenía la ostia sagrada en su paladar y mientras se consumía entre su saliva, arrodillado y mirando a la bóveda de la iglesia, sentía estar cerca de Dios «dame tu poder, dame tu clemencia, ayúdame a no pecar, ayúdame a ser como Tú», rogándole que no se cometieran injusticias ni con él ni con sus más allegados, mientras experimentaba una sensación que no volvió a tener tras su lenta sanación, o como él la llamaba, su progresiva limpieza moral y ética de los preceptos cristianos y de la idea misma de Dios y de Verdad Absoluta.

Recuerdo en especial la sensación de sádica venganza cuando consideraba que alguien me hacía el mal: «Dios, sé que soy un pecador y que no merezco tu ayuda, pero me han maltratado, se han burlado de mí, sí, una persona ajena a ti me humilla reiteradamente, se cree más listo, más fuerte que nadie. No haré nada (no podía hacer nada), le perdono, juro que le perdono (qué remedio), y sé que serás justo conmigo, que irá al infierno (ofrécemelo descuartizado y en bandeja) ya que no merece tu gloria eterna. Allí se arrepentirá de lo que me ha hecho, sí, y no es que desee su mal, no, Dios mío, no, pero tendrá que pagar, sí, debe de pagar por sus actos. Sé que en tu misericordia lo puedes perdonar, y estás en tu derecho, y no haré aquí en esta vida nada en contra de él, ya bastante tiene con ser un pecador, esta vida es pasajera, sí, lo bueno viene después y él no lo disfrutará, tú lo juzgarás por el mal que me ha hecho». Cómo me relamía con mi afilada lengua, cómo goteaba mi saliva en la iglesia mientras pensaba que mi inacción provocaría la peor de las torturas a mi enemigo, el fuego eterno. Chorros de baba caían de todos lo que allí nos encontrábamos, con las rodillas mojadas mientras llenábamos nuestro corazón de un sádico bálsamo de venganza eterna. Fuego, dolor, torturas, justicia divina. Todos rezando, todos pidiendo la condena de los que nos hacían daño, todos suplicando vendetta, castigo, desquite. Proyectando nuestras mentes al juicio final, viendo las caras de los pecadores, viendo cómo nos mirarán, cómo verán mi salvación, yo que he sido fiel a Cristo, cómo se arrepentirán ya a destiempo, haber sido bueno, haber leído la Biblia, te lo avisamos, te lo dijimos y no hicisteis caso, haber sido misericordiosos conmigo; tú fuiste avaricioso, tú quisiste la gloria en la tierra, ahora no puedo hacer nada por ti.

De todas formas Grisha sabía que nunca iba a poder estar totalmente limpio y que de por vida, muy a su pesar, quedaría marcado por las cicatrices cristianas. Hondas, muy hondas, estas cicatrices marcarán el devenir de nuestro querido perturbado, que tendrá que saber llegar a amarlas, a ellas también, como parte consustancial de su existencia. Deberá amarlas y respetarlas fuera de la ira que en estos momentos le provocan, y que, como cualquier tipo de odio le vinculan a ellas provocándole continuos picores que, al rascar con saña, nunca dejarán de sangrar, haciendo de su sanación algo absurdo y quimérico. «¿Perturbado? ¿Yo?, ¡Sí, mucho!, y desde mi locura incluso comprendo a toda esa gente, incluso acepto lo que hicieron conmigo, incluso los perdono, pero no, no, no pongo la otra mejilla, ahora estoy sanado y el virus no me afecta. Y lo más curioso de todo es que fue el Páter, fue un gran precepto de la Iglesia el que me salvó de la muerte, pero no me adelantaré más a tu relato. Él me salvaría basándose en su amor a la vida, él me salvaría y se lo agradezco. Esperad, no os impacientéis, llegará el momento en el que sepáis porqué».

Grisha permaneció mirando al cura durante un tiempo mientras sus pensamientos fluían cada vez más deprisa «en el fondo me das pena, sí, me la das, eres detestable, eres una garrapata que necesita agarrarse a gente enferma, a gente con dolor, y una vez la agarras ya no la sueltas, inoculando en su ser la más absoluta sumisión a tu voluntad». No se podía creer cómo existían aún personas sometidas a la tiranía de Dios, no en sí al Dios todopoderoso, sino al sencillo concepto de Verdad, Razón o Perfección suprema, germen infecto de todas las religiones. «Metes tu pico en sus pieles y mientras chupas su sangre introduces tu veneno, no los curas, los haces enfermar aún más, los haces sentir culpables, culpables, muy culpables y los anestesias para que acepten el dolor en pos de una vida mejor». Agachó la mirada ante él, y llevándose la mano a la cabeza se mesó el pelo desde la coronilla hasta llegar a la frente. Un enorme asco le hizo alzar parte del labio derecho encogiendo la mejilla. Dos chiquillos corretearon alrededor del Pope intentando subirle su sotana. El aire comenzó a soplar. «Ahora, ya pasado todo, ahora que estoy libre, ya no me dan asco, ya no siento nada por ellos, están enfermos y habría que ayudarles, pero extraer el veneno de su sangre es prácticamente imposible, no tienen salvación». Levantó la vista, y sin pretender eliminar esa expresión de su faz, giró el cuello e intentó moverse, intentó huir hacia alguna dirección opuesta a la del cura.

El atardecer coloreaba de tonos pasteles el húmedo cielo que lentamente despedía a la claridad del sol, que como Grisha, iba entrando en la dulce y valiente oscuridad, en la sabia y maleducada penumbra, en el lúcido anochecer. Pensaba, como íbamos diciendo, cómo podía ser que desde la más absoluta infancia, desde el despertar de los tiempos, el ser humano hubiera construido estructuras mentales vitales sobre la base de una realidad alejada de lo terrenal. Cómo era posible que definitivamente todas las culturas fundaran su ética sobre la base de una profunda sumisión y un profundo desprecio al ser humano. Por qué el ser humano, en toda su infamia y debilidad, no fue nunca capaz de aceptarse tal y como es, buscando perfecciones divinas, conceptos universales, sublimaciones todas ellas contra natura que solo sirven para humillarse ante ellas «me piden que postre mi cabeza, que humille en pos de una vida mejor. Me piden que busque un ideal de perfección que no se me ha dado». «Es curioso», pensaba Grigoriy mientras su corazón se aceleraba cada vez más, «es curioso, muy curioso, cómo hemos sido capaces de crear conceptos universales, cómo hemos tenido valor de crear dioses perfectos, limpios y aseados, ideales inalcanzables, para que luego estas criaturas nuestras, ruines y maleducadas, hijos de nuestros temores e impotencias, sean capaces de oprimirnos, ahogarnos al hacernos sentir incapaces de poder alcanzarlos. Este sinsentido de ilusiones fabricadas, estas sombras platónicas devoradoras de matices, destruyen todo lo universal que intentan contener, alejan al hombre de la realidad y de la naturaleza. Todos quedamos sometidos ante ellos, todos nos rendimos y agachamos la cabeza generando además un sentimiento de culpa cuyo origen hemos creado nosotros mismos ».

Las sombras cubrían a su sombra, que volvía a aparecer con más fuerza tras la luz de las velas que el farolero iba encendiendo poco a poco a lo largo de toda la plaza. «Nos hacen querer ver una realidad única, uniforme y divina, una realidad que no existe fuera de nuestro ser. Esa realidad está dentro de cada uno de nosotros, y si no qué son estas visiones, qué es este mundo que yo he visto, es real, sí, tan real como este otro, y es que cada cual debe de interpretar SU realidad a partir de lo que perciben sus sentidos y de lo que interpreta su naturaleza según las experiencias vividas anteriormente».

Es curioso todo esto que cuentas, cómo lo vivía en ese momento. Ahora me provoca mucha curiosidad revivir esas sensaciones que experimentaba en la iglesia, incluso me gusta ir a alguna misa y curiosear. Es una experiencia, créeme, realmente increíble, ver desde fuera, con ojos de halcón, a toda aquella gente llevando a cabo ese ritual, que años atrás tomaba como algo mágico, algo totalmente prodigioso.

Capítulo 24:
La caída y la huida

Mientras, el cura seguía hablando, hablando, hablando.

-Hijo, qué calor tengo. ¡Dónde vas, vuelve aquí anda! La noche no está trayendo nada de frescor. Ahora debo cuidar de....

Grigoriy le vio de nuevo enfrente suyo, a pocos centímetros, oliendo su hedor, sotana negra, pelo negro, cejas negras y muy pobladas. Se dio cuenta que pese a su intento de huir no había ido a ninguna parte, seguía en frente del Pope, allí estaba, con su hábito cada vez más hinchado, bastante engordado, parecía un globo gigante, mientras un alargado pico que salía de su cara penetraba dentro del pecho de Grisha y succionaba un éter blanquecino. Ya no era solo la sombra, ahora veía cómo el cura se iba transformando en un ser demoníaco, cada vez más ensanchado, muy inflado, abotargado y brillante. De la viscosa sotana comenzaron a salir una especie de trémulas patitas que se movían eléctricamente, llenas de pequeños pelitos puntiagudos.

-Ten fe hijo, vuelve a Cristo, él te amparará en estos malos momentos, dentro de su credo se vive en paz, en armonía, en amor... Cuatro de sus ocho delgadas patas abrazaban a Grisha manteniéndole alzado unos centímetros del suelo, los ojos del Páter se movían de forma nerviosa, su boca, de donde salía el pico, babeaba con una expresión de profundo placer. La sotana crecía mientras palpitaba, parecía que se iba a romper como un globo cuando explota. Sentía frío, en vilo balanceándose con los pies colgando mientras las patas le estrujaban cada vez más.

-.... y ya verás cómo tras confesarte te quedas en paz, vuelves a sentir esa piedad tan necesaria, esa... La mirada de Grigoriy se convirtió en terror, se zafó de las cuatro patas y sujetando con fuerza el pico hundido en su pecho lo extrajo lentamente, mientras la sotana se comenzaba a rajar. Una vez zafado lo miró por última vez y comenzó a separarse paulatinamente, pero sin dejar de observarle. «No, no, no, no puede estar pasando» Estaba completamente mareado, cansado y fatigado. Era como si una gran losa se hubiera posado dentro de su ser, haciendo de cada acción que quería acometer un suplicio interminable. «Me había ido, sí, antes me había alejado de él» Las piernas le pesaban y la figura del cura se le hizo cada vez más borrosa e indefinida.

Intentó girarse y mientras lo hacía una última mirada al Pope le hizo ver una cara muy extrañada que, casi pálida, se abalanzaba hacia él intentando cogerle del brazo. Movió lentamente la cintura girando de forma muy pastosa y lenta los brazos en un intento de darse la vuelta de forma definitiva. Parecía que el aire se había convertido en agua y que Grisha en vez de en tierra firme se hallaba buceando en el mar. Las piernas no terminaban de girar aunque la cadera ya hacía que la cabeza mirara en dirección contraria al

Páter. Un último esfuerzo consiguió mover los pies del suelo, que lentamente iniciaron la marcha

Comenzó a alejarse caminando hacia atrás. La iglesia, situada a las espaldas del cura y enfrente suya se iba separando con una gran velocidad, mientras que el sacerdote lo hacía muy muy lentamente. Era como si una cinta estuviera uniendo a ambos, dejando retroceder a Grisha con respecto al entorno pero no con respecto al clérigo, que inmóvil le seguía sermoneando.

Grigoriy hizo un esfuerzo terrible por seguir andando y mientras apretaba los dientes y cerraba los ojos se giró un poco hacia atrás y levantó los brazos, colocando ambas manos abiertas entre él y su ahora enemigo, en un vano intento por deshacerse de esa maligna fuerza que mantenía a ambos unidos. Y como si de una masa mucosa y pegajosa estuviera el aire compuesto, sus pasos eran repelidos, y su avance se convertía en una lenta y pastosa evolución.

Pesadez, viscosidad, aire de gelatina. Recorrió unos metros apartando a la gente que se encontraba a su paso y cayó al suelo. Se quedó mirando a toda la multitud que asustada intentaba reanimarle, cosa que le extrañó mucho porque no estaba ni mucho menos desmayado, estaba consciente, muy consciente de todo lo que sucedía. Todo pasaba de forma muy lenta, y esa lentitud le permitió ver el rostro descompuesto de una anciana que se abalanzaba gritando hacia él, apartando al cura y a la gente. Tenía los ojos ensangrentados, dientes amarillentos y afilados. Entre todos retiraron a la anciana que decía llamarse Rosalbina, mientras se escuchaban alaridos, gritos inhumanos de esa señora que solo quería abrazar a Grisha, estar siempre con él.

En el suelo, tumbado bocarriba, multitud de caras le miraban, multitud de gestos y aspavientos, idas y venidas. Escuchó el sonido de una ambulancia, vio cómo de entre la masa se acercaban a él un par de ángeles, un par de personas vestidas de blanco que portaban sendos maletines. En ese momento, en ese trance en el que le estaban tocando el cuello y le golpeaban el pecho, todo lo que era viscosidad y pesadez se convirtió en fluidez y presteza. En ese instante Grigoriy se incorporó, retiró cables y manos, consiguió reponerse y salir disparado en dirección opuesta, apartando de forma vertiginosa de su paso a cuantas personas se cruzaban. Y mientras corría escuchaba el sonido de la sirena y a sus oídos llegaban las conversaciones de lo que parecía fueran dos muchachos hablándole, pidiéndole que les respondiera a algo, golpeándole el pecho mientras sentía pinchazos en el brazo.

Recorrió presurosamente todo el mercado, apartando animales, puestos de fruta y todo tipo de hombres y mujeres ataviados con cestas, carretillas y otros enseres, algunos de los cuales volaban al paso de nuestro pusilánime amigo. Sintió varios golpes en el pecho, era como si estuviera recibiendo grandes descargas eléctricas. Todo pasaba cerca de él muy rápido menos cuando empujaba a alguien, ya que en ese instante los objetos que esa persona llevara encima se mantenían en el aire por unos segundos en los que Grisha los miraba, para luego continuar todo con la misma celeridad. Mientras corría hacia ninguna parte su cuerpo se iba acelerando, sus músculos se tensaban más y más y su corazón, que latía cada vez más apresuradamente, exigía a sus pulmones inspirar más deprisa grandes cantidades de aire mezclado con polvo. Entre medias de la carrera sus ojos se llenaban con extraños flashes viéndose tumbado en una camilla, rodeado de personas vestidas de blanco que le gritaban y le agitaban la cabeza. Veía a sus padres hablarle, implorarle que reaccionara, suplicarle que les respondiera. Veía enormes seres peludos y pequeños vejetes con largas barbas. Pero él ya no quería saber nada de nadie y solo le importaba correr y no parar de correr bajo ningún concepto.

En ese momento Grigoriy no lo sabía, bueno, digamos que sí que lo vivía, pero era un sentimiento no racionalizado, no sabía que esa carrera significaba mucho más que una huida de la compañía de un cura, y que esa galopada simbolizaba su escape, su evasión hacia su propio interior, hacia su Yo más profundo. «Correcto, fue el inicio del recorrido que me llevó a donde estoy ahora, a esta habitación, a esta sabrosa apatía. Corría y estaba en dos sitios al mismo tiempo, estaban intentando curarme mientras yo intentaba desgarrarme, despedazarme, mutilar mi percepción sensorial para dejar por fin de sentir, y comenzar a sentir...». No podía soportar más las lecciones morales que todos le marcaban. No podía vivir por más tiempo en un mundo exterior, en un mundo cuyas reglas las marcaban los demás, «sí, y cuyos tiempos no eran míos», siendo él tan solo un títere cuyos movimientos estaban siempre predefinidos y transcurrían en un escenario establecido de antemano. Recordaba en esos instantes el sueño que había tenido unos días antes, cuando su instinto le llamó al orden y exigiéndole una mayor atención, le imploró un baile eterno, un baile con el hombre-armadillo, su feo y detestable verdadero yo.

¿Bailamos?

CUARTA PARTE
LA TRANSFORMACIÓN

Capítulo 25:
La gran carrera a ninguna parte

«Y ahora, narrador omnipotente, ya no te molesto más, esto que vas a contar me llena de orgullo, hace florecer en mí el recuerdo de mi segunda niñez, de mi lucha hacia la libertad, de mi lucha hacia la libertad. Por eso no te interrumpiré más, no, no lo haré, y serás libre de contar aquello que me pasó, cruzada mágica hacia mi dulce y deseada miseria».

Pues como iba describiendo entonces, esa carrera hacia ninguna parte en la que corría sin mirar atrás, doblando esquinas de forma vertiginosa, cruzando calles y esquivando carruajes, oliendo éter y escuchando pitidos, saltando por encima de barriles y mesas, sintiendo como algo me ayudaba a respirar, tirando a pobres viejos y empujando a todo el que se le cruzaba; esa carrera hacia un mundo mejor, que buscaba el aislamiento pleno, el sosiego alejado de presiones sociales, la más absoluta libertad individual, «mientras me resbalaba en cada esquina»; esa carrera hacia el precipicio más elevado, cuyo fin se alejaba cuanto más camino recorría, cuya meta implicaba destruir todo lo que otros habían construido dentro de él, cuyo éxito radicaba en el fracaso de todos sus principios morales; esa carrera, como íbamos diciendo, le llevó lejos de la ciudad, y conforme más se alejaba de ella, más rápidamente se movían sus piernas, dejando detrás de él un rastro luminoso, un halo de color anaranjado producto de la muerte e incineración de todas las plantas sobre las que Grigoriy iba pasando. Avanzó hacia no sabía dónde, y mientras sus piernas comenzaban a regir su camino, su corazón poco a poco iba gobernando su destino.

Y ya en el campo, a las afueras de Kaluga, de una cuidad abarrotada de espectros, allí Grisha siguió corriendo, con ojos de fuego y piernas de hierro. Su marcha no se interrumpía y el halo de muerte que dejaba a su paso tras cada pisada se ensanchaba cada vez más, provocando un enorme ruido y una gran llamarada que hicieron huir en estampida a los animales que poblaban la húmeda y fría foresta, bestias que ya no podían caminar por esa zona porque el firme quemaba tras el paso de Grigoriy. Y llegado un punto, mientras seguía con su carrera, sus ojos se inundaron de lágrimas cuyas gotas se iban posando en el surco que sus pies iban provocando, y como si de un abono instantáneo se tratara, esas lágrimas hicieron florecer hermosas flores donde antes había maleza. Sus pies arrasaban con la maraña de malas hierbas, dejando paso después a la acción de unas lágrimas etéreas, que sin la destrucción previa no hubieran podido ejercer su acción vivificadora. Unas lágrimas que dejaron por donde nuestro miedoso amigo pasaba un bello camino de flores de mil colores, de pétalos abiertos y hojas llenas de rocío.

Y sin darse Grigoriy cuenta, de sus veloces pies salieron alas, haciendo que poco a poco dejara de pisar el suelo, despegándose del firme mientras no dejaba de articular sus extremidades, que rápidas como el rayo, lo elevaban lejos de una tierra contaminada por cientos de religiones, mil éticas, millones de ortodoxias y ninguna persona sana. Al darse cuenta de que estaba volando, Grisha sintió miedo cuando vio bajo sus pies las copas de enormes abedules, que agrupados, formaban un inmenso bosque que se extendía millones de verstas a la redonda. Iba utilizando cada una de esas copas como soporte donde apoyar sus pies en cada impulso que iba dando, pero como íbamos diciendo, al ser consciente de lo que estaba haciendo, el temor le hizo parar, y se detuvo en el abedul más alto de todos. Se agarró con fuerza al tronco que ya para esa época estaba casi sin verde, pero allí donde Grisha ponía las manos, inmensas ramas surgían dando lugar a enormes hojas de un brillante y fresco verdor. Tenía ahí arriba la sensación de estar dentro de un sueño, de uno de esos sueños en los que sabes que estas durmiendo pero que puedes tomar el control de él.

Abrió la boca todo lo que pudo e intentó gritar buscando auxilio. No pudo. El aire salía de su garganta, pero ningún tipo de sonido era emitido, nada podía escuchar por mucho que se esforzara, hasta el punto de sentir un agudo dolor en su faringe, que se agarró extrañado. Miró a su alrededor. Todo era verde caduco y las primeras nieves comenzaban a tomar el lugar que antes ocupaba la tierra, formando lo que sería un inmenso manto blanco que duraría hasta la siguiente primavera. Podía ver, no muy lejos, el camino que había antes recorrido, formado por flores que como una alfombra multicolor marcaban la ruta de regreso a casa. Pero él no quería volver. Él quería bailar.

Se echó las manos a la garganta, intentó de nuevo gritar sin éxito y apesadumbrado echó los brazos hacia abajo volcando su mirada hacia ambas manos, que abiertas a la altura de la cintura, describían la enorme impotencia que Grisha experimentaba, sintiendo a su vez una enorme potencia interior, una gran fuerza interna que le llenaba de satisfacción, que le hacía rebosar sus ganas de vivir. Estando mirando sus manos, de repente dos acontecimientos comenzaron en el mismo instante. Grigoriy sentía que sus ojos le dejaban de funcionar, perdiendo el sentido de la vista por momentos. «Qué es eso que veo delante mía que me tapa la visión. Qué es esa especie de malla, de velo que tengo ante mí». Sus manos se iban desenfocando poco a poco, convirtiéndose en enormes masas informes, mientras que iba observando y sintiendo en su pecho un espectacular dolor producido por un intenso empuje que llegaba desde su interior. «Por mucho que parpadeo o que me froto los ojos esta dichosa trama no me abandona, mire hacia donde mire. Es extraño, parece como si siempre la hubiera tenido delante y solo ahora me molestara».

Conforme iba perdiendo la vista, iba percibiendo cómo una masa de un rojo intensísimo surgía de su pecho, llena de sangre y materia viscosa, que poco a poco, con un potente empuje, nacía hacia el exterior. Crujir de huesos, chorrear de sangre. «No consigo distinguir nada, todo me parece igual, plano, sin sustancia, como si a los objetos que tengo enfrente les faltara algo, sí, algo parece que les falta». Seguía allí arriba, balanceándose peligrosamente en la punta del abedul mientras se manoseaba la cara. Comenzó a ver una especie de malla bidimensional justo entre sus ojos y la naturaleza, una especie de capa de abstracción simbólica compuesta de celdas que iban etiquetando todo lo que percibía. Ese velo compuesto por una red de símbolos previamente creados iba interpretando a su manera la realidad. «No es posible ver solo lo que veo, ver sin apreciar, ver sin aprehender, creo que nunca he visto nada. Sí, veo ese árbol, sí, allí pone árbol, y veo que si me paro a pensar y me fijo en el recuadro sobre el árbol me dice que es un abedul, he incluso sé que es grisáceo, sí, eso también está ahí delante, dentro de la malla. Además si me vuelvo a fijar, lo que antes era una única celda de la malla se puede segregar en varias partes, en celdas dependientes de la primera, donde veo las hojas, la madera del abedul, las imperfecciones de su tronco, el agujero que hay en la parte central. Increíble, e incluso esa rama se puede descomponer, sí, puedo saber más de esa rama, pero no la aprehendo, no es mía, solo es una etiqueta dentro de la informe red simbólica. ¿De qué me ha servido todo este tiempo ver sin tener, de qué me sirve conocer sin poseer, de qué sirve esta red infernal que me abastece de un cómodo conocimiento? Solo me deja ver, pero no sé con seguridad si esas cosas existen, no lo sé, no, no, juro que no lo sé».

Entonces Grisha se comenzó a enfadar, un enfado pleno, lleno de ira, que le hizo concentrarse y respirar profundamente. «Sé que están ahí, sí, lo sé, pero eso de qué me sirve. No sé si yo existo para ellas, pero lo que es seguro es que ellas no han existido para mí, solo las he categorizado, pero no las he agarrado, no les he dado una existencia». Desde esa cólera desgarrada, desde ese arrebato de pasión por comprender, desde esos ojos que del pecho le iban saliendo, comenzó a derribar esa malla, malla que empezó a desquebrajarse, a sufrir un proceso de amalgama entre todas las celdas, que se comenzaron a unir unas a las otras. Así, los detalles de una gran roca que tenía delante, sus poros y su verdina desaparecieron, quedando solo la roca, que comenzó a unirse con el suelo, y éste con los árboles y plantas, que dejaron de existir, dejaron de pertenecer a una única celda, que se iba uniendo formando celdas cada vez más grandes, y estas a su vez se unían entre ellas. Llegó un momento en que todo el bosque fue una única unidad, separada del azul del cielo, que finalmente se juntaron, formando un inmenso cuadrado incoloro, que hacía que la vista de Grisha se tornara nebulosa.

Y cuando ya apenas distinguía nada, comenzó a ver mejor que nunca.

No tenía ojos en la cara, eran huecas oquedades y su pecho descarnado estaba abierto, ensangrentado, de él había salido su pequeño y sanguinolento corazón, lleno de venas, lleno de palpitaciones. Las costillas se habían roto y las astillas sobresalían alrededor del corazón. El enorme cuadrado plano, fruto de la unión de todas las celdas que definían a cada objeto, se destruyó en mil pedazos, en millones de trozos que subieron hacia el infinito, proyectando desde la tierra hacia el espacio un enorme reguero de símbolos, mitos, conceptos, palabras, dibujos, formas lingüísticas, que como si de unos fuegos artificiales se trataran explotaron formando una gran seta que se disolvió allá arriba. Comenzó a ver las cosas de otra forma, comenzó a maravillarse por todo lo que le rodeaba, por todo lo que le hacía sentir, por todo lo que le hacía vivir. Vio árboles milenarios, llenos de vida, cuyas profundas raíces sostenían el polvo que antes había pertenecido a tantos y tantos hombres. Vio a esos hombres, antiguos habitantes de esas tierras, espectros mecánicos sin ojos para mirar a su alrededor que ahora formaban parte de los troncos de cada árbol.

Si un espectador ajeno hubiera visto a Grigoriy en ese momento, hubiera observado a un chico con una sonrisa eterna, con unos pómulos relajados y unas cavidades oculares huecas, sin ojos en su interior, de las cuales surgían lágrimas de sangre, lágrimas de enorme alegría por sentir de verdad la libertad, por dejar de estar atado a cadenas, por dejar de caminar sobre raíles. Y si ese mismo espectador hubiera mirado más abajo, hubiera visto que su pecho estaba abierto, y que de él había brotado su corazón, que lleno de venas inflamadas latía a un ritmo muy sosegado. Un corazón que a cada lado poseía dos enormes ojos, sin párpados ni pestañas, que enganchados a él mediante venas, se movían de forma eléctrica, como si del movimiento del cuello de un canario se tratara, de un lado para otro, mirando, viendo, aprehendiendo, agarrando la realidad a la carne.

¿Bailamos?

Capítulo 26:
Y el niño-sabio comienza de nuevo a ver

Hasta ese momento Grisha no conseguía entender el mundo. No, no entendía absolutamente nada. Solo lo veía a través de la interpretación sesgada que le daba el sentido de la vista, que momentos después de percibir el espacio a su alrededor generaba una serie de percepciones brutalmente atacadas por la razón, que como gran inquisidora medieval «¡mala, pérfida!», examinaba cada uno de los matices que intentaban penetrar en el alma de nuestro amigo, pasándolos por un filtro muy fino y poderoso. Este filtro los recogía y los fundía para crear, con esos finos elementos, gruesos conceptos en moldes prefabricados dando lugar a formas ya conocidas. Si nos hubiéramos metido momentos antes en el interior de Grigoriy, hubiéramos visto que tras sus antiguos ojos existía una gran filtro cónico que recogía todos los datos que le llegaban del exterior, encontrándose tras él una enorme olla donde toda esa información de allá fuera era mezclada de forma grosera y luego fundida y vertida en moldes con formas reconocibles por la razón, de manera que todos esos datos puros y limpios eran adaptados a lo previsible, a la moral existente «al aburrimiento más supino». No cabía nunca sorpresa alguna, ya que ningún tipo de matiz en estado puro llegaba al interior de su cuerpo, que acomodado, recibía sin pena ni gloria esa "desinformación" precocinada en moldes ya diseñados. Nunca había, hasta ahora, experimentado nuestro Grisha la sensación animal de asimilar el mundo de forma cruda, sangrienta, sin ningún tipo de cocción previa. Nunca se había enfrentado a los datos en bruto, crudos, rebeldes y severamente groseros.

Hasta ahora.

Con la destrucción y posterior surgimiento de sus verdaderos ojos, esos germinados del corazón, Grisha estaba experimentando el renacimiento de sus sentidos. Estaba volviendo a ver el mundo como no lo había visto desde que, siendo un bebé, sus sentidos asimilaban la información de manera pura, de forma libre, sin formas predefinidas, hasta que poco a poco el gran sesgo de la razón comenzó a desvirtuar esa realidad eliminando todo lo que el pequeño ponía en ella, para deformarla hasta conseguir una única e imparcial visión general del mundo, genérica para todos y buena para nadie. Pero como todo en la vida, esta involución que ahora en el bosque estaba sufriendo fue gradual, y paso a paso su naturaleza interior y la exterior se iban abrazando, abrazando con una gran tensión.

De esta forma, Grisha pudo vivir en sus carnes cómo el entorno que le rodeaba iba evolucionando dentro de sí, desde una visión muy idealista y realista hasta una percepción totalmente personal y surrealista, desde una mirada esquematizada y abstraída, hasta llegar a ver de forma orgánica y total, de forma desconceptualizada y onírica cada matiz, cada elemento, cada fenómeno del mundo, mundo cruel, mundo virginal, mundo por el cual si vale la pena vivir. Cada minuto que pasaba en esta involución iba cobrando más importancia la interpretación subjetiva que Grisha iba asimilando «veo, veo, puedo ver, es increíble todo esto, es indescriptible, es imposible usar palabras que solo conseguirían denostar lo que siento. Existo en un mundo que ahora sí existe para mí».

Comenzaron sus dos ojos, sus dos luceros ahora, a ver lo imperecedero que había en cada árbol que le rodeaba, lo que había de fugaz en sus ramas y en la nieve que le comenzaba a cubrir. Vieron, ahí enganchados al corazón chorreante de sangre y rodeado de las costillas astilladas, vieron también cómo el pequeño arroyo que pasaba a pocos metros no era sino una gran sucesión de elementos dispuestos en un continuo fluir del tiempo. El tiempo, sí, el tiempo debía de formar parte de la comunicación mucho más de lo que hasta ahora lo había hecho. El arroyo era tiempo. Grisha se estaba dejando llevar por un paroxismo de riqueza y de sofisticación que lo llevó a contemplar cada una de las gotas del citado arroyo, cada minúscula partícula o animal que el agua llevaba dentro de sí, pero sin hacer en su mente una composición fija, sino que como si de una película se tratara, iba viendo la evolución de cada elemento en un continuo fluir hacia delante «eso es existir, existir es fluir en el tiempo». Vibraban esos ojos con locura, enganchados al corazón por finos nervios que intentaban sostenerlos para no dejarlos caer.

Palpitaban a lo loco, se movían espasmódicamente mientras rociaban de sangre todo a su alrededor.

Pero se dio cuenta Grisha que esta manera de percibir las cosas era una locura, que su cabeza no podía asimilar tanta información, pero también sabía que agruparlo todo en elementos estables, atemporales y fijos le llevaría hacia un camino inverso al que estaba recorriendo, hacia una visión del mundo que no le servía para nada. De esta manera sus dos luceros, sangrientos y trémulos, comenzaron a emitir más luz si cabe, pretendiendo ver más allá, probando prestar más atención a la parte espiritual y romántica de la realidad, ver sus formas irracionales, intentando romper los moldes que antes hablábamos de la razón, aportando a esta realidad formas oníricas, evocaciones ensoñadoras. Las formas comenzaron a descomponerse y la luz penetraba en todas ellas, formando figuras borrosas que se mezclaban componiendo un todo bajo la impresión de una luz que pincelaba toda esta estructura. Poco a poco Grisha comenzaba a alejar la belleza de la naturaleza de cualquier componente moral. Y de esta forma, a través de la destrucción de símbolos predefinidos, fue construyendo su realidad, su propia visión de las cosas que se dirigía hacia los sentidos, no al intelecto. «Pero no sé, veo pero no veo, ilumino cada vez más, de mis ojos salen destellos potentes, pero quiero más».

«Sí, quiero más».

Para ello tuvo que cambiar la forma por la que sus nuevos ojos percibían. Se dio cuenta Grisha que a la realidad no había que iluminarla de una forma especial, que no hacía falta esforzarse para que sus luceros brillaran cada vez más, y en contraposición a esto, sus nuevos ojos comenzaron a absorber luz, convirtiéndose en dos enormes agujeros negros que con un gran entusiasmo armónico iban mezclando en su interior la realidad con sus sentimientos, dando lugar a su verdadero plano existencial, más intuitivo, personal e íntimo. Se iba consiguiendo una visión expresionista del mundo donde predominaba la visión interior de Grisha frente a la plasmación de la realidad.

Y a partir de este punto, Grigoriy, con el pecho erguido y lleno de aire, con las costillas rotas y el corazón fuera tambaleante que agarraba a duras penas esos dos ojos, con la ropa ensangrentada y el ánimo tambaleante, Grigoriy empezó a hacer su propia mezcla de la realidad, su propio cóctel artístico, en el que en su interior daban cabida cualquier tipo de formas, cualquier tipo de mezclas y cualquier tipo de resultados, independientemente de valores morales previos. Se daba cuenta de todo lo que antes se había perdido y como druida universal pudo llevar a cabo infinidad de deformaciones, mezclas y brebajes, cambiando a su antojo la realidad, que ahora sí, estaba dentro de su ser. «Increíble». Ahora la existencia estaba a su servicio y no él al servicio del ideal de esta antigua representación estática de la vida. Y de esta forma su yo interior cobró todo el protagonismo, reivindicando además lo que la vida tiene de azar, de evolución temporal o de absurdo, alejándose poco a poco de toda lógica o razón. «Absurdo, eso es existir, esa es la verdadera existencia».

Y viendo el mundo de esta manera, con sus luceros negros como el hollín absorbiendo cada vez más luz, su pecho se fue iluminando, creando dentro de él nuevas realidades, nuevos mundos, nuevas felicidades antes inciertas. Viendo el mundo de esta manera, se dio cuenta del enorme sin sentido que la vida posee.

Desde allí arriba en lo alto del olmo, con las costillas rotas, el pecho abierto y el corazón al aire mostrando dos trémulos ojos, muerto de frío pero lleno de esperanza, pudo contemplar a lo lejos la cuidad que había abandonado, ruidosa y llena de estrés, que rápidamente comparó con el entorno que le rodeaba, limpio, puro, sin normas esclavizantes, sin conductas preprogramadas, sin agobios abstractos surgidos de costumbres añejas que intentan que seas feliz siendo uno más de la manada, y que te enseñan a no mirar dentro de ti.

¿Miramos? ¿Bailamos? ¡Vamos!

Capítulo 27:
Y el niño-sabio comienza de nuevo a hablar

Bosque nevado. Olmos majestuosos. Radiante anochecer. Y un joven en lo alto de la copa del árbol más elevado de todos.

Ya mucho más sereno y plácido, Grisha intentó de nuevo hablar. Necesitaba, ahora que veía el mundo desde otra perspectiva expresar lo que sentía, gritar a lo largo y ancho de este pequeño trozo de universo qué era la no-realidad, qué era la vida, qué era existir, y en qué nos estábamos equivocando. «¿Os equivocáis? No, creéis que no». Sintió una gran necesidad de ser un mesías, un enviado, un mensajero de un nuevo paradigma para una nueva era. Sentía que debía de ayudar a aquellos que aún miraban por sus viejos ojos y que utilizaban la razón comunitaria como herramienta para vivir.

Sus nuevos luceros seguían observando nerviosos a su alrededor, inquietos, ajetreados, moviéndose compulsivamente, llenos de pequeños capilares ensangrentados, con el ansia propia de un niño que llega a un cuarto lleno de juguetes nuevos, mientras transmitían a Grisha una gran serenidad ya que interpretaban el mundo de otra forma más placentera. Ahí estaban, sujetos al corazón como botones descosidos tambaleantes a punto de desprenderse de su abrigo, corazón que seguía chorreando sangre proveniente del gran boquete que se había producido en el pecho de Grigoriy. Veían un escenario no invasivo, no agresivo, un escenario donde poder bailar la danza que marcaban sus propios sentimientos, donde compartir con los demás sus sensaciones, donde recibir de los demás su amor sin complejos, sin ningún tipo de temor. Un baile sin ritmo, un baile sin pasos predeterminados, pero un baile que siempre iría al compás del ritmo de su corazón.

Se zambulló en un inmenso salón de baile renacentista con una enorme lámpara de araña colgada del techo que giraba lentamente, emitiendo ligeros destellos al ritmo implacable de unos tambores duros y secos cuyo sonido hacía vibrar unas paredes engalanadas de oro y un suelo enmoquetado de rojo. Grandes ventanas, cortinas rojas. Intentó gritar de nuevo, gritar como nunca hasta ese momento lo había hecho, pero siguió sin emitir ningún sonido, y en su lugar, como si de un collar de perlas al romperse se tratara, comenzaron a caérsele todos sus dientes, mientras su garganta se cerraba y una gran sensación de ahogo invadía su pecho. Al mismo tiempo que sus dientes caían, la gran lámpara de araña se comenzó a descomponer, cayendo al suelo pequeños trozos de cristal que se iban confundiendo con los dientes que seguían emanando de su ahora minúscula boca. La sensación de ahogo continuó acrecentándose, mientras los tambores sonaban cada vez más fuerte, escuchándose no tanto por el oído sino por el temblor que en todo su cuerpo le provocaban y por el brusco movimiento de los muebles de todo el salón, que majestuoso abría su techo de par en par al cielo estrellado.

En un intento de seguir respirando, sus manos pretendieron que el pequeño agujero que ahora era su antigua boca no se llegara a cerrar entero, pero a estas alturas ya era demasiado tarde. Grisha dejó de respirar cayendo lentamente al suelo desde el elevado abedul, mientras la lámpara de araña continuaba con su lluvia de vidrio desgarrando la piel que iba alcanzando. Ya no tenía ojos en la cara, ahora tampoco boca, en su lugar había piel, ni siquiera labios. Se desplomó nuestro Grisha, con la cara entumecida, con las cuencas oculares vacías y sangrantes, mientras sus nuevos ojos se revolvían ahí abajo en el pecho, enganchados aún al corazón, llenos de venas rojizas que iban soltando sangre al provocar su gran vibración enormes latigazos que las desgarraban por completo. Y agarrado a otra rama pensó que iba a morir, que algún tipo de rara enfermedad le había provocado una enorme hinchazón en la garganta que no le dejaba respirar. Entonces recordó a sus padres, recordó a todos sus amigos, evocó en su espíritu a toda la gente que aún debía de conocer lo que él estaba experimentando. Sintió una cálida necesidad de ayudar a los demás, de ser el guía, heraldo que les llevaría a una vida mejor, de ser la nueva cálida corriente que arrastraría a la gente hacia la sinrazón, a esa dulce y tranquila sinrazón liberadora y reconfortante. Su corazón dejó de latir, sus nuevos ojos se metieron hacia dentro de la carne ahora pestilente, y todo alrededor se convirtió en oscuridad. Veía de forma vaga cómo era su vida anterior: sus inquietudes, sus temores, sus miedos, sus ideales, su ansiedad, su no-vida.

Y de repente sintió algo en el estómago, debajo del chorreante corazón que aún seguía ahí fuera, ahora con los ojos escondidos por el dolor sintió una gran energía que le hacía comprender que él no debía de ser mesías de nadie, que se estaba equivocando, que nadie debía de enseñar nada, que ese era precisamente el origen de todos los males. Nadie tiene derecho a explicar la realidad a nadie, porque ese otro tiene el derecho a vivir SU realidad, su propia y única visión de las cosas, su auténtica existencia. Grisha no estaba aquí para enseñar, ni adoctrinar, ni ilustrar a nadie, y muy al contrario debería de lanzar un gran mensaje de confusión y caos. De caos y de desinformación. De desinformación y descontrol. De descontrol y loco amor. De no-realidad.

Y cuando sintió esa gran necesidad nihilista de no enseñar nada a nadie, de no hacer de aquellos a los que predicas simples ovejas de un mísero rebaño, entonces sus tripas se revolvieron, y de su interior unos enormes dientes comenzaron a desgarrar la piel de la panza desde el ombligo hacia fuera. Su columna se encorvó, formando un gran arco con respecto al suelo, su corazón rígido, del que volvieron a salir sus dos luceros, y del interior de su tripa un gran grito estalló hacia el exterior.

Grito.

***

La enorme boca que ahora se había formado en su tripa gritó y gritó, reventando todo lo que había a su alrededor, donde árboles y animales salieron despedidos, y tras cinco minutos de continuo gruñido gutural, cárnico, comenzó a decir:

-Dios mío, ¡por qué te hemos creado!

-Naturaleza, ¡en qué momento decidimos rechazarte!, alejarnos de ti fue el mayor de nuestros errores. Acógenos de nuevo, danos el valor de ser nosotros mismos

-Ahora que veo con ojos ensangrentados, ahora que la visión que llega a estos ojos no pasa por el filtro de la razón, sino que arterias doradas conectan mis globos oculares directamente al corazón, ahora es cuando percibo del no-mundo, la no-verdad. Es ahora cuando altivo y humilde contemplo la estupidez que hemos construido entre todos.

-Ahora veo de forma clara que vivir es "aceptación de la naturaleza humana", y que el hombre, con sus ideales, con su neurosis colectiva representada por los conceptos abstractos, está matando la vida. Vivir es aceptar, el ideal mata la existencia.

-Vivir es aceptar tu naturaleza y la naturaleza que te rodea, que al fin y al cabo es una misma cosa. Vivir es ser un "todo" que fluye en el tiempo. Y aceptar ese tiempo, y hacer del tiempo un atributo más de las cosas, que no son estáticas, que no son iguales. Y es rechazar las palabras, porque ellas rechazan a ese tiempo.

-Ahora río, me carcajeo con risa nerviosa que no me deja ni respirar al contemplar cómo los ideales, esas vacuas palabras áridas y dañinas como Verdad, Realidad, Perfección, y su hijo predilecto, Dios, cómo esos conceptos universales son la no-aceptación de la naturaleza-realidad, y nos proponen en su lugar un mundo estéril e inmóvil.

-Ahora lloro, gimo de dolor al vislumbrar de forma tan lúcida que al no aceptar el hombre la realidad cambiante y dibujar en su lugar una realidad perfecta y cuadriculada, inserta como si de una foto se tratara en un marco dorado, ese hombre no está aceptando la vida misma.

-Y veo lo que antes no podía ver, y huelo lo que ante no olía, y siento lo que antes no sentía; porque estaba metido de lleno, porque estaba enfangado y ahogado. Veo cómo con toda esa estructura mental neurótica, el hombre, sobre los pilares de los ideales, ha construido todo un entramado de vacuos conceptos duales, ha creado "los contrarios", toda una gran cantidad de palabras que no te dejan escoger zonas intermedias y que te lanzan siempre a estar con uno de sus polos opuestos. Me doy cuenta que se pierde con ello el matiz, la zona caliente, la zona intermedia donde se desarrolla de verdad la vida. El hombre se desperdicia en vanas discusiones usando palabras que nada significan y dejando de lado millones de matices, millones de tonalidades que no pueden ser escogidas, simplemente porque nuestro lenguaje y estructura comunicacional no nos lo permiten. Escoge o muere.

-Y veo también como además de ser el lenguaje una herramienta dual con conceptos enfrentados, es además, y para más inri, una herramienta no temporal con la que no puedes expresar más que en un momento dado lo que sientes, sin tener en cuenta el pasado de dicho sentimiento, es decir, somos incapaces de expresar por qué estamos diciendo un pensamiento. Estos dos hechos conjuntos, la pérdida de matices y la pérdida del pasado, hacen que nuestra comunicación nos lleve a continuos enfrentamientos al no poder penetrar con ella el alma humana

En este punto Grisha comenzó a sangrar de forma obscena por la comisura de la nueva boca que le salía de su tripa, expulsando a la vez que hablaba trozos de carne que eran lanzados al aire con gran virulencia.

-Somos esclavos de las palabras, palabras, palabras, que nada significan, que nada nos dicen. Palabras, palabras, abrazos, abrazos.

Mientras su nueva boca, con su garganta inserta en lo más hondo de su estómago, gritaba a los cuatro vientos todas estas no-verdades, estas sentencias en contra de la "Verdad", Grisha se lanzó hacia el suelo posándose sobre el mismo de forma impetuosa, haciendo retumbar la tierra a su alrededor y formando un gran surco hundido de unos tres metros de radio.

Cayó apoyando el pie izquierdo y la rodilla derecha, levantando posteriormente su torso para que desde su pecho, esos nuevos ojos, luceros de un nuevo mundo, pudieran apreciar todo lo que a su alrededor no-existía, es decir, existía dentro del tiempo, fluía y cambiaba, sin fijarse a ningún concepto intemporal.

Capítulo 28:
Y el niño sabio da sus primeros pasos

Se incorporó Grisha y comenzó a caminar por el mismo sendero de flores que antes había creado, cuyas matas iban creciendo y se abrían para dejarle paso haciendo al mismo tiempo un movimiento que recordaba a una genuflexión, lanzándole pétalos que iban dibujando un escenario multicolor, que junto al dorado polen, cruzado por los rayos del sol, formaban un conjunto digno de un cuadro de Monet.

Anduvo unos pasos y en seguida se dio Grigoriy cuenta que algo anómalo ocurría. Había perdido las alas de sus pies. Le costaba cada vez más avanzar y además no podía fácilmente cambiar de dirección. Era como si alguna fuerza oculta le llevara por un camino pero que al mismo tiempo le impidiera avanzar sobre él. No podía retroceder y de ninguna manera podía cambiar el sentido de su marcha. Paró. Se detuvo y pudo observar qué le sucedía.

Ahora, con los nuevos ojos insertos en el corazón podía ver más allá. Ese mismo sentimiento de ir sobre raíles, de avanzar hacia un futuro predeterminado, ya lo había sentido antes. También había vivido la sensación de que, aun estando ese futuro muy planificado, muy marcado de antemano, le costaba horrores vivir cada día, avanzar en su vida diaria, ya que el asco y el hastío se lo hacían insoportable. Antes, metido de lleno en el lodazal, inserto dentro de la gran cajonera que formaba la sociedad, no podía observar con vista de halcón, no podía ver desde arriba qué fuerzas misteriosas le impedían experimentar una vida plena. Pero ahora todo había cambiado.

Mientras su torso estaba recto y su pecho erguido, su corazón comenzó a moverse alrededor de su cuerpo, rasgando la piel que comenzó a sangrar más todavía, dando un giro completo mientras rompía huesos y rasgaba músculos. Tras estar un instante fijo en su espalda, mirando hacia atrás y dar otro giro para colocarse encima de la barriga, observó con claridad qué sucedía. Grisha no podía avanzar porque estaba atado a dos grandes cadenas, una que se perdía hacía atrás y otra que se dejaba ver allá por delante de él. Si se quedaba fijamente mirando, estas cadenas no terminaban en un infinito horizonte, y como si de un plano existencial distinto se tratara, una se trazaba en el tiempo hacia el futuro y en el espacio hacia delante, mientras la otra perfilaba un sentido inverso, recorriendo el espacio hacia detrás y el tiempo hacia el pasado.

Grigoriy se puso de lado haciendo un gran esfuerzo y miró primeramente hacia detrás, sin girarse ya que no podía, pues sus pies estaban aferrados al suelo y solo discurrían en una dirección. El corazón se le puso nuevamente en su espalda. Sus nuevos ojos se agrandaron y relucieron, pudiendo observar cómo allá a lo lejos se encontraba una gran roca sobre la cual se alzaban hacia arriba enormes pilares de piedra. Cada grisáceo pilar estaba rodeado por una cadena que se unía a la cadena principal que impedía caminar a Grisha. Los pilares al avanzar él giraban toscamente desplegando a cada centímetro un trozo similar de eslabones, lo que hacía que nuestro héroe avanzara tan costosamente. Los ojos se encendieron con más intensidad, el corazón se agrandó y comenzó a soltar una gran cantidad de sangre. Entonces Grisha lo vio claro. Esos pilares eran sus principios morales. Cada uno de esos pilares representaba cada uno de los principios que la moral y la sociedad le habían impuesto a lo largo de su vida. Eran principios que le anclaban al pasado, inmóviles, atemporales, que le impedían vivir y avanzar al ritmo que él deseara. Eran pilares que iban poco a poco soltando eslabones que ellos mismos fabricaban, siendo cada eslabón un instante de su insustancial vida.

Giró el corazón hacia el otro sentido y tras unos minutos de relax comenzó a hacer un esfuerzo similar al anterior. Un reluciente rail dorado vio Grisha en el suelo que terminaba en una enorme construcción formada por inmensos cubos de brillantes colores que se iban moviendo unos sobre los otros, como si de un enorme cubo de Rubick en forma de castillo o estación se tratara. Esos cubos, que cada vez que pasaban por los raíles iban colocando un nuevo peldaño, un nuevo trozo de esa vía, tras ser observados con detenimiento, resultaron que eran los ideales que Grigoriy poseía. Eran esos conceptos universales, esas abstractas realidades formadas por la Verdad o el Honor, que conforme iba Grigoriy avanzando, ellos avanzaban el mismo tramo en sentido contrario. Nunca por tanto podría alcanzar dichos ideales ya que aunque su dirección fuera la adecuada su velocidad estaba controlada por sus principios. Y nunca podría cambiar de dirección, ya que en vez de piernas, enormes ruedas le ataban como si de un tren se tratara a dichos railes.

Resultaba por tanto que lo que nuestro amigo había sentido durante toda su vida, toda esa angustia interior y ese vacío, era en parte provocado por enormes fuerzas que no le permitían avanzar libremente y que además estaban firmemente asentadas en un instante definido, no fluían, no cambiaban, el tiempo no pasaba por ellas. Estaba en un estado de libertad vigilada, de avance a una velocidad controlada y un sentido dirigido, debido a que para su desarrollo dependía de los principios construidos en su pasado, detrás suya, y de los ideales a alcanzar en el futuro, ahí delante.

Al percatarse de lo que le ocurría, la enorme boca que nuestro bello y dulce engendro poseía en el estómago movió sus extremos hacia arriba dejando la parte central en la misma posición, mientras chorros de sangre eran expulsados hacia todas direcciones. Una suave, irónica, malvada e inmaculada sonrisa fue bosquejada cual mohín de un niño de corta edad, que llorando porque no alcanza a coger un caramelo, se da cuenta que empujando ligeramente la mesa, uno a uno van cayendo todos los que al principio parecían inalcanzables objetos de su más profundo deseo. Una astuta, ladina y sagaz sonrisa de pícaro infante al advertir que ya no es ningún chiquillo y que las acciones antes prohibidas a él le resultan de la noche a la mañana sencillas pruebas de su más profundo valor; que los límites antes impensables, son ahora realidades muy asequibles. Con la mueca de felicidad aún presente en sus enormes y sangrientas fauces, los luceros insertos en su externo corazón prestaron toda su atención a los eslabones de la cadena, que, tras ser ferozmente mordidos por los enormes dientes de su animal hocico, ser machacados por los centenares de dientes que allí tenía, estallaron en cientos de trozos, cada uno de un color diferente, que como confeti de una cabalgata, se difuminaron alrededor de Grisha.

Una vez liberado de sus cadenas, miró hacia el dorado y reluciente carril que toda la vida lo había guiado hacia la dirección correcta, marcada por los ideales y creencias más populares. Y sus pies, antes adheridos a aquel infame camino, se transformaron en enormes garras, cuyas largas uñas al crecer de forma muy acelerada fueron rasgando como el diamante esa perniciosa unión.

Ya completamente liberado Grigoriy miró a su alrededor, y por encima de su corazón, entre la garganta y el pecho surgió un sangriento brazo con un único dedo, que comenzó a señalar una dirección completamente diferente, que no contraria, a la que hasta entonces había tomado. Con miedo, pero con mucha esperanza y valentía nuestro deforme galán, vestido con sus mejores galas, trazó su propio camino, un camino marcado por su particular e inherente percepción de la realidad, realidad no real, existencia que no existe sino solo dentro de él, vida propia surgida de muy dentro de su ser, de muy, muy dentro.

Ahora sí que sí, entonces... ¿Bailamos?

Capítulo 29:
Kuluala. La verdadera visión-vivida de la realidad

Caminaba nuestro cándido y grotesco personaje por entre las bellas damas blancas del bosque, flores, que sobre una gran alfombra del mismo color movían sus cuerpos al son de los acordes que el viento del norte iba marcando. «Ji ji ji».

Sus sombras les acompañaban y hacían de pareja para tan espectacular coreografía. «Mirad quien camina entre nosotras. Sí, mira, mira, es Grisha, es él. Oye ten cuidado con esas garras, vas a cortar mi tallo».

Iba él mismo danzando, avanzando a pequeños saltitos, agarrándose a cada tronco de cada abedul con sus enormes garras en los pies, girando sobre cada uno de ellos, rotación que le hacía tomar un rumbo distinto e incoherente a cada paso. «Ji ji ji, mira, os ha manchado de rojo, qué divertido, y va dejando su marca en los troncos de esos aburridos árboles».

Pero es que ahora en su nueva no-vida nada debía de ser lógico o sensato, ya que esos términos son lacayos domesticados de su anterior forma de ver la realidad existencial. «Sí, me veo guapa con mi nuevo tono ensangrentado, ¡dame a mí un poco!». Donde antes había idealismo e ilusión, fantasía y apariencia al servicio de un modelo de ver y sentir la vida, ahora es la vida la que irradia esa nueva fantasía basada en una pureza ingenuamente irracional. «Se le ve guapo con su nueva boca, es más natural que esté ahí abajo, ¿no pensáis? ji ji ji. Sí, sí, y en sus ojos negros nos podemos ver, mira que blanquitas somos, mírate, te veo, sigue bailando». Ahora es cuando ante sí se mostraba la falsa no-realidad. «A mí me ha dejado un diente, mirad cómo brilla, lo tenéis ahí delante». Y es que, mientras caminaba iba pensando la forma de expresar estos sentimientos, pero ni siquiera con su nueva boca surgida de su estómago era capaz de comunicar esa nueva experiencia.

En esas estaba, vagando por el bosque, cuando de pronto se cruzaron por su camino dos campesinos que se dirigían a la ciudad en busca de leña seca para sus chimeneas. «Cuidado, ¡delante tuya!, viene gente fea, ji ji ji, esos nos cortan y nos llevan a sus casas en desalmados ramos». Grisha no se percató de su presencia hasta que no los tuvo prácticamente delante, pero ellos llevaban ya un rato viendo cómo se agarraba de árbol en árbol, riendo de su forma de andar, riendo de cómo se quedaba mirando a las flores que allí había. «Tengo miedo, gente como esta arrancó a mis hermanas hace unos días, ¡protégenos!».

Se trataba de un padre de unos cuarenta años y su hijo de diez que, cogidos de la mano, se quedaron inmóviles al sentir tan cercana la presencia de ese, para ellos, loco personaje. Grigoriy se detuvo y se quedó observándolos con sus nuevos luceros, que enganchados al sangriento corazón, vibraban y se movían arrítmicamente, con una gran intensidad. El padre sintió miedo al verlo ahí delante de ellos, con los ojos cerrados y los brazos extendidos señalándoles, y se quiso ir, pero al intentar tirar del pequeño, éste no se movía. Sintió entonces el progenitor la gran quietud de su hijo, que más aún le extrañó al tratarse éste de un chiquillo nervioso y revoltoso al que todo le excitaba. Dejó entonces de pretender huir y, aspirando parte del sosiego de su niño, comenzó a fijarse en el ser que tenía delante (en Grisha). Se trataba de un hombre de unos treinta años, semidesnudo y descalzo, que parecía que iba vagando por el bosque sin ninguna dirección (sí, nuestro Grisha). Sus ojos cerrados se mostraban nerviosos tras sus parpados y al tener la boca cerrada, las grandes exhalaciones de aire hacían que los orificios de la nariz se abrieran de una forma muy extravagante. Pensó que se trataba de algún vagabundo borracho, y no se equivocaba sin duda, ya que Grisha estaba totalmente ebrio de vida. El niño le tiró al padre de la mano, y mirándole de reojo le preguntó:

-¿Padre, que tipo de ser es este? ¿Has visto algo parecido alguna vez en tu vida? Mira su boca ahí abajo y su corazón sangriento. Mira esas piernas amorfas y ese brazo que le surge del cuello. ¿Debo de temer algo de él padre?

El progenitor le miró extrañado y volvió a mirar a Grigoriy. No veía en él nada excepcional. Le veía tal y como cualquier otra persona, solo que tenía los ojos y la boca fuertemente cerrados. Volvió a mirar a su hijo extrañado, que con gran entusiasmo y serenidad seguía impávido ahí a su lado.

-¿Quién eres? ¿Cómo te llamas?, le preguntó el padre a Grisha, mirándole con una mezcla de falso temor y aparente entusiasmo.

Mientras todo esto sucedía, Grisha, al encontrarse con ambos personajes, experimentó un inefable cambio en su deforme cabeza, que sin ojos ni boca, se hacía cada segundo un poco más pequeña. Se quedó enfrente de ellos observando cómo se movían y hablaban sin llegar a entender qué decían. Notaba que iban balbuceando una serie de sonidos que para él eran totalmente indescifrables.

Entonces sucedió algo que definitivamente le hizo interiorizar el mundo de otra manera. Sintió cómo dentro de él el tiempo se retorcía, cómo los segundos se hacían eternos, las horas instantes fugaces y el pasado y el futuro llamaban a las puertas del presente. Veía el ayer y el mañana a través de los ojos del hijo y del padre que tenía en frente, sintiendo un indescriptible e inusitado amor y compasión hacia ellos. Veía el nacimiento del padre, el sufrimiento de una vida marcada por la pobreza y la muerte de su madre al poco de cumplir cinco años, y el maltrato de un padre alcohólico y adicto a toda clase de francachelas y barrabasadas. Veía cómo intentaba ser con su hijo mejor de lo que fue su padre con él, mientras que éste, su único pimpollo, luchaba por independizarse de un padre que veía débil e inepto. Se había casado con una mujer frustrada, hija bastarda de un noble, a cuyo estatus siempre aspiró, viéndose forzada a contraer matrimonio con el hijo de un vulgar villano beodo.

Esto le hizo odiar a su marido desde el mismo día de nupcias, volcando sobre el desdichado, sombrío y pusilánime ser todo su infortunio y desengaño, haciendo de él ante los ojos de su hijo un ser débil y deleznable. Sintió Grisha, como íbamos diciendo, cómo se fundía en este presente toda la vida de esa familia en un solo ser, el progenitor que tenía delante, heredero de todas las desgracias de sus antepasados y dueño de un carácter débil pero noble y delicado, que siempre intentaba superar las dificultades que le atosigaban contentando a todos lo que tenía a su alrededor, sin llegar en cualquier caso a satisfacer a nadie en particular. Y bebiendo mucho.

Los luceros se posaron entonces en el hijo y el instante se hizo materia en él, deteniéndose el tiempo presente, reteniendo el pasado y absorbiendo el futuro, originándose entonces una clara visión del chiquillo como ser miedoso, cuyos desengaños ante el ser idolatrado, su padre, le llevaron a verlo como un individuo frágil y deleznable. Veía cómo cada vez que esperaba algo bueno de él no hacía sino, para sus ojos, cometer una y otra vez errores infantiles, no teniendo por tanto nunca la figura de un progenitor infalible y omnipotente que todo chaval de esa edad debiera tener. Esto le hizo sentir un odio exacerbado hacia el padre, unido a un intenso sentimiento de culpa que lo intentaba tapar humillándole sin descanso, esperando algún tipo de respuesta, exigiendo de éste un arranque de orgullo que nunca iba a conseguir. Deseaba ser sometido por él, de manera que cada arranque de ira era en realidad un ahogado grito exigiendo una firme figura paterna que no llegó nunca a aflorar.

El pasado se arrugaba en los luceros de Grigoriy para hacerle entender las acciones presentes y ulteriores de estos benditos seres, comprendiendo claramente cómo si las personas conocieran el tiempo sobrevenido de la persona que tienen delante y absorbieran de este modo su vida e inquietudes anteriores, al instante el amor y la compasión surgirían de forma espontánea. Había alcanzado por tanto la capacidad de aglutinar, encajando en un mismo instante, pasado y presente, lo que le daba una visión futura de la vida empática y altruista.

Además, el hecho de tener el tiempo en sus manos le permitió al fundirlo con el espacio, proyectarlo hacia delante dentro de una misma ubicación, dándose cuenta al instante del enorme sinsentido que posee la vida. Vio Grisha cómo con el roce del viento, enormes cantidades de microscópicas costras iban desplegándose de la piel de las dos personas que tenía delante, que se unían en el aire a la enorme cantidad de trozos de piel y pelos de animales, fragmentos de hojas, polen de árboles, plantas y polvo de rocas y montes. Todo ese agregado de partículas, vestigios de vidas pasadas, se unían en un solo conjunto, en una sola nube de polvo que sería utilizado posteriormente como materia prima para la creación de futuras existencias.

Veía a través de sus luceros cómo de forma continua vamos cambiando de forma, generando así mismo nuevas moléculas que se van colocando donde estuvieron las que se desprendieron, siendo por tanto a cada instante una persona distinta al instante anterior. Somos un río, no somos nada, no existimos, o la existencia es algo muy diferente. El mundo entero, a cada unidad de tiempo es distinto a la unidad de tiempo anterior, echando por tierra su antigua visión que le hacía contemplar una realidad inmóvil y egoísta. Egoísta porque esa misma inmovilidad de la realidad no le dejaba ver la unión fraternal existente con la naturaleza, de la cual no somos sino una parte más. Lo que una célula del corazón o del colon es a un ser humano somos nosotros para la Naturaleza, una simple y evitable parte que no es nada sin el conjunto final. Y como la realidad, el tiempo es de cada uno de nosotros, cada cual vive SU propia percepción del tiempo, tiempo material, tiempo carnal, tiempo vivido, tiempo sentido. Y esa sensación del paso del tiempo es elástica, sus nuevos sentidos así se lo hacían ver.

Advirtió Grisha que había seres para los que nosotros seríamos rocas, su tiempo era acelerado, su fluir y su vivir mucho más rápido que el nuestro. Imaginaba a un ser con un metabolismo cien veces mayor al suyo, o mil veces mayor, o cien mil veces más rápido, que sea capaz en un segundo de vivir las experiencias que nosotros vivimos en ochenta años. Ese ser, que nace y muere en un segundo, habrá vivido una vida completa, habrá sentido en ese segundo lo mismo que nosotros en toda nuestra existencia. ¿Es un segundo lo que ha vivido?. Sí. ¿Es ese segundo igual al nuestro?. No, bueno sí y no. Si es un segundo, pero para él es una vida. ¿Habrá seres para los que nuestra vida sea solo un segundo? Y este largo pensamiento que Grisha estaba teniendo, para las dos personas que tenía delante no supusieron ni un par de segundos. Segundos, segundos, segundos.

Todo cambia, todo se mueve, miraba al chico y veía su piel mudarse, sus músculos desarrollarse, su pelo caerse; y sin embargo utilizamos palabras estáticas para comunicarnos, palabras en las que al ser transmitidas por el emisor ya han cambiado de significado al llegar al receptor. Por tanto, nuestra forma de comunicarnos es muy deficiente ya que no incorpora, las palabras y los conceptos no incorporan, el factor tiempo dentro de sí.

Ni el hijo ni el padre veían esa unión y ese devenir de todas las vidas en una sola, y ese cambio continuo que se produce de forma armónica en todos los seres a la vez, que continuamente van intercambiando fluidos y partículas, formando un gigantesco cóctel que se agita sin parar. Ni el padre ni el hijo apreciaban cómo dentro de sí tenían vestigios que no hacía tanto tiempo habían pertenecido a otros seres, y que sus mismos átomos, ahora formando células y tejidos, podrían en su misma generación formar parte de su peor enemigo.

Por ejemplo, Grigoriy visualizó cómo multitud de células del cuerpo del padre poseían elementos que provenían de un vecino suyo con el cual llevaba años riñendo por una linde, y que llegó a él por un tomate robado que creció alimentándose de minerales de un suelo que había sido labrado con las manos del vecino, y por tanto al que había aportado parte de sí mismo, al dejar en el suelo, por el roce, escamas de piel de las manos que serían incorporadas al vegetal. Ese tomate, que se alimentó de restos del lindante enemigo, al ser digerido por el padre, aportó elementos que se convirtieron en parte de su cuerpo, cuando un año antes fue parte del hombre con el cual había estado peleando. Ese vecino, viejo y viudo, estaba convencido de que le intentaban engañar. Grisha entendió que ese ser mayor y taciturno, estaba desolado por una vida amarga tras no haber superado la muerte de su mujer veinte años atrás, que había fallecido junto con la hija que esperaba en un parto fatídico al que ninguna matrona quiso acudir por la evidente falta de dinero de la pareja y que ese átomo provenía en realidad de una escama de la piel de la mujer que había dejado caer en la comida de su marido. Sin embargo nadie entendía nada de eso, y solo podían ver a un ser mezquino, avaro y sórdido, ya que no eran capaces de ver dentro de su corazón todas las cicatrices que le habían llevado a comportarse como lo hacía, y esta visión ciega era debida a que nadie poseía la perspectiva global de la unidad, del enorme barrizal común en el que todos retozamos y compartimos.

¡Que sinsentido es el mundo visto desde la perspectiva obtusa y abigarrada del ser humano! Y cómo se abre la mente si entiendes que toda acción es precedida por una serie de fatales circunstancias pasadas, que están enlazadas por una entidad común y superior que es la Naturaleza, y es su tiempo, a los cuales todos pertenecemos, y con la cual compartimos entre todos, los materiales de los que estamos constituidos.

***

La boca de Grisha, al ver de forma clara todas estas revelaciones comenzó a emitir un gutural sonido intentando explicar a los dos seres que tenía delante todo lo que él estaba descubriendo, de manera que ellos pudieran transmitirlo a otros que a la vez lo cantarían a toda la humanidad. Se quedaron mirándole y al cabo de un rato decidieron marcharse ya que se aburrieron de ver a Grigoriy de pie delante de ellos sin hacer nada más que mover la cabeza de un lado a otro con los ojos y la boca cerrados mientras se agarraba al tronco de un árbol que le servía de soporte para no caer al suelo.

Pensó entonces nuestro amigo que si se cruzase con alguna persona por el bosque, esa persona jamás lo llegaría a entender, ya que la herramienta a utilizar para expresarnos es uno de los siervos más leales de su antigua concepción del universo. Es decir, esa antigua estructura vital es tan poderosa que si al final terminas por derrotarla, como había conseguido Grisha, no deja que transmitas ese conocimiento a los demás, ya que ellos tan solo perciben la información a través del lenguaje, herramienta que a Grisha se le había quedado ya muy poco útil. Y es que él sentía ya el mundo a través de su interior, sus sentidos y su percepción no miraban hacia afuera, no observaban ni olían la naturaleza, sino que escuchaba y palpaba lo que había solo en su interior. Dejó de importarle el mundo de allí afuera, ya que en realidad a ese mundo nunca le importó él, ese mundo era solo una abstracción mental generada por una loca conciencia que por fin se había dado cuenta que ya no lo necesitaba.

«NO, NO, eso sí que no. He estado callado, he disfrutado con tu relato, aun faltando a la verdad muchas veces, aun faltando detalles, aun estando novelado, pero esto último no lo puedo permitir. Nunca volví la cara al mundo exterior, ¡jamás!, nunca dejó de importarme y muy al contrario lo vivía con más plenitud. No lo admito ¡no!, no puedo admitir que dudes de mi capacidad de disfrutar de lo que hay allá fuera. ¡Claro que es una abstracción, una abstracción de cada uno de nosotros, pero no mental, no, sino sentimental. Ahora bailo con el mundo, lo amo porque es mi mundo, mi pareja, mi amor. Y lo quiero mil veces más que antes, lo adoro, lo acaricio, somos amantes, porque somos uno. Ten cuidado con lo que dices, ten mucho cuidado, si no tendré que decirlo yo».

Bueno, dicho queda, y como iba relatando, con mayor o menor acierto, nuestro protagonista siguió su camino hacia ninguna parte, danzando entre los abedules, sintiendo el mundo tal y como él quería, dando más relevancia a lo que de real tenía dentro de sí mismo. Creo que no rechazaba la otra realidad exterior, y de hecho se estaba fundiendo con ella, mezcla incandescente cuyo principal ingrediente era su propia conciencia, que se diluía para ser una única materia con el universo. Aunque en verdad creo que aún no se daba cuenta de que no era su interior el que hacía transmutar la realidad, no es que esa nueva realidad que sentía dentro de su ser fuera la definitiva, sino que esta nueva concepción del universo era debida a su nueva forma de encarar la percepción cognitiva, es decir, a sus recientemente estrenados súper sentidos.

Y es que la realidad exterior, sí, la exterior, se transformaba conforme sus sentidos lo hacían, o al menos eso pienso. Era un baile de salón, en el que sentidos y realidad bailaban abrazados. Mientras los sentidos iban cambiando su percepción, su forma de ver el mundo, la realidad cambiaba junto a ellos, mostrando, como si de un calidoscopio se tratara, las otras caras ocultas de sí misma, caras que siempre existieron pero a las que Grisha no tenía acceso.

«Sigamos, sigamos, esto se anima….».

QUINTA PARTE
DIKANKA

Vamos a Dikanka, ¡qué divertido!, ji ji ji, qué divertido...

Capítulo 30:
La llegada a Dikanka

Caminando trémulamente entre los troncos de los abedules, ya totalmente desorientado, ya totalmente perdido, ya libre y feliz, el viento tocaba para Grisha una delicada y frágil melodía dirigida gracias a una orquesta formada por hojas y pequeñas ramas que, a su paso, susurraban la base musical sobre la cual, como si de un grupo de Jazz se tratara, iban improvisando búhos y halcones, mediante el sonido gutural del primero y el ligero aleteo del segundo. De vez en cuando algún zorro se unía a la sinfonía, emitiendo un eléctrico pisoteo en la nieve que, junto con algún ciervo, rompían el ritmo mediante la creación de ricos acordes. Al director no le importaba, el viento todo lo permitía, estaba encantado de que otros jugaran con su melodía.

La humedad y el frío se abrazaban para dar a nuestro protagonista un gran frescor vital. Todo era verde y blanco, todo era vida, todo pasión y armonía. Cada sonido, cada movimiento a su alrededor era pura existencia; cada paso un respiro, cada mirada una emoción. Era esa clase de presencia que te hace saber que tú existes con ella, que eres parte de algo, de hecho, que eres ese algo. El aire seguía haciendo mover esa existencia, el aire de hecho hacía que pudiera Grisha apreciar el paso del tiempo, el fluir de todas las cosas. Viento que mueve una vida, unas ramas, unas hojas; gravedad que arrastra a la nieve y la convierte en agua, Grigoriy apasionado por todo ello paseaba descalzo y entusiasmado. La propia existencia en persona le abría sus puertas, y todos estaban allí reunidos para fraternizar con él.

De forma inopinada un crujido de ramas llamó la atención de Grisha. Era un sonido que se alejaba de la armonía antes escuchada, o que al menos rompía los cánones hasta ahora establecidos por la cadencia de la naturaleza. Llamó su atención un alterado rasguño en la nieve seguido de un silencio muy artificial que confería a Grigoriy la extraña sensación de estar siendo observado.

Miró hacia ambos lados mientras seguía caminando sin rumbo fijo, disfrutando de la libertad de andar sin destino. El sonido lejano del agua cobraba protagonismo dentro de la sinfonía que llenaba sus sentidos, adquiriendo mayor representación en la obra cuanto más avanzaba nuestro protagonista sobre la blanca alfombra nevada.

De repente Grisha se encontró ante una zona mucho más poblada de matorral rodeando el paso de un pequeño riachuelo que, casi completamente helado, conseguía no obstante hacer circular algo de fría agua entre enormes rocas grises pulidas por el abrazo infinito de la corriente. Rocas que se disolvían en ese manantial y que al mismo tiempo oponían su marcha, se enfrentaban a la corriente desgastándose poco a poco, sucumbiendo a ella. Un espectador temporal percibiría una imagen estática de dicho acontecimiento, y como si de un pintor se tratara, plasmaría en su mente un cuadro incompleto de lo que allí sucedía. Otros espectadores sabrían darle el sentido temporal que todo acontecimiento debe tener, y plasmarían esa cuarta dimensión en su cerebro, dibujando de este modo una película sin principio ni fin, en el que el devenir del tiempo sería el verdadero protagonista, tiempo pasado cuando el agua aún no se había abierto camino y no había desenterrado dichas piedras, y tiempo futuro, en el que las rocas serían ya una entidad disuelta en el recuerdo del agua. Sin embargo ambos espectadores estaban ciegos de tanto ver, al no percatarse que realmente no existían rocas ni agua, ni corriente ni río, y que únicamente existía vida, una única y perpetua esencia que se canalizaba a través del tiempo. Los agricultores que por allí caminaban veían la foto, Grisha observaba la película, y solo alguien mucho menos capaz de ver podría percibir la verdadera naturaleza que allí se encontraba, realidad fundida y no conceptual de un mundo libre de prejuicios. De hecho en ese instante alguien así, alguien con esa capacidad, observaba el riachuelo y observaba a nuestro protagonista.

Grisha volvió a girar la cabeza en ambos sentidos y al doblar el cuello hacia la derecha observó, por un ligero instante, el perfil de una persona que rápidamente se escondía tras uno de los árboles que rodeaban el frondoso matorral del río. Esa persona, de vigoroso torso y musculados brazos, estaba viendo a un ser vivo en esa roca, sentía la viva presencia de esa piedra, aunque entendía que no todos lo pudieran percibir. Y es que, igual que de una vida que nace y se extingue en menos de un segundo o de un ser que se crea y muere al instante no somos conscientes de su existencia, así, tampoco percibiríamos la vida de un ser cuyo margen temporal se alejara de forma estratosférica del nuestro, haciendo que para nosotros un instante suyo fuera una eternidad. Esos seres, que existen a nuestro alrededor los consideramos formas inertes, solo porque no estamos en el mismo plano temporal que ellos. Y del mismo modo que aquel minúsculo o enorme ser, cuya vida no dura ni un segundo, ni una milésima de segundo, puede que tenga una actividad biológica de tal velocidad que sea capaz de sentir y percibir en ese, para nosotros minúsculo espacio de tiempo, toda una eternidad de sensaciones, para él, nosotros seríamos rocas, seríamos extrañas materias inertes inmóviles. «Esto ya lo has dicho antes de otra forma, pero está bien que lo repitas. No te interrumpo más, me gusta, ¡me gusta esta parte de mi vida!. Pero no cuentes maldades, no, no lo hagas porque si no prescindiré de ti, no tengo miedo de hacerlo, no, desde aquí arriba, desde mi atalaya puedo hablar directamente con él, contigo, con el que lee. Empujando las letras ¿que cómo? pueS ASI Las puedo empujar, las eMPUjo y las dEFORmo, ¡a mi gusto!».

Pues como creo que iba contando, y como creo que en verdad sucedió, el personaje escondido tras un frío tronco, de cuerpo atlético y cabeza muy menuda, era capaz de entender que el tiempo y la actividad biológica están relacionados y que solo existimos en función de la velocidad de esta última. De este modo, comprendía con facilidad la existencia de otros planos temporales y respetaba todo lo que había a su alrededor, ya que estos planos debería de saber convivir en paz y armonía. La roca estaba viva, el agua era sangre, la tierra era dermis…. Y entre instante e instante, miles de seres nacen y mueren, experimentan y sienten mientras nosotros solo somos rocas para ellos, incapaces de percibir su existencia.

Grigoriy se percató que alguien allí agazapado le estaba mirando y caminó lentamente hacia el ligero escondrijo de este hombre peludo, de mínima testa y enormes músculos, que lejos de asustarse permaneció hasta el último instante pensando que aún se hallaba oculto, y cuando se encontraron se quedaron mirando fijamente.

-Eres extraño para mí aunque siento frío en mi corazón humo fluye hacia mi cabeza. Mármol y fuego, agua salada, ritual y cáliz. Sacerdotes, rojo, circulo, alzar…. ¿Quién tú?

-Hola, contestó Grigoriy extendiendo su mano hacia el extraño personaje. Hola, mi nombre es Grigoriy y estoy huyendo de mis demonios. Soy feliz y camino libre hacia un lugar que desconozco. Mientras hablaba la enorme boca del estómago chorreaba sangre y expulsaba, como si de esputos se trataran, dientes al aire.

-Río, agua, cantos, gris, observar, oler a frescor agradece, humedad, peces y anzuelos, vida que cambia, comida, dijo mientras miraba fijamente a los ojos a nuestro protagonista. Era como si le costara mucho hablar y al emitir las palabras, grandes muecas de dolor invadían su rostro. Nombre Parnack. Entiendo, siento y río contigo. Perdón, intentaré hablar para que me razones, solo es que no acostumbrado, usual, costumbre, cárcel, oscuridad, frio y acero, metal y sed.

- No te preocupes, solo dame la mano.

Parnack se abalanzó hacia Grisha y con un rápido movimiento lo rodeó entre sus grandes y fornidos brazos, dejándolo atrapado con la cabeza inmóvil justo en la zona pectoral. Grigoriy se asustó e intentó forcejear durante unos segundos. Trascurrido el impacto inicial, sintió cómo su cuerpo se llenaba de energía y cómo extrañas sensaciones entraban en su ser convirtiéndose en increíbles emociones. Sintió una gran complicidad con ese ser, experimentó paz y ternura y una sincera misericordia con él y toda su numerosa familia. Entendió su forma de vivir, su forma de hablar y sentir el mundo que le rodeaba. Y percibió cómo todos los de su tribu le daban un abrazo, miles de brazos le envolvían y apretaban contra su pecho todas sus emociones. Fue algo inconmensurable, infinito, atemporal. En esos pocos segundos, en ese instante sin tiempo aprendió más que en toda su vida y lo hizo de una forma diferente, más profunda, más corporal.

Al dejar de abrazarle, Grigoriy se quedó erguido pero relajado, con las piernas abiertas y los hombros muy caídos, aunque con la espalda totalmente recta y el pecho firme y estirado.

-Diferente a otros forasteros, dijo Parnack. Oro, brillo, lágrimas dulces, amor verdadero miente. Reloj infinito, agujas eternas, miedo pasión y vísceras desgarradas. Lejía, fregar, piel que se pudre. Ven a mi hogar, vente conmigo, placer, fuego, calor, rojo y naranja, cálido, abuelo, vejez, arrugas grises, feliz sonrisa cuarteada.

-Vamos.

Ambos comenzaron a andar, Grisha siguiendo a Parnack, que emprendió el camino hacia su hogar saltando entre las resbaladizas piedras del riachuelo, cruzándolas con una agilidad increíble. Calzaba unas chanclas muy desgastadas y vestía un pantalón corto marrón que le llegaba hasta las rodillas, que a duras penas se lo podría poner o quitar debido al gran volumen muscular que estas poseían y que hacía que el pantalón pareciera que podría rasgarse en cualquier momento. El torso lo llevaba cubierto por una camisa de cuadros verdes y rojos, cuyos botones no podían cerrarse debido a sus enormes pectorales. Era una especie de atleta, de gladiador romano listo para enfrentarse con todo tipo de fieras. Sus músculos podrían decir de él que era un cazador, un luchador o el guardián de un gran tesoro. Sin embargo, nada de eso correspondía con su forma de ser, y esos músculos tan desarrollados, ese cuerpo tan fornido, era debido a otro tipo de ejercicio que todos en su tribu practicaban y que no estaba relacionado con nada físico, tal y como Grisha pudo intuir tras el eterno abrazo al que fue sometido.

-Parnack guía, flecha, arco, círculos de colores, estirar, juego, dirección, camino empedrado, paseo ligero y fresco, árboles y pájaros, inspira aroma, caminar y vivir. Ven con mi familia, entra en mi hogar, te ofrecemos nuestras emociones, ve dejando de pensar, cerebro, rumiante, volver a mascar lo ya mascado, volver a pensar lo ya pensado.

-Espera un poco amigo, no soy capaz de seguirte, dijo a duras penas Grisha mientras intentaba no perder de vista a la minúscula cabeza peluda de su guía. Tengo ganas de saber más de ti, de conocer a tu familia, pero espera porque si no acabaremos por perdernos. Tras él, iba observando que su sombra era enorme y que bailaba, no seguía los movimientos de Parnack. Salía de sus pies, sí, y le seguía a todas partes, también, y tenía su forma y su corpulencia, pero se movía de manera diferente, parecía que se divertía, moviendo la silueta de brazos y piernas de forma muy histriónica.

El camino les llevó una media hora, en la que subieron una escarpada pendiente a un ritmo frenético mientras Parnack no dejaba de hablar mediante frases inconexas, frases a priori sin sentido que Grisha tras el abrazo recibido podía intuir su significado, digamos que sabía que había más entendimiento detrás de esas palabras sueltas que cualquier frase compleja y bien estructurada del mejor orador que nunca hubiese conocido.

***

Tras alcanzar la cima de la pendiente llegaron a una especie de meseta nevada por la que discurría el mismo arroyo en el que antes se habían encontrado y donde las zonas cubiertas convivían con suelo verde, partes de terreno no velado por el manto blanco. Tras unos minutos recorriendo el camino antes trazado por el arroyo, Grisha divisó un conjunto de casas de piedra circulares con tejados en forma de cono que expulsaban pinceladas grises de humo. Conforme se acercaba, Grigoriy experimentó el encuentro con algo nuevo, con algo previamente no preconceptualizado que nos haría buscar de forma infructuosa dentro de nuestra cabeza objetos anteriores sobre los que poder basar nuestro prejuicio. Esta sensación de encontrar algo realmente novedoso, ya perdida en la edad adulta, es cotidiana en la temprana juventud, cuando aún la razón no está formada y el conocimiento del entorno no se basa en conceptos prefijados anteriormente, que hacen que nuestro esfuerzo por percibir lo que nos rodea se reduzca al juego de buscar algo similar a lo visto dentro de nuestro listado cerrado de objetos ya predibujados. Siempre buscamos encajar lo observado con un modelo ya antes impreso en nuestra mente, por lo que una vez que encajan, aunque solo sea un porcentaje muy pequeño, dejamos de percibir y no nos fijamos en los nuevos matices, en las nuevas formas, ya que la hemos etiquetado como algo ya visto. Esto hace que nuestros sentidos vuelvan a concebir emociones ya vividas, pues a cada modelo precargado en nuestra mente le siguen una serie de emociones estándar. Por tanto, y a diferencia de la niñez, nos reducimos siempre a vivir las mismas emociones, ya que nos cerramos a contemplar siempre los mismos modelos. Mismas emociones surgidas de infinitos momentos, infinitos momentos que nos podrían aportar cada uno miles de matices, miles de nuevas emociones que son destruidas y sustituidas por el pasado. Vida vivida en un eterno pasado, que como el eterno retorno de Nietzsche vuelve a vivirse una y otra vez debido al eterno reflujo emocional al que nos enfrentamos cada día, infinito regurgitar de sensaciones mil veces digeridas sin apenas ya nutrientes que nos puedan aportar.

Pero Grisha no percibía ya el mundo de esa manera y como ya hemos comentado todo lo que le rodeaba le sorprendía. Todo le maravillaba y aún más desde que Parnack le había abrazado. Así, como si de un gran artista se tratara, como si de un pintor impresionista fuera, iba trazando grandes y firmes brochazos en su retina, donde dibujaba una nueva realidad. Esa realidad luego era redibujada en su interior ya de forma totalmente abstracta y surrealista, trazando formas basadas en sus emociones. Ya no era como antes, ya no dibujaba ligeras trazadas, bosquejos rápidos que luego simplemente encajaba en algún recuerdo pasado. Antes no le dejaba tiempo al gran pincel de aprovechar toda la gama de colores y técnicas, de saborear la realidad dibujándola con paciencia, sin prejuicios, sin encajes. La gran pereza de la vida hacía que solo percibiera una mínima parte de la naturaleza circundante, que solo le bastara un escueto esquema a lápiz para saber todo de un paisaje o de un ser. Y es que una vez bosquejada una impresión, rápidamente el lienzo resultante, el esquema casi meramente lineal, arquitectónico que creaba, era trasladado a su razón, dejando que, ¡oh! ella la que todo lo sabe a priori, buscara dentro de sí un elemento del pasado que encajara con ese escueto y ruin esquema de la no-realidad. Con esa vagancia, con esa pusilanimidad, con ese apocamiento sensorial, cada nuevo matiz, cada nuevo instante se perdía para siempre, siendo sustituido por un prejuicio anterior, por un concepto ya vivido que servía de molde. Y por tanto, la anterior vida de Grisha, y la vida que todos viven, era una mera sucesión de momentos pasados que sirven como molde a mutiladas percepciones del presente.

Pero ahora Grisha iba interpretando los matices que captaban sus luceros, y de una infinita paleta interior de colores hilvanaba en su retina ese suelo albo y verde, confundiendo ambos colores y mezclándolos para formar zonas discontinuas de nieve y vegetación; trazaba líneas azulonas ondulantes que conformaban poco a poco la estructura celeste del cielo, mezclándolas con masas grisáceas de las casas circulares que veía al fondo, las cuales emitían un humo del mismo color que las paredes, por lo que en su mente, las viviendas respiraban y se fundían con el cielo azul, se dispersaban dentro de su inmensidad. Se iban acercando y la brocha dejaba de mezclarse con el blanco para apurar cada vez más los tonos esmeraldas que se combinaban con el castaño de los zaguanes de madera, los carros y otros objetos dispersos entre las casas. Brochazos aquí y allá, locura de artista desbordado por una musa alocada que mezcla colores y traza formas imposibles al verse libre de prejuicios. Brochazos sin sentido que le dejaban dibujado en la retina un cuadro lleno de calidez, lleno de fuerza, músculos, enormes cuerpos llenos de vigor, ímpetu y compasión. Trazaba las líneas en su lienzo inmaculado que formaban las retinas sin conocer a priori a dónde iría cada una de ellas, si se cruzarían o no, si en el siguiente brochazo compartirían el área interior de un mismo color. Este juego hacía que sus primeros vistazos fueran improductivos, ceguera que le obligaba a dibujar partiendo de cero, viendo en el resultado final formas completas, detalles y matices sorprendentes que antes se doblegaban a conceptos del pasado que sustituían las impresiones del presente.

A la entrada del poblado Parnack se detuvo y se giró hacia Grisha. Éste, que llevaba ya bastante tiempo siguiendo su estela, se quedó mirando fijamente hacia su cara, y donde antes la brocha había tan solo trazado ligerísimas líneas, centrándose en darle color y fuerza al cuerpo del extraño ser, ahora comenzó de veras a dibujar con saña toda la inmensa expresión de un rostro encajado en una cabeza muy pequeña, pero que poseía unos enormes y negros ojos. Al ir a dar los trazos para dibujar esos ojos, el artista no se lanzó hacia el color blanco, sino que restregando las cerdas del pincel en un intenso negro azabache, rellenó toda la retina de Parnack con ese color, consiguiendo al mismo tiempo brillo y humedad, ternura y fuerza bruta.

Sus enormes brazos agarraron a Grisha y, elevándolo del suelo, lo trasportó en vilo hacia el poblado. Agazapado en su regazo como si de un bebe se tratara, Grigoriy fue observado por enormes seres, que al ver llegar a ambos, giraban la cabeza solo un instante, siguiendo luego con sus quehaceres. Unos tendían ropa en largas cuerdas que cruzaban las plazas, otros, con enormes ollas, se dedicaban a cocer una especie de sopa cuyo penetrante olor invadía todo el pueblo. Pequeñas chozas de piedra sobre suelo de tierra mojada se disponían sin orden alrededor de una zona central en la que había como un pequeño escenario elevado.

Fue dejado en un pequeño lecho de paja al fondo de una de las casuchas de donde descansó por tiempo indefinido.

Capítulo 31:
Algunos, de los muchos acontecimientos vividos en Dikanka

Me hice rápidamente a la vida en el poblado. El tiempo pasaba a distintas velocidades, como suele ser habitual, y nunca llegué a conocer con exactitud cuántos días estuve entre toda esa cantidad de benditos seres. Me dedicaba a pasear por entre unas mañanas que cada vez se hacían más cálidas. El manto de nieve iba poco a poco cediendo terreno a la vegetación, cuyo verdoso color también se mostraba en árboles y matorrales, sustituyendo de forma gradual pero inexorable al blanco como color de referencia, mezclándose entre grises y esponjosas rocas, cuyos huecos se convertían en esmeralda gracias al crecimiento de un muy mullido musgo. Olía a verde, a frescor, a infinito.

Observaba con detenimiento todo cuanto a mi alrededor acontecía; cada momento, cada lugar eran para mí una fuente inagotable de nuevas experiencias surgidas de una cotidianeidad desacostumbrada y excepcional que me llevaba cada día a contemplar la vida desde distintos puntos de vista, sin prejuicios, sin usar mi memoria pasada para clasificar y homogeneizar cada experiencia vivida, hecho éste que hacía de cada una de estas experiencias algo sublime, algo nuevo lleno de matices diferentes, matices que explotaban en mi cabeza generándome placeres inconmensurables. Era puro existir.

Un día me levanté en mi cabaña y fui a dar un paseo por el poblado. Todos estaban trabajando o paseando, había una actividad continua pero tranquila, se notaba que todo el mundo hacía lo que le venía en gana en cada momento. Mi cuerpo estaba poco a poco recuperando su forma normal, no me extraña volver a tener piernas y que mis ojos volvieran a su sitio. Notaba mi corazón latiendo profundamente, pero escondido ya casi dentro del pecho. Solo una ligera parte aún sobresalía, manchándome de sangre mi cama por las noches, pero cada día iba cicatrizando y escondiéndose. Me daba vergüenza que me tuvieran que cambiar la cama cada día, y que cada mañana me tuvieran que quitar el rojo de mi ensangrentado corazón, por lo que por las noches intentaba dormir sobre hojas secas puestas bajo mi pecho.

Caminando por entre las chozas me encontré con Modhoo, un hombre de mediana edad con el que había compartido algunos momentos días atrás. Era muy grande y peludo. Su pecho sobresalía casi deforme de su torso y su cabeza era muy reducida, juntándose la cabellera casi con las cejas. Habíamos corrido por entre el bosque y nos habíamos bañado desnudos en una alberca próxima al poblado. Allí Modhoo me miraba mientras soltaba palabras inconexas, a las que poco a poco les iba dando sentido.

La comunicación con estos seres se hacía cada vez más sencilla. Era chocante cómo convivían conmigo, era como si supieran que un extraño habitaba entre ellos, pero ese extraño, que era yo, no era tratado como tal; no es que me sintiera fuera de lugar, simplemente me consideraban como a un niño, como si fuera un bebe entre todos ellos. Hablaban conmigo más de lo que hablaban entre ellos y notaba que siempre había alguien que me estaba mirando o que se acercaba a tocarme con su inmenso dedo. Miradas que no lograba identificar con ningún sentimiento, ya que de hecho, salvo enorme ternura, no conseguía extraer de ellos nada más. Caminé con Modhoo un buen rato y decidimos que al día siguiente, cuando los pies pisaran el pecho de mi sombra, íbamos a quedar para ir a recoger fruta.

Desperté temprano en mi cabaña notando que el sol comenzaba a salir y que la oscuridad se iba concentrando solo bajo los objetos y las personas. Vi cómo la luz daba paso a la creación de sombras alargadas que cambiaban la fisionomía de mi hogar, sombras que bailaban al son del fresco viento matutino. Giré mi cabeza y el resplandor del joven sol me deslumbró, haciendo que la habitación se convirtiera en una mezcolanza de colores informes. Parecía que al entrar los rayos solares en mis ojos, éstos me arrojaban cubos de distintos colores que luego yo iba esparciendo allá por donde mi vista fijaba su atención. Mis manos acudieron rápidas al rescate de mis llorosos ojos, que pronto dejaron de derramar de forma aleatoria esa ingente cantidad de color.

Ya despierto salí a ducharme. El agua caía sobre mi rostro, notaba su frescor por toda mi piel. Mi verdadera boca se había vuelto a abrir contando de nuevo con algunos dientes y mis piernas, aún algo ensangrentadas y llenas de costras, se iban poco a poco rellenando de masa muscular. Me atusé el pelo bajo la lluvia mientras notaba algo de escozor en la herida ya casi curada de mi pecho, que ahora sí, alojaba en su interior mi latente corazón.

Giré la cabeza y vi como un par de chiquillos me miraban con sus enormes ojos. Ellos tenían la cabeza más proporcionada con el resto del cuerpo y su frente era también de un tamaño normal, mucho más desarrollada que sus mayores. Se iban acercando despacio, como un pequeño gato se aproxima a comida que le lanzara un desconocido, dando pequeños rodeos, atentos a mis reacciones, asustadizos pero llenos de curiosidad, hasta que finalmente, en el último momento, se lanzaron con rapidez agarrándose cada uno a una de mis piernas, abrazándomelas fuertemente mientras continuaban mirándome desde ahí abajo. Era extraño que esos niños vistieran más ropa que los adultos, era como si tuvieran más pudor y que ese pudor se fuera retirando conforme pasaban a la vida adulta, en la que lentamente sus cabezas se irían reduciendo a medida que su corpulencia aumentaba. Noté calor en mis muslos, que sufrían la enorme presión de los brazos de esos pequeños pero fornidos niños. Sentía además mucho frío en el resto de mi cuerpo y una ligera capa de bruma comenzó a cubrir todo cuanto me rodeaba, comenzando a moverse el suelo y las casas, que bailaban alrededor mía. Mi corazón sintió un fuerte tirón hacia abajo, como si una fuerza lo estuviera intentando mover de su sitio. Un momento después se separaron cariacontecidos, extrañados. Algo no les había cuadrado, algo no había salido tal y como ellos hubieran pensado. Uno de ellos me señaló y se echó a llorar mientras el otro me marcaba haciendo pucheros. Me agaché hasta poner mis ojos a la altura de los suyos, de cuclillas con las manos en el barro y comencé a hiperventilar. Ambos comenzaron entonces a llorar muy alterados y yo, muy nervioso y perturbado, con mi corazón latiendo sin parar, noté el frío y húmedo impacto del barro en mi mejilla.

***

Vi luz, vi azul con trazos blancos. Vi a Modhoo.

-Sombra tapada bajo cuerpo inmóvil. Frescor, sabor, gotas de humedad. Piel suave en rama espinosa. Saltos y sonrisas. Dedos suaves, dientes sabrosos, paladar agrio, dijo Modhoo mirándome con esos inmensos ojos negros.

-Sí, sí, iremos a recoger fruta ahora. Pero no sé qué me ha ocurrido, no sé por qué he caído al suelo. Recuerdo que un par de niños me abrazaron y se asustaron. Sí, se asustaron mucho.

-Joven corazón, joven, joven, joven..., decía mi acompañante mientras su cara expresaba el dolor de querer decir algo, de transmitir información sin encontrar el medio adecuado. Sus ojos se iban cerrando con fuerza a medida que construía con dificultad las palabras. Tinieblas y angustia, tinieblas, chicos, curiosidad mala, mala, mala…, chicos jóvenes, angustia insoportable, ellos, ellos, ellos, insoportable.

-Ha sido muy raro, vinieron a verme y quisieron abrazarme. Entonces noté una sensación de desgarro, como si con ese abrazo quisieran coger algo de dentro de mí, como si un par de manos se introdujeran en mi interior curiosas, deseosas de jugar conmigo. Empujaron mi corazón hacia abajo. Ha sido muy desagradable.

-Vacío, oscuridad, dolor, mucho dolor. Rosalbina. Viento y tinieblas mezcladas con,…., con, con…. En ese momento comenzó a darse golpes en la cabeza y tras mirar a su alrededor y volver a mirarme, me levantó del suelo y me abrazó con ímpetu. Mis ojos se abrieron y mis pupilas se contrajeron como si un fuerte rayo de luz mañanero me deslumbrara al abrir las ventanas tras una larga noche de dulce sueño. Sentí mucho frío en mi interior mientras mi piel, en particular la zona en contacto con Modhoo, se quemaba, surgiendo un fuerte olor a brasa. Temblaba con fuerza, temblor acompañado de fuertes espasmos nerviosos. Modhoo me dio un fuerte empujón, alejándose de mí, con la cara pálida, los ojos entornados y las manos en el estómago.

-Vacío, soledad, bloqueo, bloqueo, bloqueo…, fuente de sangre espumosa, torrente de la nada, fallo, carencia, desierto, huero…, decía mientras bajó la mirada y comenzó a tornarse borroso. ¡Diferente, funesto, discorde, contradictorio!, lo escuchaba mientras su imagen se desdoblaba, mientras veía cómo un chorro de líquido salía a borbotones de su boca, boca cada vez más desvanecida, suelo cada vez más inestable, luz cada vez más escasa.

Oscuridad, ternura de mi choza, comodidad de un lecho mullido. Cara de Modhoo sonriente. Cuchara en mi boca y calidez derramada por las comisuras.

***

Un día temprano andaba por entre las chozas mucho más rápido de lo que mis pies podían avanzar cuando vi dentro de una casucha a más gente congregada de lo que era habitual. Era una casa distinta, un poco mayor que el resto y con una enorme chimenea en forma de serpiente que giraba sobre sí misma. Miré hacia atrás y el reguero de sangre que antes iba dejando tras de mi había desaparecido, ya tan solo eran pequeñas gotas muy esparcidas.

Estaban todos allí congregados, siempre en un sonoro silencio, en una apaciguada calma. Entré en la choza esquivando a pequeños seres barbudos de no más de un metro, encorvados y muy canijos, que poco a poco iban amontonándose en las primeras posiciones. Tenían la mirada de los niños que me abrazaron hacía tiempo las piernas, su misma estatura y su mismo nervio. Estaban allí todos inertes, enanos y gigantes como Parnack o Modhoo, respirando profundamente, en silencio, sin moverse, mirando al medio del circular habitáculo, húmedo y sombrío. Todo en calma, todo en paz. Quietos, muy quietos y en silencio.

Una vez allí dentro de repente todo cambió, no ellos, no, ellos seguían parados, pero el escenario se volvió tétrico y dentellado, se alargaba y removía, formas siniestras cruzaban el suelo haciéndome sentir pánico. Instantes después la calma de nuevo, las sombras volvían a su lugar, calmadas inmóviles, haciendo honor a la quietud del objeto del que provenían, hasta que de nuevo comenzaba el movimiento, los giros, las idas y venidas, las siluetas se volvían locas, bailaban entre ellas, o se peleaban, o se acariciaban, pasando por encima de todos, que permanecían quietos. Esas sombras dejaban de respetar al objeto que las generaba, los jarrones estaban parados, los cuerpos inmóviles, el camastro central impasible, pero no sus proyecciones, que producían una locura de movimientos anárquicos. Pícara antorcha bailarina, travieso viento juguetón.

Cada entrada de aire, cada ligero soplido hacía cambiar el escenario, era como si el viento jugara conmigo, con mi mundo. Las sombras se agitaban según marcaba el soplo de una de las ventanas que movía las antorchas colgadas de las paredes. Fuego, ventana y viento me hacían ver distintas perspectivas de una misma puesta en escena, de una realidad muchas veces cambiante, de una realidad no real, de una realidad no "una" o al menos no estática, sino camaleónica, canalla, burlesca y embustera. Ese fuego bailando y esas sombras como coristas de un espectáculo tenebroso que instantes después se volvía sosegado y tierno. Esquinas lóbregas y sombrías que se iluminaban mostrando su forma inocua. Gran camastro en el centro en el que las sombras no respetaban al cuerpo inmóvil allí postrado, contorneándose sobre él, paseando fríamente de forma caótica. Paredes hechas de barro cuya superficie dibujaba formas dirigidas por la antorcha, la única y verdadera dueña de mi percepción en ese momento, la directora de la escena, con sus ayudantes viento y fuego, que conseguían hacerme sentir distintas sensaciones de una escena que cada vez iba avanzando hacia su culmen final, cuando los asistentes comenzaron a comerse al cuerpo tumbado en el centro, en una epopeya de sangre y empujones, desgarros y miradas animales. Ahora ellos sí se movían, ahora ellos se pusieron al mando de lo que allí sucedía. Los miraba estupefacto pero contento y observaba a las antorchas que se habían llenado de trozos de vísceras pero que seguían impávidas dirigiendo el fondo del acontecimiento, mientras la sangre que chorreaba por el suelo era lamida por los pequeños viejos bajitos, cuyas largas barbas que arrastraban más allá de sus pies habían adoptado un color cobrizo, dejando atrás el blanco de las canas. Todos mascaban trozos abriendo y cerrando la boca con gran ahínco, con unos ojos sin parpadear que miraban no a la habitación donde yo me encontraba, sino hacia un mundo más allá de lo humano, de lo racional, miraban hacia su lado más animal, con un histrionismo instintivo exacerbado. No me veían a mí ni veían sus sombras alargadas moverse a lo largo de la inhóspita habitación, ni tan siquiera se veían unos a los otros, solo percibían furia, destrozo, fuerza, furia animal.

Mi sombra seguía moviéndose a espasmos cuando uno de los viejos enanos se subió al camastro donde antes había un cuerpo. Alzó las manos mirando hacia arriba lanzando un fuerte alarido y bajó los brazos hacia su pecho, quedando encorvado y en silencio. Todos se apaciguaron, salieron despacio de la habitación y siguieron haciendo su vida normal. Quedé allí solo. Había visto un ritual fúnebre. Había visto cómo estos fornidos y apacibles seres volvían hacia sí el cuerpo de un fallecido, lo integraban en el suyo propio para seguir perteneciendo a la manada, al grupo. Pensé que nosotros hacemos algo parecido pero de forma más sutil, también nuestro cuerpo estará en otros en el futuro, y de hecho cada célula que se desprende de mi ser, cada escama o pelo, estando yo en vida, puede formar parte del cuerpo de otro ser. Somos uno, lo queramos o no, somos una única unidad, nos demos cuenta o no, somos una única existencia.

Capítulo 32:
Adiós Dikanka, adiós

Habían pasado años desde mi llegada a Dikanka, tiempo en el que me fui adaptando a la particular vida del lugar. Tiempo que no lo era, no existía, no era tiempo sino existencia, un fluir de sensaciones en distintos planos, en diferentes realidades. Había días en los que me levantaba y sin darme cuenta ya había anochecido, duraban un suspiro, mientras que había otros en los que la frenética actividad me hacía sentir viejo durante esa misma jornada.

Ellos me acogieron con ternura y con mucha paciencia. Daba igual con quien hablara, todos se enteraban de lo que hacía, era como si fueran una única unidad, un único ser con muchas formas individuales. A veces, tras llegar de un largo camino me encontraba con uno de los viejos bajitos y les contaba que tenía hambre, que sería estupendo comer tal y cual cosa, y al llegar al poblado, sin que ese personaje hubiera ido, ya me tenían preparada esa comida en particular.

Pero poco a poco los extraños seres se fueron cansando de mí. Notaba como cada vez se ocupaban menos de intentar hablarme, de intentar conocerme. Me sentía como un juguete roto, como un entretenimiento pasajero al que ya habían exprimido lo suficiente. Y poco a poco, conforme iba andando entre ellos, empezaba a ver caras conocidas, era como si entre aquella gente se cruzaran personas de mi mundo, o de donde fuera que yo viniera. Iba caminando a través de las chozas y creía ver al Páter que me vociferaba angustiado, o a mis padres sentados en las esquinas llamándome para que fuera a hablar con ellos. También mi amigo Gog y otros conocidos hacían acto de presencia en lugares insólitos, como en las frutas que colgaban de los árboles o en el fondo del plato donde comía. Me frotaba las manos y cuando volvía a mirar habían desaparecido. Las primeras veces me resultó extraño aunque no me preocupó, pero en los últimos días estaba muy nervioso, notaba que mi momento se acababa allí.

Parnack venía de vez en cuando a mi caseta, me quedaba mirándolo y en sus ojos veía los ojos de los habitantes del poblado. Era como si me miraran todos, como si todos estuvieran hablando a la vez conmigo. Esa sensación la experimenté desde el primer momento pero ahora era más intensa, era como si desde un profundo pesar me estuvieran empujando a que los abandonara. Eran miradas que se agarraban a mi ser, eran miradas las de Parnack que hacían que mi sombra se alargara hasta desaparecer; en una sola y mantenida contemplación me hipnotizaba de tal forma que al dejar de mirarlo, lo que para mí había sido solo un instante, para mi silueta había significado su desaparición en la oscuridad. Sentía viva su existencia.

Poco a poco los niños dejaron de interesarse por mí y cuando los veía jugar escuchaba sonidos cercanos, sonidos ya olvidados pero que mi mente aún recordaba. Escuchaba a mi madre, escuchaba a personas hablar que nada tenían que ver con lo que sucedía en el lugar donde me encontraba. Andando por las calles, paseando mientras veía como vejetes se tiraban de las barbas y jugueteaban, me encontré en el suelo una pulsera. Era una pulsera que yo recordaba con terror, era la pulsera que P. me había regalado y que un día, un día recuerdo como la había hecho añicos. Allí estaba. Me froté los ojos y seguí caminando, y al llegar a casa nervioso me la volví a encontrar en lo alto de mi camastro. Aturdido salí hacia afuera, Moodho me miraba con cara de tristeza, me paré y miró hacia otro lado. Entonces salí corriendo y me adentré en el bosque.

Estaba frenético, muy nervioso y sobre todo muy angustiado.

Azorado y desconcertado no sabía dónde ir, y entre los árboles empecé a ver gente, pero no a los extraños seres del poblado, sino a gente normal, a gente con bolsas, con carritos de bebé, que se confundían con los árboles y que al mirarme se apartaban. Árboles y personas se iban mezclando mientras yo empezaba a correr cada vez más deprisa.

Corría y mezclaba ramas de árboles con cuerdas de tender la ropa, algunos troncos eran troncos y otros eran esquinas de calles, y algunos pasos pisaban tierra y jaramagos y otros pisaban cemento y asfalto. Me paré a respirar y estando mi cabeza agachada mirando hacia abajo intentando coger aire, un enorme venado color miel se acercó a husmearme y al mirarle me preguntó con voz humana que si me pasaba algo. Lo miré aterrado y seguí trotando hacia ninguna parte, apartando árboles, apartando personas, chocándome con enormes rocas y carruajes, intentando saltar arroyos llenos de agua y callejones con escaleras. Todo era muy raro y muy común a la vez, todo era diferente... y muy de mi mundo.

-Pero chico ¿qué te sucede?, me decía un árbol mientras lo esquivaba.

-¡Ten cuidado! gritaba otro al chocarme con él.

Y en esa loca carrera de repente me tropecé y caí al suelo. Rodé y rodé golpeándome la cabeza con el duro asfalto, y al abrir los ojos, una mujer mayor de pelo cano y dientes amarillentos y afilados me observaba, me miraba y me chillaba su nombre mientras otros pedían a gritos llamar a la ambulancia y a la policía mientras intentaban apartar a la descontrolada mujer. Vi al Páter llegar azorado y extasiado, escuché cómo me llamaba, cómo le decía a la gente que no entendía por qué había salido corriendo, que hablando con él actué extraño. Escuchaba cómo los gritos de la vieja se alejaban, mientras suplicaba quedarse a mi lado, mientras se desgañitaba exigiendo su derecho de estar junto a mí. Recordaba al Páter, recordaba haber hablado con él hacía muchísimo tiempo, hacía quizás años, pero por lo que él decía, parecía que solo habían pasado unos instantes.

Edificios y tenderetes de comercios me rodeaban. Sentí el olor del carbón quemado. Vi a lo lejos la torre de la catedral.

Y dejé de ver para comenzar a existir.

SEXTA PARTE
EL NACIMIENTO

-¡Grigoriy, eh, Grigoriy!

Pi. Pi. Pi. Pi.

-¡Grigoriy, Grigoriy, ahora es cuando debes de galopar en tu caballo blanco!

Pi. Pi. Pi. Pi.

-¡Grigoriy, eh, Grigoriy!

-Parece que no contesta a nuestras llamadas, parece que se hace el sordo a propósito

Pi. Pi. Pi. Pi.

-No, eso es imposible, no es de esos, sencillamente está meditando, tranquilo, sereno, sosegado

Pi. Pi. Pi. Pi.

-¡Grigoriy, eh, Grigoriy!

-¡Déjale en paz!, deja que termine de canalizar todos sus vínculos, deja que termine de extinguir todas sus ligaduras.

Pi. Pi. Pi. Pi.

Capítulo 33:
El despertar de lo humano

-¡Dios, Dios, Dios! hijo mío, hijo mío, qué te ha sucedido. ¡Hijo!, pero qué ha pasado ¡Por qué no contesta!, Dios, por qué no responde. Hijo, ¡abre los ojos! ¡Vamos hijo! Ábrelos, dile algo a mamá, vamos dile algo a mamá... Y tú qué haces aquí. ¡Qué haces tú aquí mal nacido! ¡Ahora vienes a visitarle, ahora te preocupas por nosotros, ahora quieres limpiar tu conciencia!

«Dónde estoy, qué está pasando. Qué es ese pitido, no veo nada, pero estoy tranquilo, estoy muy calmado. Estoy en paz, sí, qué paz, qué tranquilidad, tengo ganas de reír».

-Venga mujer, déjale, es su padre, tiene derecho a estar con el niño.

-¡Derechos, derechos! ¡Y dónde están sus obligaciones Páter, dónde! ¡Dónde estaba cuando yo cuidaba de él! ¡Qué derecho le asistía cuando me vejaba! Sí, sí, sí, sí...él me vejaba, me tenía sometida, me hizo infeliz, y encima luego me abandonó. Sí Páter, sí, usted lo sabe bien.

«Mis padres están discutiendo, sí, son ellos. Y el Pope, también está aquí. Suena este pitido que en otras ocasiones me volvería loco, es como el viejo reloj de mi vecina, pero suena aún más. Sin embargo, aunque sé que me molestaría, no lo hace, incluso me divierte, me relaja».

-Bueno mujer, no es el momento, venga, cálmate. Estamos en un hospital, intenta controlarte.

-¡Qué me calme, qué me calme! Hay que ser ruin, hay que ser asqueroso, hay que ser miserable para aparecer por aquí. ¡Mira lo que has conseguido, sí, sí, tuuuuuuu, tuuya es la culpa, tuya y solo tuuuuuya! Que nos has hecho a todos infelices, que me has humillado toda la vida, no me has dejado viajar, no me has dejado salir, no has dejado que viva. Ojalá este dedo que te señala fuera una pistola, ¡ojalá!

-Esta mujer no cambiará nunca. ¡Idiota! Con tu hijo aquí postrado en la cama, con tu hijo debatiéndose por vivir y mira con lo que viene ahora. ¡Imbécil, impresentable, loca!

«¿Mi padre? Sí, sí, es mi padre, llevo tanto tiempo sin verle. Están discutiendo pero tampoco me molesta, es extraño, suelo sufrir mucho, los escucho, desde chico igual, cuando me encerraba en mi habitación y lloraba mientras ellos se peleaban, pero ahora estoy calmado. Pobres, si supieran lo que me han hecho sufrir. Cuando se pegaban y vejaban, cuando rompían puertas y platos, si supieran cómo han condicionado mi vida, como cuando me usaban como parapeto del uno contra el otro. Pero.... ¿por qué estoy tan bien? Bueno da igual, simplemente me siento a gusto, relajado, no me cuesta nada suspirar, hinchar mi pecho. Siento la vida más viva de lo que jamás la había sentido, es para mí más evidente que nunca mi existencia»

-¡Loca yo! ¡Loca yo!, Padre, mire lo que me dice delante de mi hijo. ¡Cabronazo, inútil! Peeeerro, que siempre has sido un perro y no has trabajado en tu vida, no has dado un palo al agua.

-¡Venga por Dios, calmaros ya! Se acabó, Grisha no se merece esto, hacedlo al menos por él. Mirad, por ahí viene el doctor. Doctor, Dios, díganos algo, mire hijo, yo lo vi, fui el último en hablar con él, pero según nos han contado en su trabajo ya hacía tiempo que lo veían raro. Coinciden conmigo en que tenía la mirada perdida y que llevaba algún tiempo sin ser él mismo. Por lo visto se tiró una semana sin ir a trabajar y cuando llegó hizo como si nada hubiera pasado. Olía mal el día que yo le vi y se comportaba de forma muy poco ortodoxa. Salió corriendo de mi lado y tras cruzar un par de calles se desplomó.

«El Páter habla de mí, ji ji ji, dice que estaba raro, menudo susto me dio, pero gracias a él conocí a Modhoo y visité Dikanka».

-Espere, espere, ahora me sigue contando. Su hijo está en coma profundo, eso es lo único de lo que en estos momentos estamos seguros, pero poco más sabemos. Vamos a hacerle estos días una serie de pruebas para ver si conocemos las causas, pero todo parece apuntar a que su chico ha estado por algún tiempo sin recibir el suficiente oxígeno en el cerebro, quizás producido por una obstrucción en alguna de las arterias que lo riegan. Este diagnóstico es muy precipitado, pero puede cuadrar con todo lo que me han ido contando.

-Doctor, yo lo vi hace dos semanas y estaba normal, no noté nada extraño en él. Parecía que estaba mejor tras la ruptura con P., e incluso lo vi algo más animado. Pero la verdad es que con todos los problemas que tengo encima, con todo lo que me echan en cara, no fui capaz de ver la enfermedad en mi hijo. ¡No me juzgue, no pude notarlo! ¡Ojalá me hubiera dado cuenta!, pero con tantas cargas que tengo en lo alto no estoy para nada. No es culpa mía, no, no, lo siento, lo siento, siento ser una mala madre, pero él no se dejaba querer, me ignoraba.

«Nunca me había sentido mejor que ahora, nunca me había sentido tan pleno, tan realizado, tan lleno. Míralos ahí, los veo sin verlos, porque no quiero abrir los ojos, pero no me hacen falta para imaginármelos. En realidad los quiero, a ambos, y al Páter y a todos. Sufren, se equivocan, padecen con sus errores, eso es vivir, eso es existir, pero podrían haber vivido mejor y haberme hecho vivir más plenamente. Sí, pero ya da igual, qué divertido es todo».

-En todo caso, como les digo, aún es precipitado saber la causa, pero su coma es muy profundo y prácticamente irreversible.

***

La habitación era blanca, muy blanca, olor a sábanas limpias, a blancura, a serenidad, olor a existencia. Se escuchaba el sonido constante del monitor que contaba a todo el mundo cómo se movía el corazón de Grisha. Como si alguien realmente lo entendiera, como si alguien supiera interpretarlo. «¡Cómo si alguien estuviera a la altura de ni siquiera comprender mi ritmo, mi cadencia, de bailar con el tam-tam de mis latidos, de llegar ni tan siquiera a disfrutar de ese compás!».

Grigoriy estaba allí tumbado, con cara de ángel, ojos cerrados y expresión de sosegada tranquilidad, boca arriba, con los brazos rectos pegados al cuerpo, dócil y bondadoso, tapado tan solo hasta mitad de la cintura y vestido con un camisón albo, muy limpio, muy aséptico. Era todo dulzura, era todo felicidad y delicadeza aunque las personas que le rodearan «¡pobres ignorantes!» no dejaran de llorar y gritar. Podríamos decir que sucedían dos circunstancias, dos hechos antagónicos sobre un mismo acontecimiento en un mismo lugar, uno de extremada placidez, lo que nuestro Grisha sentía, y otro de increíble desbarajuste y descontrol, lo que la gente a su alrededor percibía.

«Deja ya de hablar, ¡calla, esfúmate!, ya basta, no sabes contarlo, no sabes explicarlo, no lo haces bien». Solo cuento lo que allí ocurría, lo que en esa habitación sucedía, llevas todo el libro increpándome, te crees con derecho a... «¡Bastardo! ¡Tú no sabes lo que allí me sucedía, tú no me conoces nada! Además no sabes describirlo, es imposible que lo sepas, eres un mal narrador, ¡no improvisas, no te equivocas, no arriesgas!, eres tedioso y aburrido, omnipotente solo para la apatía y el hastío. Ahora, desde mi absoluta felicidad, ahora que el relato tiende a su fin, ahora que ese yo del que hablas está tan cerca de mí, de mi yo actual, ese yo que es mi nacimiento, ese yo que es mi nueva concepción, mi autentica personalidad, ahora vete, sí, vete, déjanos ya, no necesitamos un narrador, no necesito que nadie narre por mí. Yo solo me basto para contar cómo nací, cómo una tarde de otoño aparecí en un hospital y cómo siendo un gusano me atrapé dentro de mi fino hilo de seda, y allí tumbado me fui trasformando, poco a poco me fui destruyendo para finalmente ser lo que ahora soy. Y soy una persona nueva, una persona que no necesita a nadie, una persona que está por encima del bien y del mal en una pestilente habitación, pura existencia, y eso tú, querido narrador, no puedes explicarlo. Por eso, déjanos, déjalos, deja de incordiar. Yo le relataré al lector mi historia final, mi más absoluta decadencia y fin. Yo intentaré crear una comunión entre mi yo y mi pasado, mi pasado y mi lector, mi lector y mi elevada posición. Tú ahora no sirves, no te diviertes narrando, no diviertes a nadie; escribes como una pesada sinfonía, cuando queremos un concierto de Jazz. Es necesario improvisar, desentonar, desafinar y tropezar para poder transmitir lo que me sucedió». Pero, pero la habitación era blanca, y allí estaban los padres de Grisha. «¡He dicho que te calles!, he dicho que nada más debes de contar. Y tú, sí tú, tú que lees con asombro esta discusión, abre tu mente, olvida todo lo que has leído, no creas nada de lo que ahora leas, y duda siempre de todo. Duda de que estés leyendo, duda de que estés respirando, porque respiras ¿no?, ¿bailas? Y duda de que en esta vida lo que vivas sea lo real; y mira lo que a mí me pasó, mira cómo yo no dudé de nada, sí, yo no dudé, no dudé de que tenía que dudar de todo, y que todo era real, y todo era mentira. Y lo que más real nos parece más daño nos hace, y las mentiras, esas mentiras fantasiosas, esa novelesca vida interior que todos tenemos, ese hombre-armadillo (¡amigo mío!) al que damos la espalda, esa no-realidad es la más absoluta de todas las verdades, única y verdadera, compartida por todos, nexo de unión universal. Ahora tengo tanto poder, tengo tanta vitalidad que puedo hablarte sin intermediario, sin narrador. Te cuento mi historia, y juego contigo, y conmigo, y cON LAs letras que nos unen, estas fras3s que conectan tu mente con mi v3rd4d, estas leTRAs que me sirven de soporte para contarte algo que ellas no pueden soportar. ¿BaiL4Mos».

***

Los días pasaban, sí, pasaban y yo estaba allí tumbado, sereno tranquilo. Pasó la navidad y llegó la primavera, estación en la que me paro, sí, aquí paro un segundo mi relato pero solo para describir mi físico, que como un almendro en ese periodo iba floreciendo.

Escuchaba a los médicos comentarles a mis padres que no me recuperaría, que aunque vieran que el color de mi piel cada día mejoraba, que mi pelo lucía y brillaba con más fuerza que nunca y que mis músculos seguían tonificados, yo no saldría del coma, y si lo hacía no podrían prever los daños cerebrales que asumiría en ese despertar. Y sentía al Páter implorar por mí, rogar a mis padres que lucharan, que no me abandonaran, que no me desconectaran. Seguía pasando el tiempo, aunque para mí ese estado duró tan solo un día. Sentía cómo trascurría mi vida, e intuía que las noches sucedían a los días por el comportamiento de las visitas, pero aislando esas referencias, no conocí en esta etapa de mi vida límites temporales, espacios estancos o medidas del tiempo. Luego me enteré de que fueron tres años los que pasé allí tumbado, pero eso lo contaré más tarde.

El tiempo fluía en mi mente como un manantial de pureza, así, en ese estado, no estaba sometido a nadie, solo pensaba, solo sentía. Los días pasaban en una nueva realidad, mi mente viajaba hasta la infinita existencia. Un día me encontraba en mi habitación, y tumbado y sin moverme la llené de flores, la llené de árboles y de campo, y jugueteando con un par de animales de peluche sentí un olor familiar. Miré tras un arbusto de algodón y una pequeña forma salió corriendo hacia atrás escondiéndose en una roca. Fui a esa roca y de nuevo escapó. La seguí de lejos saltando entre arbustos de colores y rocas de ladrillo, cuando me percaté que dicha forma se metía dentro de un pequeño agujero. Me asomé y grité. Tenía mucha curiosidad por saber qué era ese animal que claramente huía de mí, pero del que yo sentía que quería ser perseguido. Con dificultad conseguí meter mi cabeza en un agujero que a priori pensé era demasiado pequeño, y con un leve movimiento mi cuerpo se coló dentro de una enorme cueva, sentí como si el agujero en la tierra se dilatase para que yo cupiera. Las paredes parecían moverse, me resultada ese sitio familiar, pero no podía poner en pie en qué momento había estado yo allí. De repente se abrió un enorme espacio y vi a lo lejos, dentro de la cueva, a dos enormes pájaros multicolor que caminaban muy placenteramente encima de dos inmensos, inconmensurables dragos, que con su forma de hongo atómico se elevaban hacia la cúspide de la increíble cueva. Pasé por medio de ambos árboles y uno de los pájaros me habló, sí, me habló de forma muy natural, muy humana:

-Piii, Grisha, tú otra vez por aquí. Me alegro de volver a verte, antes nos encontrábamos en lo más alto de una inmensa mansión, y ahora te vemos aquí debajo, piii. Se está mejor aquí, tenlo por seguro.

Los miré y los saludé quitándome un pequeño sombrero de copa que de repente decidí que sería bueno llevar en la cabeza, nunca se sabe cuándo hay que quitárselo para mostrar respeto, y esa era una buena ocasión para comenzar a usarlo.

-¿Habéis visto por ese lugar a un extraño animalito peludo al que voy siguiendo?

-Piii. Claro Grisha, acaba de pasar ahora mismo por aquí. Piii, pero él no es tan elegante como tú, ji ji ji, él no lleva ese sombrero, has hecho bien en colocártelo.

Lleno de orgullo me despedí muy cortésmente de ambos pájaros, aunque uno de ellos no me dirigiera la palabra, y seguí hacia delante con la convicción de que me estaba divirtiendo. Mientras caminaba comencé a escuchar que las flores que me rodeaban emitían un pitido muy familiar, Todas pitaban al verme y todas hablaban sobre mí. De repente vi la cara de mi madre reflejada en el agua de un pequeño arroyo que por mi paso se cruzaba. Me asomé y me comenzó a hablar:

-Hijo, por Dios hijo di algo, dinos algo, despiértate hijo. Qué desgracia, qué desgracia. Vamos hijo, sé que tú puedes, sé que puedes recuperarte.

La miré extrañado, yo estaba bien, estaba mejor que nunca, no entendía por qué me tenía que decir esas cosas, y seguí mi camino sin contestarle.

***

«Habían pasado ya tres años desde mi llegada, bueno, ¿quieres contar esto tú? Venga, me siento bien porque la historia llega a su final feliz, así que cuéntalo, pero recuerda que debes de soltarte más, recuerda que estás contando mi relato y que yo ahora soy un ángel libre, vuelo por entre los problemas de los hombres con una felicidad sin límite». Pero, pero, yo he narrado miles de libros y nunca me había sucedido algo igual, nunca nadie, nunca ningún personaje había dudado de las historias contadas por mí. «Sí claro, pero recuerda que yo no soy cualquiera, yo hablo contigo, y hablo con el lector, hago que sus manos se calienten, y que su pecho se acelere. Intento rOMPer estar palabras y llegar más a su c0raz0n. Tú eres solo un colaborador circunstancial, no te necesito, pero me divierte ver cómo te equivocas, cómo no te equivocas. Esta historia, este libro, podrían haber sido mejor sin ti, pero porque no sabes, no sabes, no te esfuerzas en equivocarte, en ser feliz. Y solo narras, pero no opinas, no te involucras, no lo sientes, no intentas romper la gramática, darle la vuelta a las palabras, o a las palavras, no haces lo que te place y te sometes a sus leyes. Yo no, yo no me someto a ninguna ley, llo n0, ni a lelles gramaticales tampoco. Pero aun así, todo tuyo, cuéntalo, cuenta este gran final solo hasta donde yo te deje». ¡Esto es inaudito!, pero en fin, así lo haré. «Lo haremos, venga, narremos ambos».

Pues sí, habían pasado tres años desde ese bonito día de otoño en el que nuestro amigo... «perdona, ¿soy tu amigo? », en el que Grigoriy había sido trasladado al hospital. Los médicos ya hacía algún tiempo que intentaban hacer ver a los padres de la imposibilidad de recuperar la mente de Grisha, y lo daban como muerto cerebral. Prácticamente todas las opciones habían sido descartadas, pero ni los padres ni nadie que no fuera médico (ni incluso los propios médicos) podían creer que Grisha estuviera muerto. Y sí lo estaba según la medicina, sí lo estaba según los aparatos médicos, pero su cuerpo cada día estaba más bello. Piel morena y no le daba el sol. Sonrisa eterna y nada a su alrededor daba motivos para sonreír. Cada día su cara adoptaba una mueca más bella, no es que riera, solo sonreía de forma elegante, como sonríe el que ha hecho algo muy bueno, el que ha hecho un bello gesto y ve los resultados de su esfuerzo, o como sonríe el que va a una obra de flamenco y ve como la bailaora hace un gesto inesperado. Era una sonrisa con duende.

-Venga mujer, hay que hacerse a la idea. Nuestro hijo ya no está. No nos oye, no siente ni padece.

-No, no, no... No puede ser. Mírale, está aquí delante nuestra, respira.

-No respira, le hacen respirar, que es muy distinto, hay que aceptarlo y dejar que descanse. Hay que hacerlo por él, hay que ser fuertes, no tiene sentido.

-Ya, es un sufrimiento inútil para él y para nosotros, realmente es un sufrimiento y una tortura. ¡Pero es nuestro hijo! ¡Es nuestro hijo y lo vamos a matar!

Crucé sin dificultad el arroyo siguiendo mi búsqueda del ser peludo, no sin ver reflejado en él a otras personas que me hablaban, a mi padre y a amigos de la infancia, a Gog y al Páter, que todos a la vez me pedían que les comunicara algo. Yo no quería, estaba bien como estaba, no necesitaba en ese momento hablar con nadie.

Vi una escalera de caracol muy empinada y comencé a subir. Giraba y giraba sin ver el final y de repente apareció la puerta. Al abrirla me encontré en una inmensa sala, suelo de mármol rojo, paredes con papel rosado pintado con flores, y en el centro una gran fuente con un enorme corazón de piedra blanca del que salían dos inmensos chorros de agua a intervalos que cruzaban la habitación y salían por dos de sus ventanas. Se escuchaba una música celestial, todo era lujo, pero un lujo acogedor, un lujo que te hacía sentir como en casa. La chimenea estaba encendida al fondo y se notaba su aroma y calor.

De pronto recordé por qué estaba yo en ese lugar. Iba persiguiendo a una forma peluda que había comenzado a huir desde mi habitación del hospital. Miré alrededor, seguro que debía de estar por allí. Recorrí la enorme sala, llena de cuadros con formas que parecían rostros, pero que no tenían ni ojos ni boca, ni nariz ni orejas, pero eran rostros.

-Hola Grisha, encantado de verte otra vez. Miré de nuevo y no veía a nadie. Que tal estás, bueno, yo te diré como estás, estas mucho mejor que la última vez que nos encontramos. Te veo más bello, más tú, más yo, más nosotros.

-Hola, contesté. Hola, no te veo, ¿Dónde estás?

-Aquí al fondo, mira bien.

-No te veo, no, no te veo.

-No estas mirando de verdad, fíjate, pero no mires donde tengas que hacerlo, mira de verdad.

-Alcé los ojos y vi a una pequeña figura peluda sentada en un enorme sillón rojo de cuero anclado en el techo, mirándome boca abajo.

-Ahora me ves. El sillón se desprendió del techo y se posó sobre el suelo de mármol como se posaría una pluma que cayera desde el mismo lugar.

-Hola, hola, creo que tú debes de ser a quien estoy persiguiendo. En realidad no sé por qué lo hago, simplemente me divertía.

-Y claro, no sabrás quien soy, ¿verdad?.

-No. Lo miré, era entrañable. Era pequeño, como un peluche, con el pelito muy brillante, unas manitas que parecían de goma y unos ojos enormes y azules que te miraban llenos de resplandor y de vivacidad.

-Yo sí sé quién eres, y me alegro mucho de que me veas así, de que nos veas así. Siéntate (apareció un sillón como el suyo pero de cuero verde). Siéntate y sigue siendo feliz. Ahora eres más tú. Ahora te sientes, te vives, tu calor, nuestro calor es más intenso que nunca.

-Estoy bien, sí. Estoy a gusto, me siento bien. Pero de vez en cuando escucho a mis padres y no entiendo por qué ellos no me ven así de contento.

Los padres de Grisha no lo sabían, pero hacía ya tiempo que habían tomado una decisión. A pesar de los ruegos del Páter, a pesar de sus continuos conflictos morales, ellos ya sabían que tendrían que desconectarlo, y poco a poco ese sentimiento lo fueron convirtiendo en un deber.

-Doctor, ¿de verdad que no hay otra solución? ¿No hay nada más que podamos hacer por él?

-No, realmente nada más pueden hacer. Pueden mantenerlo vivo sin estarlo el tiempo que quieran, pero es solo un vegetal, es carne enchufada a una máquina, su hijo murió hace ya tres años.

-Dios mío, ¿por qué nos haces esto? He creído en ti toda mi vida, he sido fiel a la cruz, desde chica, no me merezco esto. Él es solo un chiquillo, le quedaba mucho por vivir y ahora me lo quieres arrancar de mi vida. Sé que tus decisiones no debemos de entenderlas, pero he sido ferviente a tu credo y no me lo merezco, no, no, yo he sufrido mucho toda mi vida, me han humillado y maltratado, ahora esto no, además de todo lo que ya llevo encima, esto no, no, no…

-Miren, les diré solo una cosa. En estos asuntos no se debería de mezclar la religión con la medicina, la moral con la sanidad. He visto muchos casos de estos y les puedo asegurar que su hijo no se recuperará. Está muerto cerebralmente, ya les he enseñado todas las pruebas, su cerebro no funciona. Para que ustedes lo entiendan, las partes de su mente de las que depende la razón, los sentimientos, la percepción de la realidad o la motricidad están totalmente afectadas. Perdonen que sea duro pero nunca se recuperará.

-Vamos, vamos, ven aquí, abrázame cariño. Doctor si nos disculpa nos gustaría estar a solas.

-Sí, por supuesto.

-Cariño, soy su padre, y para mi es igual de duro que para ti.

-Noooo, no, no, yo soy su madre, yo lo he parido, ha salido de mis entrañas y tú te fuiste de nuestro lado, me abandonaste.

-¡Cuando me fui el niño ya se había marchado de casa! Bueno, bueno, venga calma. Oye escúchame, por una vez en nuestra vida, escuchémonos. Míralo, está ahí delante nuestra y no vive.

-No, ya lo sé. ¡Dios, por qué nos haces esto! Nunca más iré a misa, nunca más rezaré. Llevo tres años orando y ofreciendo flores a vírgenes, ¡y no ha servido de nada! Yo ya más no puedo hacer, no, no, no hay nada más que esté en mi mano. Si Él no nos escucha, será verdad quizás que esté muerto. Pero mírale, mírale, si está más bello que nunca. Está más gordito que hace tres años incluso. La cara se le ve con más vitalidad.

Allí sentado en ese verdoso sillón escuchaba de fondo los lamentos de mis padres. Pero no me afectaban, no quería hablarles, estaba feliz, feliz, y me encantaba mi nuevo amigo. Era dulce, olía bien, un olor que me era muy familiar, y su tripita, redonda y esponjosa era como la de un osito de peluche al que no dejas de abrazar. Me miraba con cara de complacencia y de amor, tenía una mirada muy familiar, unos ojos que ya había visto antes.

-Si te soy sincero, tras nuestro anterior encuentro, nunca pensé que llegarías hasta aquí, que llegarías tan lejos. Es verdad que te veía en buen camino, pero nunca imaginé que tuvieras el valor de seguir hacia delante.

-Sigo sin acordarme de ti, pero te puedo decir que me han pasado muchas cosas en los últimos años. Estuve en Dikanka.

-Sí, lo sé, y conociste a Modhoo y a Parnack.

-¡Sí, sí! Es increíble. Y estuve en un bosque donde mi cuerpo se desgarró y empecé a ver cosas increíbles.

-Solo viste, nada más, no hay nada de increíble en eso, lo verdaderamente increíble es vivir sin ver. La existencia es tan evidente… ¿Y nada más recuerdas? En verdad ha pasado mucho, sí, mucho tiempo, pero yo fui la mecha que encendió todo.

-No, ahora no recuerdo. Evoco en mi memoria pasajes anteriores en los que caminaba por la calle y tenía como fogonazos de otras realidades, veía gente sin cabeza ir de aquí para allá. Recuerdo que tuve visiones.

-No eran visiones, eran la realidad. Visiones es lo que antes veías.

-Bueno, eso, sí, quizás tengas razón, pero a ti no te recuerdo, no.

El pequeño ser se incorporó encima de su sillón y montado en el cojín de cuero rojo empezó a bailar de una forma muy bella. Movía su pequeña figura siguiendo un ritmo figurado, se movía con pequeños espasmos que me hacían sonreír, girando su cinturita y meneando un redondeado trasero. Mientras bailaba y giraba sobre sí mismo comenzó a elevarse en el aire y fue aproximándose hacia mí. Giró su lindo cuerpo y sus increíbles y adorables ojos se quedaron solo a unos centímetros de los míos.

- Un vez te dije esta frase: Solo cuando me veas bello serás feliz.

Y llegó el momento en el que sus padres tomaron la decisión definitiva. Ya no había marcha atrás, habían superado todos sus problemas éticos y morales con el apoyo del resto de su familia y de los amigos de Grisha. Pero sobre todo el sostén de la sociedad fue el que les dio el valor para dar el paso final. Porque hay decisiones, la mayoría, que no las toman las personas, hay decisiones cuya responsabilidad debe de caer necesariamente encima de un grupo mayor de sujetos que la soporten. Y este tipo de decisiones como la que los progenitores tenían que tomar jamás serán asumidas solo por una pareja, es imposible que lo sea. Se necesita el apoyo de un grupo que nos diga constantemente y de forma inequívoca que lo que vamos a hacer es lo correcto y de esta forma acallar los enormes conflictos internos que genera.

Así que los padres, aun viendo ahí a su hijo tumbado, piel fresca y lozana de primavera, pelo brillante y fuerte, tez suave y dorada; aun percibiendo que su hijo estaba allí, decidieron asumir que estaba muerto, decidieron que ese ya no era su hijo, lo sacaron del plano de la existencia como ser vivo. Y esa decisión, como he comentado, no puede nunca recaer sobre unos pocos de hombros, somos así de irresponsables, somos así de miedicas. Necesitamos que los demás asuman nuestras decisiones. Y no es que la decisión fuera incorrecta, no, era lo más lógico que se podía hacer, todos les decían (menos el Páter) que lo hicieran.

Y llegó el día. Tras un durísimo periodo de interiorización, tras múltiples peleas con el Páter, tras llorar y llorar, noches enteras de sufrimientos agarrados a la mano de Grigoriy, llegó por fin la aceptación y el temido momento de llevar a cabo el acto final.

-Bueno familia, pues necesito que me firméis la solicitud para que desconecte a Grisha.

-Sí, sí, ahora mismo lo firmo. La madre se dio un fuerte abrazo con el padre, que llorando intentaba no desmayarse.

-Sé que es duro, lo sé, pero es la decisión más razonable que pueden tomar. Vamos, entereza, él ya no está entre nosotros, es un mero trámite.

Miré fijamente a los ojos de ese extraño ser, me quedé mirando asombrado y de repente me vino a la mente un lugar, un sótano, un sitio oscuro y ensangrentado, con paredes llenas de cuerpos medio muertos y vísceras colgando de ellos. Un lugar donde había pasado mucho miedo y que desterré de mi mente. Nunca más había pensado en ello, nunca más había pensado en él.

-Tú, tú, tú…. Dije asombrado pero tranquilo, sin miedo pero apasionado, mientras una media sonrisa se dibujaba en su cara. Me levanté y el pequeño ser peludo siguió estando enfrente de mi cara. Tú eres, tú eres, ¡el hombre-armadillo! Tú eres yo, yo soy tú, una vez te enfadaste conmigo, fue un sueño, sí lo recuerdo, me levanté muy aturdido y fui a trabajar. Entonces me dijeron que había estado más de una semana sin pasar por el trabajo y yo no lo creí. Eres tú, pero eras demoniaco, ja ja, eras feo. Saliste de dentro de mí.

-Soy igual, no he cambiado nada, sigo siendo el mismo, de hecho estamos en el mismo lugar donde una vez nos encontramos.

-Pero eso es imposible, el lugar era siniestro, bueno, tú eras siniestro y vomitivo, pestilente, y ahora….

-Ahora soy igual, sigo siendo yo, sigo siendo tú. Pero has cambiado, hemos cambiado. Lo has conseguido. Me ves bello.

-Venga cariño, firmemos la autorización para que lo desconecten.

-Voy. El bolígrafo se acercó lentamente al papel, no podía atinar en la zona donde debía de estampar su nombre. Recorrió con dificultad el documento, el temblor hizo que al escribirlos sus datos fueran ilegibles, en su interior no quería relacionar su nombre con el hecho que iba a llevar a cabo y la caligrafía mostró ese sentimiento, era vacilante, nerviosa, sinuosa. Tragó saliva, miró al doctor y a su marido, y con miles de recuerdos atormentándole su cabeza, viendo a Grisha pasar por el parque, montar en la bici, no terminar de comerse su plato o salir del bus del colegio, con todos esos recuerdos torpedeando su ser, inició por último el estampado de su firma. Era una firma picuda, con largas líneas, y en cada ángulo debía de pararse a respirar y tragar saliva. Inició su trazo con una perpendicular cuyo final fue una parada infinita que hizo que se creara un enorme punto negro imprevisto. Grisha corriendo a abrazarla saliendo de la escuela, Grisha llorando al caerse intentando subir a un columpio, Grisha nervioso sin dormir la noche de reyes. Otra línea cruzaba de lado a lado lo ya dibujado. Mami, ¿por qué hay un rey negro? ¿Ese me trae a mí los regalos? La firma tenía en el medio las dos iniciales redondeadas de sus apellidos, que las dibujó del tirón, como si las vomitara. Mami, eres la mejor mami del mundo, menos mal que me has tocado tú como mamá. Una larga línea final debajo de todo el garabato finalizaba la rúbrica, mientras tres lágrimas manchaban el papel. Se desmayó y cayó al suelo.

-Es increíble, ahora te veo bello, sí, ahora te veo adorable, querido hombre-armadillo, querido mío.

-Sí, pero aún te queda mucho por recorrer, aún ves una realidad parcial, aún no te conoces de verdad, no me conoces, no nos conocemos. Un día salí de dentro de ti porque me tenías encarcelado, marginado en una celda insonorizada y sin luz. Me dejaste suelto y te pude hablar. Pero no es suficiente y tú lo sabes.

-Escucho a mi madre respirar. Creo que está inconsciente, creo que algo le ha pasado.

Entonces al pequeño ser se le empezaron a caer pelos y un enorme caparazón le salió en la espalda. Sus ojos se ennegrecieron y su cara se transformó en la que había visto en mi sueño años atrás.

-Están pasando cosas, tenemos que actuar. No queda mucho tiempo. Se separó de mi cara y a cierta distancia comenzó a replegarse sobre sí mismo.

Pasó la hora del almuerzo, ninguno de los dos progenitores pudieron comer nada. Esa misma tarde se iba a proceder a desenchufar al enfermo. Serían las cinco menos diez de la tarde, el sol brillaba con fuerza pero aún hacía frescor en la calle.

En la habitación, Grisha dormía plácidamente, las blancas sábanas se movían de forma leve debido al fresco aire de primavera. Entró la comitiva, en ella el Páter aún les decía a unos y a otros que estaban cometiendo una locura, que estaban matando a un hijo de Dios. Desde los primeros momentos se opuso a que lo desenchufaran, siendo el único que seguía esa tesis. No era suya, se la marcaba la iglesia. En otros casos anteriores hizo exactamente lo mismo, se opuso, pero no como en esta ocasión, ahora su convicción no era ideológica, ahora la llama de su convencimiento ardía en su interior. En los otros casos lo decía con la boca pequeña, veía al enfermo y deseaba en realidad que dejara de sufrir. Pero ahora veía a Grisha y no podía imaginar que estuviera muerto. Miraba esa cara de ángel y no se podía creer lo que iba a suceder. El padre de Grisha lo miró enfadado, le advirtió que no era el momento y que habían llegado al acuerdo que vendría siempre y cuando se abstuviera de dar cualquier tipo de comentarios.

-¿Qué pasa, que está sucediendo querido amigo? Vi como los muros del fastuoso salón se empezaron a desmoronar. El papel rosado de las paredes se fue desgarrando y un enorme torrente de sangre comenzó a fluir en su lugar. El suelo se movía y mientras la enorme fuente con forma de corazón se iba hundiendo soltando borbotones de sangre por doquier, el techo de la habitación se desprendió como si de una tapa de una lata se tratara. Todo era caos, sangre y temblor. Enormes nubes cubrían un cielo enrojecido, ahora visible, del que comenzó a sonar un leve al principio tictac, que dio paso a que entre las nubes apareciera un gigantesco reloj, era el reloj de la vecina que tenía en mi habitación, cuyo sonido se convirtió en un ensordecedor tañido. La esfera cubrió todo el firmamento y cada movimiento de la manecilla del segundero implicaba un insoportable estallido unido a un rápido temblor que hacía que las paredes retumbaran y desprendieran una lluvia de sangre.

-¡Mirameeee, mírame, rápido, tienes que mirar a mis ojos, no nos queda tiempo!, dijo el pequeño hombre-armadillo mientras alzaba los brazos y unas gigantescas garras surgían de sus pequeños bracitos. Soplaba un viento desgarrador que me vapuleaba en una y otra dirección. ¡Mírame y sé feliz. Somos uno, somos uno. Amor mío, acepta por fin quien eres, aceptemos que somos diferentes, que nuestro lugar está fuera de toda esta jauría de perros rabiosos. Acepta que tome un papel más relevante en tu vida, acepta ser como eres!

-Bien, vamos a proceder a desenchufar los aparatos. Padre es el momento de que le dé la extremaunción al paciente si así es el deseo de la familia.

Todos se colocaron alrededor de la cama, ambos progenitores abrazados. El Páter comenzó a recitar frases en latín, puso una mano en la frente de Grigoriy mientras con la otra sostenía la Biblia. Lloraba y miraba de reojo a la madre que desconsolada hundía su cabeza en el hombro de su exmarido. La ventana dejaba ver la blancura de la florida rama de almendro que allí se encontraba, era esa semana en que todos los almendros estaban en flor, en la que un manto nevado de pétalos cubre los árboles en una señal de pureza ante la llegada del calor.

-Oremos. Por la bendición y protección del Señor sobre todos los moradores de la casa y la presencia del Ángel Custodio... Las cortinas se movían y el sol de la tarde iba lentamente ocultándose tras una frondosa encina. El médico y el equipo de enfermeros miraban de reojo al cuerpo allí tendido, dulce, lozano, miraban como respiraba gracias a la máquina que tenía enchufada. La belleza que emanaba hizo que uno de los enfermeros comenzara a llorar, mientras el médico le agarraba del brazo en un gesto de disciplina, ya que debía de controlar sus emociones.

-... por esta santa unción y su piadosa misericordia te perdone el Señor cuanto has pecado... Un par de pájaros se posaron en la ventana.

A cinco metros sobre el suelo el pequeño hombre-armadillo flotaba en el aire cada vez más lleno de una especie de fluido verde viscoso. Los brazos, antes alzados y ya con unas poderosas garras, me apuntaron mientras seguía sentado en el sillón de cuero verde, observando al inmenso reloj cuyo segundero cada vez iba más despacio. Me extrañaba que cada desplazamiento de la manilla lo percibiera como un par de minutos y ese tiempo se alargaba en cada nuevo desplazamiento que iba acompañado de un brutal alarido. Marcaba las cinco menos diez. La esfera no tenía números y enormes corazones eran apuntados por las manecillas. Arriba se encontraba la llave que hacía girar el mecanismo que daba cuerda a todo el reloj. Un enorme dólar alado se encargaba de girarlo continuamente.

Miré al frente y noté cómo de repente mis ojos se unieron a los del extraño ser, a cinco metros, a las cinco menos diez, tiempo y espacio se pararon.

-…Oremos. Por esta santa unción y por su piadosísima misericordia, te perdone el Señor lo que pecaste por el oído…

-Mi hijo, Dios, mi hijo, ¡no, no, no!

Ante los gritos de la madre los dos frágiles pajarillos posados en el poyete alzaron el vuelo, posándose en las ramas del almendro que cruzaban la ventana. El ruido del claxon de un coche cruzó la habitación.

Todo temblaba, el suelo se deshacía y las paredes se desplomaron. Solo quedó oscuridad, el inmenso reloj que ahora se deformaba, el pequeño ser volando y yo sentado en el sillón. Todo era cerrazón, no había nada, y el reloj se estiraba mientras los segundos seguían pasando cada vez más lentos, correspondiendo a cada movimiento del segundero un enorme chillido, un tremendo grito patético que marcaba el paso hacia el siguiente instante. Cada vez más estirado, cada vez con la forma más elíptica, la esfera del reloj se iba desquebrajando mientras Grisha miraba impávido todo lo que iba ocurriendo.

-¡Madre, padre!, los veo en tus ojos, aquí están conmigo a los pies de mi cama. Estaba muy calmado, muy sereno y tranquilo a pesar del enorme caos que se había generado a mi alrededor.

-…Oremos. Por esta santa unción y por su piadosísima misericordia, te perdone el Señor lo que pecaste por la vista…

-Sí, son papá y mamá, debemos de ir con ellos.

-Vamos, desconectemos los instrumentos y el respirador. Enfermero proceda. El llanto de la madre de Grigoriy inundaba toda la habitación.

-¡Nooooo, noooo, no, por Dios no! Hijo, ¡hijo mío!

-¡Vamos, vamos cariño se fuerte, vamos, dejará de sufrir, irá a un sitio mejor si no está ya en él, venga calma!

El aparato se apagó. Un desgarrador silencio invadió toda la blanca habitación. Olía a flores de primavera, olía a humedad y a frescor. Olía a blanco. Silencio.

El enorme reloj que había encima de mí en ese ruinoso escenario explotó en el último segundo antes de dar las cinco menos nueve minutos. Al llegar a las doce el segundero, el grado de tirantez de la deformación producida hizo que se quebrara por completo y una lluvia de trozos de cristales se precipitó encima nuestra. En ese momento el pequeño hombre-armadillo se lanzó hacia mí, inició un vuelo de cinco metros con las garras por delante y antes de que la lluvia de cristales le rozara contactó con mi pecho mientras yo miraba hacia todas partes. En un único movimiento me desgarró con ambas zarpas, me partió las costillas y penetró dentro de mí.

-Yo te acepto, yo me acepto, somos uno, somos, somos, soy, soy, soy feliz.

Todos se quedaron mirando el cuerpo de Grisha, ya había pasado, ya estaba desconectado. Su cara seguía siendo de prosperidad, de placer, de increíble felicidad. Las blancas cortinas volaron alrededor de la habitación. El viento de primavera llenó todo el aire de flores de almendro, que en grandes cantidades entraban por la ventana.

-Sí, soy feliz, ahora lo veo todo, ahora miro con tus ojos, con los míos, ahora puedo ver desde dentro de verdad, la no verdad, la auténtica verdad, la mentira más absoluta, la genuina subjetividad, mi YO, mi ser, mi amor. Existir ya no será más una carga.

Todos lloraban, incluido los médicos, rodeados de pétalos de flor. El Páter, acostumbrado a lidiar con pasajes como estos, se desplomó en un sillón justo en ese instante infinito de la desconexión. Aún estamos ahí, en ese segundo después de ser desconectado, en ese intervalo en el que ya Grisha no tenía ayuda de máquina alguna para respirar. Las flores volaban por la habitación y los rayos de luz hacían ver el polvo allí suspendido. Seguimos en ese segundo, una lágrima se desprendía del ojo derecho del médico, las manos del enfermero tapaban su cara, el Páter derrumbado boca abajo en el sofá. Continuamos en ese instante, los dos pájaros miraban la escena desde la rama del almendro, ajenos a todo, pero participando del mismo instante temporal. Un chiquillo tropezaba mientras corría tras un balón abajo en el jardín. Un vaso suspendido en el aire se acababa de desprender de la mano de la madre, mientras el padre cerraba con fuerza sus ojos. Y Grisha allí tumbado. Ese segundo estirado, ese momento que sigue tras la desconexión en el que justo en la planta de abajo se escucha el grito de un niño nacido a las cinco menos diez de un día de primavera. ¿La reencarnación de Grisha? Podría ser, pudiera haber sido, pudiera haber florecido justo cuando se marchitaba.

-Jijiji, jijiji, tengo ganas de verlos, tengo ganas de abrazar a mami. Es mi mami y la quiero.

Y ese segundo pasó, la manecilla de algún reloj en alguna parte del mundo avanzó una posición dando lugar al comienzo del siguiente segundo tras el instante infinito anterior. Y en ese movimiento, en ese tiempo recorrido, justo cuando el vaso se rompió en mil pedazos y su sonido retumbó en toda la habitación, justo cuando los pájaros desplegaban de nuevo sus alas y el viento dejaba de soplar, justo ahí, ahí, cuando el recién nacido de la planta de abajo sufría con su primera inhalación, entonces Grisha respiró.

Siguió respirando, su pecho siguió hinchándose y deshinchándose como si nada hubiera pasado, como si la máquina no hubiese sido apagada. Y fueron unos segundos que pasaron veloces, quizás diez segundos que tardaron menos en pasar que los dos anteriores. Al principio nadie se percató, el tiempo volaba, hasta que la sombra de la madre se echó encima del cuerpo con ella detrás, y luego de estar un momento encima de él, notando el movimiento de su pecho, aterrada se levantó y miró con los ojos desorbitados a todos los allí presentes. Y de nuevo el tiempo se detuvo. Miró a Grisha allí tendido, miró al Páter y al doctor. Grisha respiraba. El médico miró al enfermero y el enfermero a la máquina, los tubos estaban retirados, y la máquina apagada. Silencio, blancura.

-Jijiji, jijiji, que divertido es todo.

Grisha respiraba y nadie se atrevía a hablar. El médico no daba señales de reacción alguna. El cuerpo seguía tal y como estaba cuando la máquina estaba enchufada, igual de bello, igual de armonioso, y con cada inhalación, cada vez más profunda y más acompasada, pasaban por la habitación los rayos de luz que iluminaban multitud de trozos de flores de almendro que suspendidas, daban la impresión que estuviera nevando en primavera.

-¿Grigoriy?, Grigoriy, ¡Grigoriy!

-No puede ser, es imposible que... Es imposible, repetía el médico en voz baja, muy baja.

Y Grisha abrió sus luceros, de forma maquinal, muy rápido, y miró de aquí para allá sin parar, sin dejar de moverlos. Los tenía abiertos, muy abiertos, y muy negros y brillantes.

Capítulo 34:
La auténtica vida

-Hola Grisha, cómo estás hoy. Sí, sí, ya es de día hijito, es de día. Vamos guapo vamos, arriba. Deja que te limpie las babas.

«Para mí es lo mismo día o noche, luz u oscuridad. Sigo con lo mío, ser feliz».

-Espera que te abro la ventana. ¿Qué señalas? ¿Quieres tu libro? No ahora no, te acabas de despertar, luego te leo algo. Ahora tenemos que ducharte y luego tienes que ir al colegio. ¡Es tu primer día de cole! Venga deja de remolonear, jeje, ¡no te metas debajo de las sábanas que te veo!, venga, venga levántese usted caballerete. A ver, los mocos, venga, que tienes toda la cara llena.

-Coole, coole, sí, sí, coole. Rosalbina eeeres guapaaa. «Dormir o vigilia, soñar o razonar, lo mismo me da, sueño que vivo despierto y vivo soñando que duermo»

-Claro, claro, vamos venga levántate cielito. Vamos a la ducha lo primerito y luego te tomas una tostada. ¿O prefieres una rosquilla de chocolate?

-Choocolete, choocolete. «Cuando en vigilia estoy, como y trago, pero soñando descubro sabores más intensos»

-Jeje, sí hijito, sí, chocolete. Pero antes a la ducha. Venga ayúdame a quitarte la ropita. Si tú ya sabes hacerlo solito ¿Verdad?

-Sí, sí, soolito. Rosalbina te quiero. ¿Maami? ¿Maami?

-A ver, venga cuidado con los ojitos que luego te escuece el champú y lloras como un niño chico. Tu mami se acaba de levantar y se está duchando, ella tiene que ir ahora a trabajar. Cuando te duches la vamos a saludar antes de que se vaya.

-Maami. Y paapi. «Sueño con padres que me quieren, y ahora vivo soñando que así sucede. Real o no lo mismo me da, alucinación o engaño poco me importa, percibiendo menos vivo y sueño más. Nada es real, solo creo lo que siento y soy muy feliz»

-Cuidado, así, venga, los pies, mete los pies en los calzones, muy bien, muy bien.

Grigoriy estuvo en el hospital durante otros seis meses más mientras se iba poco a poco recuperando. Un día comenzó a mover los dedos de una de sus manos y de forma progresiva su cuerpo fue lentamente reaccionando. Todos estaban asombrados de lo que había sucedido, recibía múltiples visitas de amigos y familiares, e incluso la prensa se hizo eco de la noticia calificándola de milagro. El Páter no paraba de contárselo a todo el mundo, él lo sabía, sabía que estaba mal dejar que muriera, él sabía que no estaba muerto y él ayudó a salvarlo.

-Mira ahí está tu mami, ahí la tienes anda. Vamos, despacito, que vas a tropezar y no queremos enfadar a mami tirando otra vez algún cuadro.

-Hola hijo, hola buenos días. Hola Rosalbina, cómo has pasado hoy la noche. Yo estoy fatal, muy mal, muy mal. ¡Ay qué asco por Dios, quítale esos mocos que le caen por la boca!

-Bien, bien señora, bien, hoy parece que no ha tenido ningún sueño de esos raros, ha estado tranquilo.

-Suuueño que estoy despierto, yo suueño que estoy sooñando, siempre suueñoo. Hoola maami, hoola. Besito maami, besito.

-Sí hijo, sí, lo que tú digas, besito, venga, pero no me babees la cara que me acabo de poner el maquillaje. Vamos, come ya que vas a perder el autobús o la furgoneta o lo que sea que te recoja. Y no vuelvas a berrear por las noches, ¡ya no puedo irme a una habitación más lejos!. Por favor que suplicio.

-Es un autobús especial señora.

-Maami, guuapa mami. Te quieroo maami. Quuiero que mee quieeras muucho maaami.

-Claro que sí hijo, ay por Dios que sufrimiento, aquí todos se alegran mucho de su recuperación, pero la que carga con él soy yo. Bueno, hijo, si en el fondo eres un cielo, eres el único que me quiere y me lo dice. Eres el único, por Dios. Das cariño sin importarte nada más.

No juzgas, no criticas como toda esa gente, solo amas. No como antes cuando estabas sano.

-Vamos señora no llore que va hoy muy guapa.

-¡Grigoriy por Dios! ¡Acabas de tirar el vaso de zumo! ¡Idiota! Joder con el niño del demonio. Bueno me voy que me está ya poniendo nerviosa, menudo día me espera.

A los dos meses una mañana calurosa de verano abrió los ojos. Los médicos en realidad no sabían por qué no los había descubierto antes, era como si no quisiera hacerlo por algún motivo. Reaccionaba ante sonidos e incluso escuchando conversaciones sacaba a veces alguna sonrisa, un día soltó hasta una carcajada. Sin embargo los ojos no los abría, los mantenía cerrados, pero en sus párpados se notaban los rápidos movimientos que sus globos oculares llevaban a cabo por dentro. Era como si estuviera soñando en una fase muy profunda, pero sin embargo estaba despierto. Con sutiles expresiones en su rostro seguía la conversación, e incluso a veces emitía algún sonido de conformidad con lo que se le iba diciendo. Todos quedaban asombrados al verle.

-Vamos Grisha no llores, no pongas esa cara que sabes que mami se levanta todos los días nerviosa porque tiene que ir a trabajar. Vamos, termina tu rosquilla y bébete este otro zumito.

-Maami, quieero a maami. Zuumo malo, brazo maalo. «Vivir soñando implica vivir al margen de la física cotidiana. Veo el mundo distinto, percibo las cosas a mi manera, me encanta, me maravilla mi universo, sereno, tranquilo, en paz. Antes la existencia era ridícula, soez, era un existir muy vago. Existía solo para los demás, que proyectaban en mí su visión de mi existencia, pero no era yo capaz de sentirla por mí mismo»

-Y ella a ti también hijito. Poco a poco irás coordinando mejor los movimientos, seguro que si guapo. Venga, abróchate bien que no queremos que pases frío. La bufada, así, así por el cuello, muy bien. Jeje, te ríes ¡eh!. Oiga, ¿por qué se ríe usted? Jeje, ¿te gusta llevar bufanda?, ¿O se está usted riendo de mí?, sí, sí, de mí, jeje.

-Jijiji, de ti, de ti, guuapa, Rosalguaapa, ji ji, coole. Meee guusta este sueño, pooorque estoy soñando contigo.

-Claro que sí, cole, vamos al cole.

El día que abrió los ojos en el hospital todos se dieron cuenta de que se habían transformado, sus ojos habían cambiado mucho. Sus pupilas eran inmensas y su antes color caramelo se había transmutado en un negro azabache muy intenso; parecía que no dejaban escapar la luz que en ellos entraba. Los mirabas de cerca y no te veías reflejados en ellos, nada reflejaban excepto una negrura inmensa.

-Uy qué frio hace en la calle.

-Sii, friio, muucho, pero conteento, coole. Rosaaaalbina coorazón pleno, cooorazón bello. «Estando a mi lado, durmiendo en mi habitación estás en mi sueño, eres pura vida y necesitas de pocas palabras para vivirla, eso es lo que te hace única»

-Tú siempre estas contento amor mío. Siempre lo estás, eres lo mejor que me ha pasado en mi vida. Bendigo el día que te vi por la calle, ese día que te vi en la plaza, bajo la torre de la iglesia y me percaté de que eras diferente a los demás. Tú me distinguiste del resto y en ese día decidí santificarme hacia ti.

-Sii, jiji, te vi en el mercado entre la gente sin cabeza, entreeeee parejas y tuuu ibaaas sooola y tú no eras de color rosado, eras más bien veeerde, jiji. Pero el Paaater nos separó, te echó a uuun lado.

-Claro, y tú te quedaste hablando con él, pero yo seguí cerca de vosotros y cuando iniciaste tu huida fui la primera en acudir a socorrerte, amor mío.

-Claaaro, Rosalbiiina, me acuerdo de tuuu caaaara, entre muchas otraaas caaaraaasss.

-Eres increíble, mucho mejor que cualquier persona que nunca antes haya conocido. Bendigo el día que tu madre se decidió a contratarme, bueno, a dejarme estar a tu lado. Cuidado por donde pones los pies, cuidado con los charcos que mojan.

-Piies, sí, piies largos y mojan los charcos. Chaarcos malos, mojan pies. Rosalbina guuapa. Beeso, beeso.

-Claro que te doy un beso, ¡y mil si quieres! Toma, toma, toma y toma. Y de regalo otros cuatro más.

-Jijiji, beesos, si y yo abrazo. Fuerte abrazo así. «Respira y está calentita, siento sus pulmones en mi cara, siento que alcanzo el ideal por todos buscado. Existo para ella y ella existe para mí».

-Venga vamos, que la parada está ya aquí, en un momentito te recogerá el bus. No vayas a llorar ni nada, que luego vuelves. ¡Y no te vayas por ahí de cachondeo!

-Caachondeo, jiji, caachondeo con Gog.

-Sí, tu amigo Gog vendrá esta tarde a verte, pero antes tienes que ir al cole.

Una vez con los ojos abiertos, aún en el hospital, comenzó a hablar poco a poco. Los médicos le diagnosticaron una parálisis que le afectaba a buena parte del cerebro. No podría moverse de forma coordinada y conversaría con dificultad. Además su capacidad analítica había quedado muy reducida, era como un niño, no podría volver a valerse por sí mismo. En el hospital apareció una mujer mayor de nombre Rosalbina. Al Páter le sonaba de algo, pero no conseguía saber dónde había visto esa cara y esos amarillentos y afilados dientes antes y al final pensó que sería una de las miles de beatas que acudían a diario a su iglesia. Llegó allí y se ofreció para cuidar de Grigoriy.

-Vamos, sube al bus. Mira cuantos amigos vas a tener. Y mira que chica tan simpática, ella va a ser tu profe.

-Proofe, Rosalbina guuapa quiero mucho, mucho, mucho. Agua en los ojos porque te quiiero.

-Vamos hombre, aayyyy que es muy chiquitito. Un abrazo y luego nos vemos. Así descansas un poquito de mí, que llevamos viéndonos las caritas durante ocho meses seguidos. Venga guapo, en muy poquito nos vemos.

La gente que lo iba a visitar a la clínica salía impresionada al verlo. Hablaba con mucha dificultad, sus movimientos, lentos y torpes, junto con su mirada algo perdida, hacían suponer que estaría peor de lo que luego transmitía. Y es que con pocas palabras, con muy pocos gestos y con una mirada que parecía más que miraba hacia dentro de su cabeza que al mundo exterior, con muy poco, decía muchísimo más de lo que incluso las personas que le visitaban se daban cuenta en ese momento. Y a muchos les pasó que al volver a casa, o ya acostados, o al día siguiente, la pesadez y aflicción al no haberse encontrado con el Grisha de siempre la transformaban en una especie de feliz melancolía unida a un deseo muy fuerte de volver a verle.

Rosalbina tras muchos resquemores por parte de todos, que no comprendían su interés por cuidar del muchacho, finalmente fue contratada e ingresó de interna en casa de la madre de Grigoriy, donde fue trasladado cuando le dieron el alta médica.

-Arriba, muy bien, venga, cuidadito con el último escalón. Muy bien, ya estás en el autobús, siéntate al lado de ese compañero, así muy bien.

-Hoola, amigo, yo Grisha, tu. «Eres diferente, vives dentro de un largo y profundo sueño como yo»

-Hoola, amigo, jiji, tu ¿no hablas? Meejor, meejor, hablar sirve pooco. Daame abrazo.

-Grigoriy, deja a ese chico, que le estás asustando. No puedes estar todo el rato dando abrazos a la gente. Hay quien no quiere que se le abrace.

-Aamigo mío. Es aamigo mío.

-Sí, venga, poneros a dibujar pero no hagáis trastadas.

-Seeñorita enfaadada. Jijiji. Tu aamigo mío.

-Sí, sí, sí.

-Yo mejor aaaasí, tu meeejor también. Soolo quiero queerer. Sooolo quieero querer.

-Sí, sí, sí.

-Muy bien aamigo, dibujo muuy bien.

-Sí, sí, sí.

-Jijiji, tuu siempre sí, sí, sí. Mee gusta, yo también a todos sii, sii y luuego por dentro noo, noo, jijiji, peero los quiero a todos, a maami y a paapi y al cuurita y a toodos, los quiero y a ti también.

Llevaba ya seis meses en su casa al cuidado de su madre y de Rosalbina, a la que el Páter miraba con mucha desconfianza. Todos se sorprendían de cómo iba evolucionando y sobre todo del increíble cariño y que desplegaba a su alrededor. Cuando uno iba a visitar a Grisha salía de su casa con una gran paz interior, hablar con él, dejar que te tocara o escuchar sus pocas y lentas palabras hacía crecer el espíritu del que estuviera delante, yéndose a casa con una pequeña semilla plantada en su corazón, una semilla de paz interior, que lamentablemente a las pocas horas se diluía y no terminaba de crecer, pero mientras que duraba su efecto las personas sentían el mundo diferente, más humano, más accesible y juguetón.

-Hooola Goooog, hola Gog, jijiji, Goog.

-Hola Gri, cómo estás hoy. Te he traído el libro que me pediste. Rosalbina se quedará asombrada cuando te lo lea.

-Bueno, bueno, a ver qué le traes que luego pasamos unas noches horrorosas, se intenta levantar, se ríe a carcajadas y nos despierta a todos. Venga dámelo. Al menos dejará ya un poco al Zaratustra ese o como se llame. Ay hijo, que se lo he leído ya tantas veces que me lo sé de memoria.

-Ja, ja, bueno Rosalbina, ya sabes que a Gri le gusta mucho darle vueltas a todo y estos libros le entretienen mucho.

-Siii, siii, jijiji, muuucho, mee gusta que Rosalguapa meee leeea. «Sus palabras son poesía para mí, aprendo tanto de su lectura y aún más de sus comentarios. Ella habla desde el corazón. Por eso en mis sueños insomnes ella me hace volar»

-Bueno, pero ya sabéis que su mami no quiere que le lea estas cosas. Siempre ando a escondidas y el día que me pille me caerá una buena. En fin, os dejo que voy a aprovechar para comprar algo de pan.

-¿Cómo estás Gri? Te veo realmente bien, odio a la gente que te mira con pena o que se compadece de ti. Yo te veo genial, sé que has cambiado, pero era necesario, recuerdo las conversaciones que teníamos, recuerdo cómo desde la torpeza que da el temor a admitir el fracaso me transmitías tu desilusión y desencantamiento por esta vida que llevamos. Recuerdo la barra de un bar, cervezas y whisky, lamentos dentro de una vida perfecta para todos e insoportable para gente como tú. Y te envidio, has hecho lo que yo iba buscando toda mi vida, no sé cómo pero has tenido el coraje de hacerte añicos, hacer añicos cualquier atisbo de tu vida anterior. No sé si lo hiciste de forma consciente y no sé qué te sucedió en esa semana en la que no fuiste al trabajo y nadie supo nada de ti, ni sé por qué huiste del Páter, pero desde luego te envidio.

-Aahora viivo en un iiinfinito plaaacer, me guuusta nooo percibir del toodo bien, noo quieero saber muucho de laa gente. Sin saaber soolo aamo, solo quiero quere. Ahora existo desde dentro.

-Sí, jajaja, es el sueño de todo anacoreta, por eso se iban a las montañas, por eso Zaratustra huyó de la sociedad, para poder conocerse, para poder conocerlos, pero luego él volvió. Tú ahora estás entre nosotros y estás fuera de nosotros, la cueva y la montaña están en medio del mar de la infelicidad social, te has hecho un paraíso dentro del infierno. Jajaja, si alguien me escuchara me mataría. Jajaja, que grande eres Gri. Oye, ¿y estos dibujos?. ¿Qué es esto?

-Diiikaanka, es Diikanka.

-¿Dikanka? ¿No fue allí donde me dijiste que estuviste tras huir del Páter?

-Siii, sí.

-Es muy bonito, las chozas, y estas personas gigantes y musculadas. ¡Pero qué cabezas más ridículas Gri!

-Jijiji, eeran así, teenían un gran coorazón y pooooca cabeza. Ese es Parnack, mi aamigo.

-¿Y este otro dibujo? Es rojo, y aquí ¿porque la gente no tiene cabeza?. ¿Por qué se difumina en una enorme nebulosa? Y van todos de la mano.

-Si tienen cabeza, pero una enorme y giiigantesca, todos tienen una en común y suuus cuerpos son fríos y seecos. Noo escuchan a suuus cuerpos sooolo procesan información, proocesan sin pensar, y lo maaas graaave siin siin siin seentir. Aaasi os veooo, aasii te veeeoo.

-Jajaja, joder Gri, pues tendrás razón, digo yo. Realmente te envidio, sí, te envidio.

Y sí, Gog en lo más profundo de su ser anhelaba ser como Grigoriy. Era un sentimiento que le había acompañado toda su vida, un sentimiento de hastío y agobio. Un agobio y una opresión que nunca eran lo suficientemente fuertes como para romper con el estatus quo, pero que como un ligero oleaje, le iba erosionando día a día hasta dejarle como un muerto en vida. Muchas veces había pensado Gog en que necesitaba que le pasase algo tremendamente malo, él era una persona lista y se daba cuenta del sinsentido de su deseo, pero el no soportar la opresión por vivir le llevaba a implorar porque algo rompiera con la dinámica que le acompañaba. Era como si le pidiera a Dios que le enviara un tremendo mal, algo que le hiciera no tener que preocuparse del día a día. Porque además llevaba con él el sentimiento de culpa que alguna vez había hablado con Grisha, ese sentimiento que te hace sentirte mal cuando ves que otros lo pasan peor que tú. Esa vergüenza que se une a tu destemplanza, a tus pocas ganas de vivir, que te machaca al compararte con otros que realmente sí que lo pasan mal.

Y muchas veces Gog deseaba dar ese paso y dejar de sufrir, quería convertirse en uno de esos, un auténtico desamparado, y poder de ese modo, cual cerdo en un lodazal, impregnarse y regodearse de toda su desgracia. Estaría tumbado y lleno de mierda, se revolcaría en sus auténticos problemas y tendría allí la paz al no ver a nadie peor que él. De ese modo se quitaría al menos la vergüenza de ver gente más desgraciada luchando por salir adelante. Quería caer, caer y caer muy abajo, porque en el estado intermedio en el que se hallaba, ni era feliz ni alcanzaba a recaudar toda la energía suficiente como para romper con todo. Y miraba a Grisha y creía que él sí lo había logrado. Él si se había inmolado, se había hecho el seppuku social, abriéndose en canal la tripa y soltando de ella todo el lastre racional impuesto. Ahora era libre, lo miraba y no veía nada malo en lo que otros solo lamentaban como una gran desgracia. Y donde ellos veían lástima y compasión, pena por una vida destruida, Gog contemplaba un auténtico paraíso, miraba a Grigoriy y veía a Dios.

Se quedó mirándolo en silencio, en uno de esos silencios que ahora se producían con Grisha, silencios llenos de luz, llenos de ecos y resonancias, llenos de olores y sabores. Silencios llenos de información en los que una especie de canal se habría entre ambas personas, por donde fluía una indescriptible paz. Y durante un brevísimo instante Gog vio que detrás de Grisha surgían unas enormes alas blancas, vio lo eterno y lo divino, vio a Buda. Y mientras un hilillo de baba recorría la comisura derecha de la boca de Grigoriy, Gog contempló sobre su cabeza un brillante anillo dorado, era un santo, o mejor, era una especie de Dios. Su tartamudez y su dificultad para construir frases, su torpeza de movimientos y su incapacidad de valerse por sí mismo eran el disfraz perfecto para esconder esa inmensa luz interior que ahora estaba cegando a Gog. Y cuando estiró su frágil brazo derecho, trémulo y descoordinado, y lo alzó por encima de su hombro para darle un abrazo, Gog sintió. Simplemente sintió. Un extenso espacio se abrió alrededor de ellos, en esa minúscula y sórdida habitación donde la madre lo había confinado, cuyos muros se desplomaron, cuyo suelo se extendió hasta no ver más allá. Un increíble espacio donde la paz reinaba, donde Gog y Gri, Gri y Gog solo se miraban, y alrededor suyo todas sus vivencias pasadas, todas sus anteriores experiencias resultaban ser vacuas. Todo era poesía, todo era belleza. Y es que Gog allí, delante de ese mongólico, delante de ese ahora disminuido mental, baboso, lleno de mocos y cada vez menos humano, Gog entendió que buscar no sirve de nada, que dentro de ti se abre un vasto espacio por explorar, allí, allí donde Grisha vio al hombre-armadillo del que tanto le habló esos años, allí está la auténtica paz poética, el auténtico existir.

Capítulo 35:
Los múltiples finales de la vida

El ahora y el adiós

El tiempo pasaba, años en los que Grisha no evolucionaba. Los médicos seguían sin saber exactamente qué había ocurrido y el futuro de Grigoriy era incierto. Su cerebro podría fallar en cualquier momento, de hecho su cuerpo lejos de mejorar iba empeorando, cada día le costaba más hablar o moverse, era absurdo, ya que en todo caso los médicos pensaron que ya que se había obrado el milagro, Grisha iría poco a poco recuperando su fuerza motora y parte de su capacidad cerebral. Pero no fue así. Las visitas de Gog se sucedían, tenía la necesidad vital de verle cada día, de sentir su presencia dentro de él. Pero Gri cada vez hablaba menos, aunque su cara era de felicidad total. Las personas que por allí pasaban, amigos, familiares, el Páter, poco a poco se fueron alejando de él, no era una visita cómoda y la persona a la cual habían conocido ya no estaba allí, ese ser baboso y que no paraba de gritar nada tenía que ver con el Grigoriy de años atrás, cuando todos envidiaban su vida.

Y llegamos a la edad de cuarenta y cinco años. Su padre había muerto hacía dos y ante la noticia Gri no reaccionó. Ya nadie iba a visitarle, solo Gog y el Páter pasaban por la casa y entraban en la oscura habitación donde lo tenían. En esas visitas Gog miraba a Gri y se extrañaba que nadie se hubiera dado cuenta que no tenía sombra. Un tenue albor brillaba desde su piel, una tenue fosforescencia que hacía que al emitir luz su silueta no proyectara sombra alguna ya que esa sombra era devorada por el suave manantial lumínico de todo su ser. Este hecho además provocaba que cualquiera que se acercara a él originara una tenebrosa sombra detrás, alargada, muy alargada, provocada por el resplandor de Grisha. Gog reía cuando al coincidir con el Páter se daba cuenta que la sombra de éste se configuraba y moldeaba en distintas formas, todas ellas, se podía imaginar, conjeturadas por Gri. Además, a través de la luz que emitía su piel moldeaba las sombras de los objetos que le rodeaban y mediante este método se solía comunicar con Gog, poniéndole en su mano la sombra de algún libro que quería que le leyera, o haciendo que la silueta de Gog conformara diversas posturas en una especie de teatrillo improvisado que le divertía sobremanera. Pero no le gustaba que le fuera a visitar, no quería ser espejo ni referencia de nadie, y berreaba sin parar hasta conseguir que su amigo se marchara.

Su cuerpo apenas ya se movía y nunca lo sacaban a la calle. Rosalbina estaba ya muy mayor y la madre luchaba desde hacía tiempo porque fuera ingresado en un hospital. Pero Rosalbina, terca como una mula, se negaba, no lo podía aceptar. Esa pobre mujer, cuya procedencia aún extrañaba a todos, había creado un increíble vínculo con él, algo puro, algo bello. Contaba con la edad de setenta y dos años ya, y su única obsesión era que no le faltara a su niño de nada y estar siempre muy cerca de él. De hecho ahora dormían juntos, en la misma cama incluso, desnudos y abrazados.

Gog le ayudaba todos los días con la comida, mientras escuchaba de fondo los alaridos de Grigoriy. Eran insoportables, berreaba y berreaba todo el día, solo callaba cuando le leían alguno de sus libros, y su cara siempre estaba llena de mocos. Raro era el día que no se defecaba encima.

«Sí, esa es la edad que ahora tengo, cuarenta y cinco años. Sé que estoy aquí, en este inmenso universo que es mi habitación, en esta luminosa y cálida estancia, atalaya indescriptible desde donde toda la existencia tengo a mis pies. Siento necesidad de seguir así, poesía sin versos, rima sin letras, armonía de la nada. Cada vez me uno más a la muerte, pero no sé qué sucederá conmigo».

No, pues no sabemos qué ocurrirá con Grisha, pero lo que es seguro es que vivirá como lo lleva haciendo todo este tiempo. Nadie sabe lo que sucederá con él. «Sí, nadie sabe lo que sucederá conmigo, sí, nadie lo sabe. Quizás viva otras vidas, quizás me reencarne en otros cuerpos, espero ser más afortunado, quiero ser un animal, no quiero vivir en sociedad, no es para mí. Sueño con sentir y luchar por vivir cada día, sueño con sentir y no pensar, sueño con correr libre por un prado, volar libre por entre montañas, alzar mi cuerpo y respirar. Sueño con no tener que hacer esto de nuevo, no tener que morir para vivir plenamente. Porque esta vida que tenemos no es vida, porque esta vida solo es muerte. Y morimos y morimos cada día, y morís sin luchar por existir, perdiendo el tiempo en vanos deseos, en absurdas relaciones, en proyectos futuros que solo os llevan a morir. Porque morirás, sí, morirás algún día, y has creado un Dios para hacer esa muerte más dulce, y has creado una vida eterna porque tu codicia no te da con vivir una sola vida, que las quieres todas. Y no te das cuenta que morirás, y lo único que importa ahora son estas letras, y lo único que importará mañana es el aire que respiras. Y solo sabes mirar a mañana, porque eres un cobarde, y solo sabes mirar a otras vidas, porque eres un pusilánime. El miedo del ahora puede contigo, porque él ahora es duro, el ahora es un animal que no puedes controlar, solo te puedes dejar llevar por él, y eso da mucho miedo para apocados como tú. Porque la vida es un ahora, y la muerte es un mañana, y un ahora es un instante interminable, y un mañana es una nada infinita».

La madre

Ese día fue terrible, nunca había visto nada igual en mi vida. La policía allí, el Páter, Gog, y sangre, mucha sangre por todos lados, sangre en el suelo, sangre en las paredes, sangre por todas partes.

Solía pasar cuando podía por casa, tenía que ir, era mi hijo. No solo no tenía vida sino que además la gente me reprochaba el haberle abandonado. Como si ellos fueran quienes para juzgarme. Lo dejé con Rosalbina que, tozuda, no dejaba que lleváramos a Grisha a un centro especializado. Me amenazó varias veces con el suicidio si esto se llevaba a cabo, pero últimamente las cosas iban de mal en peor. No tuve el coraje de enfrentarme a ella, me daba mucho miedo cuando me miraba con esos ojos enrojecidos y abría la boca mostrando esos afilados y diminutos dientes amarillos.

Yo decidí que mi vida debía de seguir, no podía más con los berridos que cada día salían de esa habitación. Por mucho que cambié la puerta, por mucho que insonoricé la estancia, los gritos de Grigoriy no me dejaban vivir. Su padre venía solo para echarme en cara que su hijo no salía a la calle, pero cada vez que intentaba Rosalbina bajarlo se meaba y se cagaba encima, lloraba y gritaba, era imposible moverle de esa habitación.

Antes la gente le visitaba a menudo, pero en los últimos años solo el chico ese raro, Gog creo que se llamaba, pasaba por casa. Cuando entraba me saludaba con mala cara, sí, lo recuerdo, y no era el único que me juzgaba, pero ese tonto chaval lo hacía con una mirada distinta, era como de pena, y a mí me ponía muy nerviosa. La casa estaba siempre hecha un desastre, olía mal porque esa mujer ya no tenía años como para cuidar de Grisha y limpiarlo todo.

Soy una desgraciada, siempre lo he sido. A todos les daba pena mi hijo, todos lloraban por su alma y todos en el fondo me reprochaban el no estar más pendiente de él, aunque en la cara me dijeran que debía de seguir con mi vida. Pero eso ya no era mi hijo, no lo era no, y los mismos que yo sé que a la espalda me criticaban dejaron de ir a visitarle. Me gustaría haberles visto en mi lugar, haber perdido en vida a un hijo. Además que él nunca me quiso, jamás me había respetado. Odiaba cuando me miraba con esa cara de suficiencia, se creía muy listo y los demás éramos idiotas a su alrededor.

Un día tomé la decisión, tras ir y ver una rata por el pasillo, de llamar a los servicios sociales. Debía de sacar a esos dos de allí, porque los vecinos me amenazaron con denunciarme, habían llamado a sanidad. Hablé con Gog para pedirle ayuda, para pedirle que intentara convencer a Rosalbina, pero ese estúpido me dijo que él creía que el mejor lugar para Gri estaba allí y que ayudaría a la vieja en todo lo que pudiera. ¡Como si yo no quisiera ayudar! Es que no era cuestión de ponerse a fregar, bastante he trabajado toda mi vida, bastantes horas he echado como para ahora tenerme que poner a quitar mierdas. Era cuestión de que los vecinos me querían denunciar, y de que Grisha debía de ser ingresado en un centro por su bien. Por el bien de un hijo que siempre me despreció, yo que era su madre, yo que aguanté al cerdo de su padre que murió de pura maldad, de pura villanía. Murió habiéndome abandonado, murió solo, como debía de morir. Y espero que Dios le dé su merecido, espero que Dios lo mande al infierno de donde nunca debió de haber salido. Ahora estoy sola, ahora los dos han muerto, padre e hijo, algo bueno habré hecho para ser la única que sobrevive.

Ese día, lo recuerdo como si fuera ayer, me llamó ese idiota de Gog. Me llamó porque se había encontrado muertos a mi hijo y a su cuidadora, a Rosalbina. Yo estaba en la peluquería, mi único momento de relax, y tuve que salir de allí a medio terminar. Al llegar me encontré a la policía, los había llamado también Gog, y en la puerta los vecinos se quejaban del olor y de la suciedad del piso. No era mi culpa ese olor ni esa inmundicia, yo los quería sacar de mi piso y acabé yéndome yo de él. Atravesé el largo pasillo dejando atrás el enorme y desaprovechado salón, seguro que los policías me echarían la culpa de la suciedad y me culparían de que mi hijo estuviera en esa salita en vez de estar en un cuarto en condiciones, pero qué culpa tenía yo, era él quien berreaba sin parar si lo intentaban sacar de allí, y ese era el único lugar lejano donde sus berridos dejaban escuchar al menos en el salón la televisión. El pasillo torcía a la izquierda y al llegar a la cocina, previa a la pequeña habitación, allí estaba Gog con un hombre vestido con camisa y vaqueros, era policía aunque no me di cuenta al principio. Entonces vi la escena. Era grotesca, era una salvajada, era una locura. Sangre, sangre, sangre.

Todos estos años intenté vivir, intenté rehacer mi vida, intenté ser una persona normal, pero con Grisha era imposible. Lo miraba y sabía que me odiaba, yo lo sabía. Al principio me decía que me quería, siempre me quería, si claro, ahora me quería, ahora inválido y sin apenas conciencia, pero antes yo no era nada para él, nunca me visitaba. Luego apenas podía hablar y cuando pasaba por su lado me escupía y babeaba. Rosalbina decía que intentaba decirme lo que me quería pero siempre me manchaba los trajes. Ese no era mi hijo, aunque nunca lo fue, nunca fue un buen hijo, he sido una desgraciada, no tuve suerte, nadie me ha querido nunca. Toda mi vida he aguantado los insultos y las vejaciones, siempre a mí, yo soy siempre la que tengo la culpa de todo.

Olía a carne podrida y varias moscas revoloteaban por la asquerosa habitación. Allí tirada estaba la vieja, en el suelo, con la mandíbula desencajada, enseñando esos dientes del demonio. La escena era terrorífica y yo me eché a llorar. Grité y grité mientras una mujer policía me agarró y me sacó para fuera. Creo que vi a Grigoriy muerto tirado en su sillón y todas las paredes manchadas de rojo, era como si hubieran frotado las paredes con sangre. Entró el Páter y me lancé a sus pies, pero no me atendió, no quiso asistirme en mi dolor, como todos, a mí nunca me hace nadie caso, a mí nunca nadie me ayuda.

De niño lo quería con locura, era mi bebé, lo cuidé hasta la extenuación ya que su padre ningún caso le hacía. Pero yo necesitaba vivir, yo necesitaba tener vida a parte de cuidar del niño. Hice lo que pude con él, le di una educación, le ayudaba con los estudios y siempre tenía los mejores juguetes y la ropa más cara. Nunca le faltó de nada. Tenía más de lo que cualquier niño podía desear y sin embargo a medida que iba creciendo el desagradecido se fue separando de mí. Yo estaba muy mal, caí en una depresión por su culpa, por estar encerrada con él a diario, por cuidar de él y no preocuparme por mí. Enfermé de los nervios y así me lo pagó, el muy desagradecido. Y lo veía ahora, muerto, sin vida, aunque hacía ya tiempo que no era mi hijo. Pude vender la casa y me compré algo en la playa, tenía que disfrutar más y olvidarme de todo eso.

Era sábado, la casa olía a fósforo y yo me liberé de una gran carga.

El Páter

La muerte de Grigoriy fue una noticia que no me cogió por sorpresa aunque siempre pensé que Dios me llamaría antes que a él, pero al parecer el Señor tiene para mi aún tareas pendientes, y ésta era una de ellas. Supongo que ha querido que me mantenga al lado de ese desdichado hasta su muerte, siendo yo el primero que le vi morir esa tarde en la plaza junto a la iglesia, hablando tranquilamente al sol, preocupado por darle buenos consejos, cuando de repente salió despavorido como si hubiera visto al mismísimo diablo. Fui yo el que luego le salvó, sí, lo creo firmemente; Dios me envió para demostrar a toda esa gente que no se puede jugar con la vida, que solo Él la da y la quita. Luché a brazo partido cuando querían darle muerte en el hospital, sí, eso de la eutanasia que le llaman, asesinato es lo que es, sí señor, un asesinato en toda regla. Lo querían asesinar, estuve allí cuando desconectaron la máquina y por obra de un milagro respiró. Creo que

Dios lo hizo para darle una lección de vida a la humanidad y una lección de humildad a todos esos científicos. La noticia corrió como la pólvora, yo mismo notifiqué de ello al Cardenal para que lo hiciera llegar a las más altas instancias eclesiásticas. Quisieron hacerme a mí responsable del milagro, pero me negué en rotundo a aceptarlo. Yo estuve allí y lo vi, fue el propio Grigoriy el que en su afán por vivir siguió respirando como si tal cosa. Fue una obra maestra de Dios, un espectáculo celestial, una demostración de la fuerza divina, yo solo fui un instrumento del santísimo.

Recuerdo ese día en que me llamaron porque se lo habían encontrado muerto. Estaba con esa pobre mujer, Rosalbina creo que se llamaba. La escena era increíble, digna de una película de terror. Allí estaba ese amigo suyo, ese desgraciado llamado Gog, menudo nombre por cierto. Llamé a un taxi porque mis piernas ya no me dejan caminar con soltura y al llegar me encontré con la policía. La madre histérica me suplicó que hiciera algo, que todo eso habría tenido que ser obra del diablo, que ella no tenía culpa de nada y que por favor le diera la confesión. La aparté porque quería ver lo sucedido y al recorrer ese largo pasillo y llegar a la cocina desde allí la habitación, vi desde allí la más absoluta de las atrocidades. Tengo ya noventa y dos años y puedo decir que nunca me encontré nada igual en mi vida.

Mientras contemplaba el horror recordé la vida de ese pobre desgraciado, lo tenía todo, lo tenían todo y no lo supieron aprovechar. Sus padres destruyeron una familia destinada a vivir en paz, sin problemas económicos. No atendieron a un hijo que se les descarriló, apartándose de la iglesia. Su abuela, gran amiga mía, ya me lo decía antes de fallecer. No se fiaba de su hija, no, y menos de su yerno, un ser vago, desconcertantemente zángano hasta decir basta, por lo que me encomendó la misión de cuidar de Grisha. Y no he podido cumplir con mi tarea. Siempre fue un chico demasiado inquieto, demasiado dubitativo. De todo recelaba, de todo desconfiaba. Nunca respetó a nadie, y menos, esto con algo de lógica la verdad, a sus padres.

Mientras veía el horror, mientras veía a Grisha allí muerto, con la cara ensangrentada, completamente desnudo sentado en aquel sillón, mi mente me llevó al día en que todo comenzó, al día en que me lo encontré en la plaza antes de caer en coma. La cara que puso al verme, la cara que puso antes de salir corriendo y caer desplomado unas calles más adelante, esa era la cara que ahora tenía, mezcla de terror y felicidad, una especie de risa irónica, risa maldita. Y allí estaba Rosalbina, esa extraña mujer, muerta a sus pies, también desnuda y ensangrentada. Era una escena dantesca, era grotesca y sin sentido. Todo hacía pensar que alguno de los dos, en un acceso de locura había dado muerte al otro y luego se había suicidado. No sé, la verdad es que nada de lo que allí se veía tenía ningún tipo de lógica. Como ninguna lógica tuvo el comportamiento de Grisha antes de su coma. Recuerdo que su antiguo jefe, el señor Cubo, una persona respetable y trabajadora donde las haya, vino un día a visitarle al hospital mientras estaba allí postrado. Me contó la extraña desaparición de una semana que tuvo antes del fatal desenlace y el comportamiento errático que mantuvo en la oficina el día que sucedió todo. Porque antes de nuestro encuentro en la plaza fue a trabajar, se pasó por su oficina, y según comenta el señor Cubo actuó como si estuviera drogado. Lo vieron hablándole a la corbata, se quedaba mirando fijamente el cuello de sus compañeros, se levantaba y se volvía a sentar. Pensó que estaba borracho o enfermo, o las dos cosas. Al salir lanzó su corbata al aire y se quedó parado en la puerta. El pobre señor Cubo me dijo que a veces se culpaba por no haber avisado a un médico, pero cómo iba él a saber lo que posteriormente le sucedió. Seguramente ahí ya no estaba ante Grigoriy, en ese momento su cabeza estaría ya enferma.

Me viene a la memoria que llevábamos ya algún tiempo la madre y yo intentado sacar de esa casa a Grisha antes del fatal suceso. Esa mujer, esa vieja era muy extraña. No nos gustaba, se había obsesionado con él. Un día me dijo que su vida había estado destinada a esto, a cuidar del chico, que nunca jamás se separaría de Grisha, que allí junto a él había alcanzado la más absoluta felicidad. Pienso que ella fue la que hizo que los demás dejaran de visitarle, hacía lo posible por desagradar a los que allí acudían, a los amigos y conocidos de Grigoriy. Es absurdo, pero era como si solo lo quisiese para sí misma. Solo Gog era bienvenido. Yo acudía todas las semanas. Llevaba comida y hacía una pequeña misa, pero Rosalbina me lo reprochaba porque decía que a Grigoriy no le interesaban esas cosas. Era increíble la falta de fe de esa mujer, y lo que es aún peor, no dejaba que yo se la transmitiera a ese pobre desgraciado, no me dejaba que le leyera fragmentos de la biblia. Encima que gracias a la Iglesia se había salvado, encima que gracias a nuestro rechazo a la eutanasia aún estaba vivo.

Y allí se encontraban los dos, muertos, ensangrentados, desnudos, y lo que era aún más inquietante, con las paredes llenas de sangre. Estaban manchadas de rojo aunque parecía que en su locura alguno de los dos había estado intentando limpiarlas, porque varias sábanas ensangrentadas que parecía que se habían usado como trapos estaban tiradas por el suelo. Era increíble como un rostro de un cadáver ensangrentado puede transmitir paz, sosiego y belleza. Era imposible poder imaginar qué había sucedido allí, qué maldita locura había llevado a esas dos persona a cometer tal atrocidad. Tan solo Dios, en su inmensa sabiduría sabrá lo que allí ocurrió esa tarde de Otoño, tan solo él podrá poner sentido y dar luz a esos hechos tan sumamente tenebrosos.

Solo rezo por el alma de estos dos pecadores y espero que en tu inmensa bondad los acojas en tu seno. Quizás Grisha no tuvo que vivir tanto, quizás la prolongación de su vida fue un error. ¡No, pero qué herejía estoy cometiendo! Perdón Dios, el recuerdo de estos acontecimientos nubla en mí el entendimiento. Estoy ya senil, mi tiempo se agota, y en el cenit de mi vida es de las pocas cosas que aún no he podido comprender. Espero que estando a tu lado des sentido a la historia de Grigoriy Smyrnov, que concluyó de forma tan escabrosa en esa vetusta y cochambrosa habitación.

Gog

Me llamo Gog y he pasado los últimos diez años con Grisha. Tardes en las que la comunión con Gri era indescriptible y tardes en las que Rosalbina siempre estaba a nuestro lado. Yo no vi su fallecimiento pero sé lo que pasó. Rosalbina apareció muerta a su lado, con el brazo extendido intentado abrazarle, tumbada en un suelo lleno de babas, orines y sangre. Él echado hacia atrás en su sillón con los brazos colgando, los ojos abiertos, la mirada perdida. Apenas ya podía hablar y la comunicación era muy complicada, pero sé lo que dijo y sé por qué se levantó, sé por qué todo estaba por el suelo y las ventanas abiertas. Sé que vio el pasado, el origen de todo. Sé que la mezquina de su madre quería echarlo de su casa, hablé con ella pero como siempre se hizo la víctima. No pretendí explicarle nada de Gri, de su increíble poder, de su increíble santidad, nunca lo entendería, pero me ofrecí a ayudar para que la casa se mantuviera digna, ya que ella apenas pasaba por allí y cuando lo hacía era para contar a Rosalbina la miserable vida que según ella le había tocado vivir. No se atrevía a mirar a los ojos a Gri, le daba asco. Y ni siquiera advirtió que Gri llevaba mucho tiempo sin sombra, ella no se fijaba ni siquiera en la suya, que estando cerca del hijo se alargaba y se transformaba en una especie de manada de buitres peleando entre sí. Porque no veía que la piel de Grisha emitía una dulce luz, y esa luz hacía mover las sombras de los objetos de su alrededor. Nunca lo había contado, pero esa era una de las mejores maneras de comunicarse conmigo, a través del movimiento y la trasformación de las sombras que había a su alrededor, que deformándose bosquejaban la auténtica realidad por Gri sentida.

Nunca fui un gran amigo de Gri antes de su enfermedad, nunca quedamos para salir, de hecho proyectaba una vida que a mí no me gustaba. Pero viviendo esa vida de opulencia y continua acción material, cuando le veía y le saludaba sus ojos me decían otra cosa; y ahora sé que allí dentro se reflejaba el hombre-armadillo, su verdadero yo, su esencia, eso es lo que yo veía en los ojos de ese por aquel entonces triunfador para la sociedad y perdedor para sí mismo. Siempre nos parábamos y charlábamos durante un buen rato, a veces con un café, otras con una cerveza, pero nuestro tiempo en común nunca eran premeditado, surgían de encuentros casuales y al terminar nunca nos citábamos para otra ocasión, ambos sabíamos que éramos de mundos distintos pero sin embargo algo nos unía, un tenue hilo que nunca nos llegaba a separar del todo.

Repito, yo no estuve, cuando llegué me lo encontré allí tirado, y ella a sus pies. Lloré amargamente, lloré como un niño al que le quitan su juguete porque ese juguete es para él en ese momento todo su mundo. Y eso era Grisha para mí, aunque él me regañara, aunque él berreara para que no fuera a visitarle. Aunque hiciera girar alrededor de mí las sombras de todos los objetos de la habitación. Porque no quería, prefería estar a solas con Rosalbina, ella leyéndole, él babeando y orinándose encima. Creo que pensaba que para mí era contraproducente tenerle a él como referente, creo que nunca fue un profeta porque solo el hecho de transmitir un mensaje haría que los que lo recibieran no escucharan a su corazón, sino que como siempre se dejaran llevar por uno ajeno. Y él precisamente quería que yo escuchara a mi interior y para eso debía de alejarme de él. Nunca quiso enseñar, nunca quiso catequizar ni aleccionar a nadie porque creo que pensaba que la única doctrina posible era la que marcaba tu propio corazón; pero había que dejarle libre. Y sabía que ese latir independiente en todo caso era imposible en la forma en la cual vivimos actualmente. Por eso creo que no se esforzó, no bajó de la montaña, no cometió ese error.

Nunca me gustaron las visitas del Páter, venía casi todas las semanas y molestaba a Gri con sus pesadas homilías. Sin embargo Grisha, cuando el cura le leía la biblia o le recitaba una misa, no berreaba, se quedaba quieto y sonreía. El Páter interpretaba eso como una señal de agrado pero yo sé que se reía de él porque comenzaba a modelar su sombra y la golpeaba en la cabeza con la sombra de un jarrón que había en una de las esquinas. Ese hombre además fue la mecha que provocó todo el incendio y debía de estar agradecido por ello; estando junto a él Gri corrió varias calles y cayó desplomado. En ese intervalo de tiempo, de tan solo unos segundos, Grisha vivió toda una vida. Él me la contó durante todos estos años su correr por el bosque, su transformación desgarrándose el estómago, perdiendo la boca y los ojos, sacado el corazón al sol, sus encuentros en Dikanka y sus vivencias con Modhoo y Parnack. Pensándolo bien, el Páter le ayudó con su objetivo de dejar de ser persona, de dejar de lado el mundo racional, fue él de manera inconsciente el que inició todo ese proceso aquella tarde en la plaza. El pobre cura piensa que salvó su vida ayudando a evitar la eutanasia, cuando en realidad provocó su resurrección mucho antes.

Volviendo a la habitación donde se hallaban los cuerpos, sé por qué las paredes estaban llenas de letras, palabras en rojo, quizás de su sangre. Y pienso que se levantó y mientras hablaba, expulsando de su boca existencias sin fin, Rosalbina lo escribió todo allí, en esas paredes infinitas de ese cuarto deplorable del fondo de una casa medio abandonada. Porque su madre se marchó a otro piso y él nunca quiso salir de esa habitación.

Y lo sé sin haberlo visto, y lo sé porque yo fui el primero en llegar y con un trapo lo borré. Todo estaba allí escrito, seguramente él se alzó, levantó los brazos y comenzó a hablar sin tartamudeos, se limpió las babas y los mocos y de un salto se montó encima de su sillón. Bailaría un poco, quizás bebió algo de vino ya que había una botella medio vacía encima de la mesa. No creo que ni él ni Rosalbina abrieran la ventana, nunca lo hacían, y me imagino que se abrió sola, que un fuerte viento quiso que todos escuchasen ese cantar. Los vecinos contaron a la policía que escucharon alaridos, más fuertes quizás que en otras ocasiones, pero que ya estaban acostumbrados a esos desagradables sonidos. Pobres, pobres, pobres vecinos sin orejas, sin entendimiento ni discernimiento para oír y entender la poesía de la vida. Muchas cosas hablaría y habló Grisha entre berridos y llantos y entre todo lo dicho Rosalbina escogió algunas palabras, algún fragmento y lo dejó escrito en la pared, llena de letras. Se volvería loca, nada tenía con lo que dibujar así que escogió como tinta su sangre, y en un éxtasis final abriéndose su piel en varios arañazos más o menos profundos, con ese mismo cuchillo fue lentamente trazando letras salidas de la boca de Gri. Todo lo borré, sí todo, sé que era lo que Grisha hubiera deseado, él no habría querido dejar ningún legado, no le importaba la gloria ya que no le importaba el futuro. Por eso deseó ser como era, disminuyó su cerebro para vivir el presente más absoluto.

Recuerdo en una ocasión en su anterior vida, que tomando ambos un café llegaron sus amigos. Se avergonzó de mí, se levantó y salió a su encuentro. Luego de despacharlos no se atrevía a mirarme a la cara. Yo seguí la conversación como si tal cosa, hablábamos de la pareja, del gran temor que tiene la gente a la soledad, es decir, a conocerse a sí mismos. El miedo a quedarse a solas con su propio yo, el miedo a conocerse y a vibrar con las emociones puras, con aquellas que no pasan por la razón. Ahora esa conversación cobra nuevos significados, ahora dibujo en mi memoria de manera distinta aquellas palabras y aquella escena. Recuerdo que me sorprendió y recuerdo que mis amigos, todos unos snobs pseudointelectuales, criticaban mi amistad con ese, para ellos, vendido al dinero y a la vida fácil. Pero ellos no había visto el reflejo de sus ojos, ellos eran incluso peores que aquellos a los que criticaban. Ellos se guiaban aún más por la lógica supuestamente progresista e innovadora imperante, que sí, rompía con lo anterior, pero era el mismo mecanismo alienante, no pensaban, solo iban en contra de lo que ya había. Al final se creían superiores pero eran los mismos autómatas con otra carcasa. Y, como iba diciendo, recuerdo que en esa conversación a Gri se le veía intranquilo, creo que me tomaba a mí como su confesor, conmigo soltaba siquiera un filito de las dudas que ya le atacaban por dentro, aunque aún en esos momentos el vigor de su moral y el miedo a ser distinto le atrapaba casi por completo.

Y en su último respiro, en su última exhalación, mientras Rosalbina trazaba con un cuchillo ensangrentado palabras inconexas en la pared, estoy seguro que abrió los ojos de par en par, sí, sí, seguro, eso sucedió, los abrió y miró a través de la ventana, y su vista viajó por entre los edificios, llegaron al final de la cuidad, cruzaron bosques y montañas, pájaros y nubes, y se elevaron más allá de la Tierra; su mirada cruzó la Luna, viajó entre los planetas y las estrellas creándose un canal en el que toda la luz del universo se dirigió hacia esos dos luceros. Y en ese viaje, en esa mirada cada vez más lejana, en ese último suspiro final, en ese par de segundos, Gri vio el origen de todas las cosas, vio a años luz de su habitación el primer albor del universo, el inicio de todo, pero no vio a Dios.

Y encima de la mesa, en esa habitación donde yacía Grigoriy desnudo, habitación llena de sangre y restos de comida, había una nota, un papel escrito por Rosalbina, papel cuya sombra voló cuando abrí la puerta de la habitación. Revoloteó su silueta por un instante en frente mía, pasó encima de Grisha y se deslizó por delante de la ventana mientras sonaban las campanas de una iglesia cercana, cayendo finalmente en mis manos. Me desplacé hacia la mesa, cogí la nota, la guardé en mi bolsillo y a nadie se la enseñé, igual que nadie vio nada de lo que se escribió en las paredes. No, nadie se merece leer eso, nadie estaría preparado. Antes de llamar a la madre y a la policía rebusqué por los cajones, no quería dejar nada de lo que hubiera escrito Rosalbina, pero nada había que encontrar. Solo ese papel, solo esa nota llena de gotas rojas. No me dio pena por ninguno de los dos, sonreí al ver la escena de nuevo y agarrando el trozo de papel entre mis manos, llamé por teléfono para comunicar la muerte de Grigoriy Smyrnov.

Era sábado y olía a fósforo.

EPÍLOGO

Mucho tiempo más tarde Gog murió solo en su casa.

Llevaba años llevando una vida solitaria, se había apartado de casi todas sus amistades. Estaba tumbado en su cama y al meterlo en el ataúd encontraron arrugada en su mano izquierda un viejo papel. El funerario apartó sus dedos con dificultad, y al desplegar la amarillenta nota leyó lo que allí había escrito:

SISNEGE:

En el principio vi como el hombre creó el verbo y la palabra para denominar los objetos que advertía.

Y el hombre estaba desordenado y vacío, y el entorno era inexplicable, y caminaba por entre la naturaleza temeroso y desconfiado.

Y dijo el hombre: Sean las formas múltiples, y creó palabras para denominar conjuntos de objetos.

Y vio el hombre que agrupar objetos en una sola palabra era bueno.

Y llamó el hombre a las entidades simples por su nombre, y a las complejas por nombres simples.

Luego me percaté que dijo el hombre: Haya expansión en medio de las palabras, y separé palabras de las palabras, sublimé palabras por encima de otras.

E hizo el hombre la sublimación, y creó palabras que podían definir objetos no reales, objetos no existentes en la naturaleza.

Y llamó el hombre a la sublimación, conceptos abstractos. Y fue el hombre capaz de interpretar ideas más allá de la naturaleza el segundo día.

Y vio el hombre cómo esos conceptos se podían estirar, dilatándolos y moldeándolos a su antojo, y vio el hombre que era bueno.

E hizo entonces el hombre con sus palabras alquimias mucho mayores, y creó entonces los conceptos universales, sublimados del creador y más poderosos que el artista que los concibió.

Y fue el concepto de Verdad y Perfección el tercer y nefasto día.

Y para enseñorear una naturaleza que le era hostil, que no se dejaba dominar, que era sometido por ella, no encontraba el hombre remedio.

Y se frustró el hombre al no poder domarla y se acordó de los conceptos universales por él creados.

Se dio cuenta el hombre de que había erigido una herramienta que le hacía concebir que superaba a la naturaleza, que había algo superior a ella.

El hombre no soportó su ignorancia ante la naturaleza. Entonces llevó a cabo una enajenación controlada. Hagamos del hombre un ser enajenado antes de un ser sumiso a la naturaleza.

Y dio el hombre la vuelta a la realidad el cuarto día.

Y el hombre vio que de espaldas a la realidad las cosas se le ponían de cara. Ya podía darle a todo una explicación. Ya tenía en su mano, antes temblorosa y ahora sometida, una herramienta abstracta que le hacía verse sabio, al darle ella todas las respuestas.

E hizo el hombre enajenado una "vida ideal", creó una serie de ideales apoyados en vacuos conceptos universales el quinto día.

Y vivió de este modo el hombre en un mundo perfecto, una naturaleza ideal, adaptada a sus necesidades narcisistas, que se debía de comportar tal y como sus conceptos abstractos la definían.

Entonces vi como el sexto día sucedió el más trágico de los sucesos de la historia. La humanidad se hizo comedia, autentica mascarada de sí misma, al metamorfosear ese ideal, esos conceptos universales, antropomorfizándolos.

Y bendijo el hombre el sexto día; humanizando el ideal, lo acercaba a lo terrenal, le daba la mascarada de "algo cercano", dejando eso sí, su halo de perfección y superioridad intacto.

Y un maldito séptimo día, de estos conceptos primero sublimados y luego humanizados, un maldito séptimo día… el hombre creó a Dios.

…Grigoriy Smyrnov…